文春文庫

夏の雷鳴

わるい夢たちのバザールⅡ

スティーヴン・キング
風間賢二訳

文藝春秋

夏の雷鳴　目次　わるい夢たちのバザールⅡ

本書は文春文庫のために訳し下ろされたものです
DTP制作・言語社

夏の雷鳴

わるい夢たちのバザールⅡ

ハーマン・ウォークはいまだ健在

著者の言葉

二〇〇九年七月二十六日、ダイアン・シューラーという名の女性が、自分の二〇〇三年型フォード・ウィンドスターを運転してニューヨーク州パークスヴィルのハンター湖のキャンプ地をあとにした。同乗者が五人いた。彼女の五歳の息子と二歳の娘、そして三人の姪たち。ダイアンは元気そうだった――キャンプ地で彼女を見かけた最後の人は、彼女はてきぱきしていて、息はアルコール臭くなかったと断言している――し、一時間後も同様に元気で、子どもたちにマックで食事をさせている。しかしながら、そのあとすぐ彼女は道路わきで吐いているところを目撃されている。彼女は兄弟に電話して、気分がよくないと言っている。それからタコニック・パークウエイに入って、三キロほど逆走した。そのあいだ、彼女の車をよける対向車のクラクションや非難めいた手振りやライトの点滅を無視。最終的にはSUVと正面衝突して、彼女と五人の同乗者のうち四人、およびSUVの三人が亡くなり、一人だけが生き残った（彼女の息子だ）。

毒物学報告書によれば、ダイアン・シューラーは衝突時に十杯分相当のアルコール、および大量のマリファナを消化中だった。彼女の夫は、妻は酒飲みではなかったと言明したが、毒物学報告書は嘘をつかない。この前のストーリー「UR」（I巻収録）におけるキャンディー・ライマーのように、ダイアンはへべれけだったのだ。ダニエル・シューラーは、少なくとも五年の結婚生活と交際期間を経ているのに、自分の妻が内緒で酒を飲んでいることを、ほんとうに知らなかったのか？　実際のところ、可能性としてはあり得る。虐待は非常に巧妙に行われるし、その性癖は長期にわたって隠蔽しつづけられる。悪癖はやむにやまれぬ欲求から、そして絶望から行われる。

正確なところ車内でなにがあったのか？　ダイアン・シューラーはどうやってそんなに早く酔っぱらい、いつ麻薬を吸引したのか？　自分が逆走していることを対向車の運転者に警告されているのを無視しながら、いったいなにを考えていたのか？　アルコールとドラッグによる事故、無理心中、もしくはそのふたつが融合された奇妙な産物なのか？　これらの問いに対する答えはフィクションのみが接近できる。フィクションを通してのみ、考えもおよばないことに関して考えることができるし、おそらくある種の終止符を打つことができる。

「ハーマン・ウォークはいまだ健在」は、わたしなりのそうした試みである。

ところで、ハーマン・ウォークはまだ存命している（二〇一五年時点）。かれは最初にアトランタ誌に掲載されたこの短編を読み、素晴らしい便りをくれた。訪ねて来てくれと誘いの言葉までいただいた。長年のファンなので、わたしは興奮した。かれはもうすぐ百歳に手が届く（ハーマン・ウォークは二〇一九年五月に百三歳で逝去）。わたしは六十七歳。もう少し長生きしないと、かれの招待には応じられそうもない。

ポートランド（メイン州）・プレス・ヘラルド紙、二〇一〇年九月十九日付より

I-95での悲惨な衝突事故により九人死亡
事故現場で自然発生的に生じた追悼式

レイ・ドゥガン記

二人の成人と十歳未満の七人の子どもたちの生命を奪ったフェアフィールドの町の一台の車両事故から六時間も経過しないうちに、すでに追悼のしるしが現れ始めていた。ブリキの缶や断熱コーヒーカップに生けられた野生の花のブーケが焦土を取り囲んでいる。つまり、九つの十字架の列がマイル１０９のサービスエリアに隣接したピクニックエリアに置かれていた。最年少のふたりの子どもたちが発見された現場には、敷布の切れ端にスプレーペンキで言葉が書かれた匿名の標識がすでに立てられていた。それはこう読める。「ここに天使たちが集う」

I　ブレンダは宝くじで二七〇〇ドルを当て、最初の衝動にあらがう。

祝杯のためのオレンジ・ドライバーを買いに出かけるかわりに、ブレンダはマスターカードの借金を支払う。それは永遠とも思えるほどずっと無効になっていた。それからハーツ・レンタカーに電話して質問をする。ついでノース・バーウィックに住んでいる友人のジャスミンに電話して、宝くじ〈ピック3〉のことを話す。ジャスミンは悲鳴をあげてから言う。「すごい、あんた金持ち！」

だといいんだけど。ブレンダはクレジットカードの借金を返済して、おかげで望めばシボレー・エクスプレスをレンタルできることになった経緯を語る。九人乗りのヴァンです、とハーツの女性従業員はそう言った。「その車に子どもたち全員を乗せてマーズ・ヒルまで行ける。あなたとわたしの両親に会うのよ。孫の顔を見せてあげましょう。そして老人たちから小銭を絞りとるの。どう？」

ジャスミンの返事はあやふやだ。マーズ・ヒルの見掛け倒しの掘っ立て小屋は、彼女の両親はホームと呼んでいるが、かなり手狭で、そうでなくともジャスミンは実家に滞在したくない。両親が嫌いなのだ。正当な理由がある。ブレンダは知っている。ジャスミンは処女を実の父親に奪われたのだ。十五歳の誕生日から一週間後に。母親はそのことを知ったが、何もしてくれなかった。ジャズことジャスミンが涙を浮かべて母親のところに行くと、母親はこう言った。

「心配することはなにもないわよ、おとうさんはパイプカットしているから」

ジャズがミッチ・ロビショーと結婚したのは両親から逃げ出すためで、それから男三人を経て、子どもを四人もうけ、そして八年後に自立した。生活保護を受けながら、〈ロール・アラウンド〉で週十六時間働き、スケートをわたしたり、現金をゲームセンター専用のトークンに換えたりしている。その職場に下の子ども二人を連れてきてもよかった。赤ん坊のディライトはオフィスで眠らせ、三歳のトゥルースはオムツ姿でゲームセンター内をさまよわせておく。トゥルースはたいして手のかかる子ではない。ただし昨年は、頭髪にシラミがわいて、女性ふたりがかりで丸坊主にしなければならなかった。どんなに泣き叫んだことか。

「とはいえ六百ドルしか残ってないのよ、クレジットカードの未払い金を完済したから」ブレンダは言う。「まあ、レンタルを勘定に入れると、あと四百かな、気にしないけど。だって、マスターカードで支払えるから。レッド・ルーフに泊まれるわよ、HBOを見たりして。しかもタダ。街から出前をとれるし、子どもたちはプールで遊べる。どうよ？」

ブレンダの背後でわめき声が聞こえてくる。彼女は金切り声を発する。「フレディ、妹をからかうのはやめて、それを返しなさい！」ついで、ありがたいことに、兄妹の小競り合いが赤ん坊のフリーダムを起こす。あるいはそれとも、フリーダムはおむつの中がしっちゃかめっちゃかになって目をさましたのかもしれない。まあ、フリーダムのおむつの中は常に混沌と化しているが。ブレンダには、糞を製造することがフリーダムのライフワークのように思える。そこが父親にそっくり。

「うーん、そうねえ……」ジャスミンは、その言葉をゆっくり区切りながら言う。

「なに言ってんのよ、ほら！　車で出発！　チャンスをのがすな！　ジェットポート・パーキングにバスで行って、ヴァンをレンタルするの。そこから四百五十キロほど先だから、四時間で行ける。女性の従業員の話では、ちびっこたちは車内でＤＶＤを見られるし。『リトル・マーメイド』とかその手の害のないいい作品を」

「ママが全部つかってしまわないうちに政府の支給金をいくらかもらえるかも」ジャスミンは考えこんで言う。

ジャスミンの弟のトミーは昨年、アフガニスタンで死亡している。即席爆発装置（ＩＥＤ）のせいだ。おかげで両親は八千ドルを入手した。母親は彼女に少しあげるよと約束したが、それは電話口の近くに例の老人がいないときのことだった。もちろん、もう残っていないかもしれない。たぶん。彼女はその一部がすでに、十五歳の我が娘を犯したあの鬼畜野郎がヤマハの日本製ロケットカウル購入に使ってしまったことを知っている。しかしあの年で改造バイクに乗って何をしたいのか、まったく理解不能だ。それに彼女は、政府の支給金なんて蜃気楼のようなものだと心得ている。そのことは母娘双方ともに知っている。まばゆいものを目にするたびに、だれかが雨降らし装置をオンにする。その結果、まばゆいものはかならず輝きを失う。

「ねえ、行こうよ」ブレンダは子どもたち、それと高校時代からの親友（ただひとりの友だちでもある）といっしょにヴァンで旅行に出かけるといった考えに夢中になっていた。おたがいそれぞれ子どもがいる。自分たちをいれて総勢九人。いいかげんうんざりする連中を後部座席に詰め込みすぎだが、そんな子どもたちといっしょだと少しはおもしろいこともある。

ブレンダはガツンという音を聞く。フレディが悲鳴をあげる。グローリーにアクション・フイギュアで目をたたかれているのだ。

「グローリー、やめないと、ママがひどい目にあわせるよ！」ブレンダは鋭い声で叫ぶ。

「パワーパフガールズを返してくれないんだもん！」グローリーが金切り声をあげて泣きだす。いまや全員が泣き叫んでいる――フレディ、グローリー、そしてフリーダム――そこで束の間、ブレンダの視界は灰色に覆われる。最近彼女は、その白と黒の中間色を数多く目にしていた。ここはアパート三階の３ＤＫ。男の影はない（ティムは現在の旦那だが、半年前に出て行ってそれっきり）。ヌードルとペプシ、それとスーパーで売っているような安物のアイスクリームで生存している。エアコンはなし、ケーブルＴＶも。ブレンダは、〈クイック＝フラッシュ〉ストアーで働いていたが、会社が倒産して、いまでは〈オン・ザ・ラン〉に変わり、マネージャーは〈タコ・パコ〉野郎を雇って彼女の仕事をやらせた。〈タコ・パコ〉は一日に十二時間ないしは十四時間勤務することができるからだ。〈タコ・パコ〉は頭にドゥーラグをかぶり、汚らしいチョビ髭を生やし、それにぜったいに妊娠しない。〈タコ・パコ〉の役割は女の子たちを妊娠させることだ。女の子たちは例のチョビ髭に首ったけになってズッコンバッコン。そのあげく、ドラッグストアで売っている小さな検査装置のラインが青になり、〝こんにちは赤ちゃん、わたしがママよ〟、といったぐあいになる。

　ブレンダも個人的にその経験がある。フレディの父親がだれだかわかっていると人には言ってるが、実は知らない。彼女はその職場で何回か酔っぱらったときがあって、かれらがみないい人に思えたし、それになにしろほかにどうやって職を得たらいい？　その結果、子どもたちを授かった。どうすればいい、フレディにグローリーのめんどうをみさせておいて、フリーダムを連れて面接に行けと？　まあね、それでなんとかなる。で、どんな職に就けるのか、マックやバーガーキングのドライブスルーの窓口の店員のほかに？　ポートランドには何軒かストリップクラブがあるが、彼女のようなビヤ樽体形は雇ってもらえない。

　ブレンダは宝くじが当選したことを思い出す。さらにはこんなことも思い出す。今晩、レッド・ルーフでエアコン付きの部屋——もっと言えば、三部屋——にだって泊まれる！　別にいいでしょ？　状況は好転しているんだし！

「ブレンダ？」ジャズの声はこれまでよりもっと疑心暗鬼に聞こえる。「あんた、マジなの？」

「うん」ブレンダは言う。「ねえ、行こうよ、わたしレンタルできるのよ。ハーツのお嬢さんが言うには、ヴァンの色は赤」そして声を低めてつけくわえる。「あなたのラッキー・カラー」

「クレジットカードの返済をオンラインでした？　どうしてそんなことができたの？」フレディとグローリーが先月喧嘩をして、ブレンダのパソコンをベッドから払い落とした。パソコンは床に落下して壊れた。

「図書館のを使ったの」ブレンダはマーズ・ヒルで育って身についた言い方をする。〝図書館《ライブラリー》〟ではなく〝読書館《ライブルリー》〟。「だいぶ順番待ちをさせられたけど、そのかいはあった。タダだし。で、どうする、行こうよ」

「アレンズのボトルを手に入れようよ」ジャズは言う。彼女はアレンズ・コーヒー・ブランデーが入手できるとなったら大喜びだ。実を言うと、手に入るものならなんであろうと大喜びだ。

「もちろんよ」ブレンダは言う。「そしてわたしにはオレンジ・ドライバーのボトルをね。でも、ハンドルを握っているあいだは飲まないつもり、ジャズ。免許を失効したくない。わたしに残されているものって、それだけだし」

「あんたマジで両親からいくらかお金を巻きあげられると思ってる？」

ブレンダは自分に言い聞かせる。ひとたび両親は孫の顔を見れば――子どもたちは甘い餌（あるいは脅威）として機能するだろうから――金をくれる。「でも、宝くじのことは内緒」

「当然でしょ」ジャスミンは言う。「子どもが三人もいておぼこ娘じゃあるまいし」

ふたりはその言い回しに笑う。古いけれど良い。

「で、どうする？」

「エディーとローズ・エレンを迎えに学校に行かないといけないけど……」

「まあ、たいへん！」ブレンダは言う。「で、どうよ、行く？」

長い間のあとで、ジャスミンは言う。「車で旅行！」

「車で旅行！」ブレンダが叫び返す。

ついでふたりがその言葉を繰り返し唱和しているあいだ、ブレンダのサンフォードのアパートでは三人の子どもたちがわめいていて、ジャスミンのノース・バーウィックのアパートでは少なくともひとり（ふたりかも）の子どもがわめいている。太った女は通りを歩いてもだれにも振り返ってもらえない。酒場でも同様で、男は夜もだいぶふけ、泥酔して、ほかにいい女がいないかぎり、デブ女をナンパすることはない。男が酔ったときに考えるのは――ブレンダとジャスミンはふたりとも知っている――ぜい肉だらけの巨大な太腿が最高だということ。とくに閉店時刻には。ふたりはマーズ・ヒルの高校にいっしょにかよった仲で、いまは州南部で暮らし、できるときは助け合って生きている。ふたりはだれも見向きもしない太った女で、同い年ぐらいの子どもたちがいる。そんなふたりはいま、まるで熱狂しているチアリーダーのように、車で旅行、車で旅行、と声を合わせて叫びつづける。

九月の朝、まだ八時半なのにもう暑い。これが事件の始まりだ。ほかの事件と変わっている点はまったくない。

Ⅱ　かつてパリで恋人同士だったふたりの年老いた詩人がトイレの近くでピクニックをする。

フィル・ヘンリードは現在七十八歳、そしてポーリン・エンスリンは七十五歳。ともに痩せている。そろってメガネをかけている。ふたりの髪は白くて薄くなっていて、微風になびく。ふたりは、オーガスタ北部六十キロほどのところに位置するフェアフィールド近くのI‐95のサービスエリアに立ち寄っていた。施設の建物はバーンボード造りだが、隣接するトイレはレンガで建てられている。最高水準のトイレ、と言えるだろう。フィルはメイン州に住んでいて、そのサービスエリアをよく知っていたが、二か月前だったら、ここでピクニックをしようとはぜったいに言いださなかっただろう。サマータイムには、州間ハイウエイは他の州からの観光客でふくれあがる。そこで有料高速道路管理局は仮設便所をずらりと並べて設置する。その結果、心地よい草地に大晦日の晩さながらの猛烈な悪臭が発生する。だがいまや仮説便所はどこかに保管されていて、サービスエリアは快適だ。

ポーリンは、古い樫《かし》の木陰《こかげ》にピクニック・テーブルを設置する。その表面にはこれまで使用した人の頭文字がいたるところに刻まれているので、チェック柄のクロスを広げて覆い隠す。そのバスケットからサンドイッチ、ポテトサラダ、食べやすいようにカットされたメロン、そしてココナッツ・カスタードパイを二切れ取り出す。また、紅茶の入った大きなグラスボトルも持参している。その中で氷が陽気に音をたてている。

「ここがパリなら、ワインだな」フィルは言う。

「パリでは帰るのに高速道路を百三十キロ近くも走る必要はなかったからね」ポーリンが言う。「この紅茶は冷えているし、しかも淹《い》れたて。これでがまんしなさい」

「文句を言ったわけじゃない」フィルはそう言うと、関節炎で腫れた手をポーリンの手（同様に腫れているが、かれよりほんのわずかにまし）に重ねる。「ごちそうだよ、愛しい君」

ふたりはたがいの年季の入った顔に微笑みかける。フィルはこれまで三回結婚していて（五人の子どもを発生させている）、ポーリンは二度結婚している（子どもはいないが、恋人は男女あわせて何十人もいた）が、ふたりのあいだにはいまだに惹かれあうものがたくさんある。才気以上のものが。フィルは驚いているし驚いてもいない。かれの年齢では――晩年だが人生の土壇場というわけではない――もらえるものはもらっておき、しかもよろこんでいただく。ふたりはメイン州立大学オロノ分校でのポエトリー・フェスティバルに向かう途中で、ふたりの共同出演に対する報酬はたいしたことがないが、それで十分。出張費をもらっているので、フィルは散財してポートランド・ジェットポートのハーツでキャデラックをレンタルした。そこの空港でポーリンと落ち合ったのだ。彼女はキャデラックをばかにして、あなたはにわかヒッピーだったって、ずっとわかってた、と言ったが、口調はとてももの柔らかだ。フィルはヒッピーではなかったが、正真正銘の因習打破主義者であり、かつ優しい男でもある。そのことをポーリンは知っている。彼女が骨粗鬆症《こつそしょうしょう》なので乗り心地の快適な車をえらんでくれたのだ。

いまはピクニックの最中。今晩、ふたりは仕出し料理を食べるだろうが、その食事は生ぬるくて、大学共通のカフェテリアでおなじみの得体のしれないソースにどっぷりつかっているだろう。おそらくはチキン、フィッシュの可能性もあるが、いつだって判別しがたい。ベージュ色の食べ物、とポーリンは呼ぶ。詩人食《ポエット・フード》はいつもベージュ色で、いずれにせよ、八時にならないと提供されない。かれらのように半ば引退したアルコール依存症の内臓を切り裂くために作られたと思われる、安い黄ばんだ白ワインが添えられている。それにくらべれば、このピクニックの食べ物はよほどましだし、アイス・ティーは美味い。フィルは妄想にふけることさえする。食事が終わったら、ヴァン・モリソンの昔の歌にあるように、手を取ってトイレの裏の草むらに彼女を連れこもう。そして――

ああ、だが、だめだ。高齢の詩人たちは、性的欲動がいまや恒常的にローギアにはまりこんでいるので、滑稽なあいびきとして終わる可能性は犯さないほうがいい。とりわけ、長期にわたる豊富な場数を踏んできて、いまやことにおよぶたびにたいがい不満足な結果になりがちで、ことにおよぶたびにそれが最後になるかもしれないことを知っている詩人は。しかも、自分は二度心臓発作を起こしている、とフィルは思う。彼女だっていきなりどうなるか知れたもんじゃない。

ポーリンは思う。サンドイッチとポテトサラダのあとではだめ、カスタードパイのあとでは言うまでもない。でも、たぶん今夜なら。ありえないことではない。かれに微笑み、手提げかごから最後の一品を取り出す。それはニューヨーク・タイムズ紙で、同じオーガスタのコンビニで他のピクニック用品、チェック柄のクロスやアイスティー・ボトルといっしょに購入したのだ。昔日のように、ふたりはパラパラめくって文化・生活欄を探す。昔は、フィル――一九七〇年に『燃える象』で全米図書賞を受賞している――は、コインを投げていつも裏と言って、予想をうわまわる頻度で勝利を手にした。今日は、表と言う……そして、ふたたび勝利する。

「もう、いやな人！」ポーリンは叫んで、新聞を手わたす。

ふたりは食べる。そして仲良く新聞を読む。ある時点で、ポーリンはポテトサラダを刺したフォーク越しにかれを見あげて言う。「まだ愛してるわ、ペテン師爺さん」

フィルは微笑む。一陣の風がタンポポの綿毛のような彼の頭髪をそよがす。髪の薄くなった頭皮が輝く。かれはもはや、かつてブルックリンからけたたましく登場した若者ではなく、また湾岸労働者のようにがっしりした体格（そして同様に口汚い）でもないが、いまだにポーリンはかれに当時の面影を、怒りと絶望と陽気さに満ちた男の片鱗を見ることができる。

「おいおい、ぼくも愛してるよ、ポーリン」フィルは言う。

「わたしたち、老いぼれカップルね」と言って、大笑いする。かつて彼女は王侯と映画スターとバルコニーでセックスをしたことがある。そのさい、背後でロッド・スチュワートがフランス語で歌う『マギー・メイ』のレコードがかかっていた。いま、ニューヨーク・タイムズ紙がアメリカの偉大な現役女流詩人と称する女性はクイーンズの階段のないアパートで暮らしている。「そして、ちっぽけな町で不名誉な謝礼金のために詩を朗読し、高速道路のサービスエリアの屋外で食事をしている」

「老いぼれじゃない」フィルは言う。「若いよ、カワイ子ちゃん」

「いったいなんのこと？」

「これをごらん」そう言って、フィルは文芸欄の最初のページを差し出す。ポーリンはそれを受け取って、掲載されている写真を見る。麦わら帽子をかぶって微笑む干からびた男が写っている。

九十歳代のウォークが新作を刊行

モトコ・リッチ記

九十五歳に達するまでには――その年齢に達するとしてだが――ほとんどの作家はとっくに引退している。ハーマン・ウォークはちがう。名高い『ケイン号の叛乱』（一九五一）や『マージョリーの短き青春』（一九五五）の作家である。第二次世界大戦をあますところなく描いた長編『戦争の嵐』（一九七一）や『戦争と追憶』（一九七八）を原作にしたTVミニシリーズを覚えているおおかたの人たちは、いまや社会保障制度による給付金を受けている。ウォークが老齢年金を受給する年齢になったのは一九八〇年のことである。
ウォークはしかしながら、終わっていない。好評を博した驚くべき小説『テキサスの穴』を、九十歳の誕生日を迎える年に刊行し、今年後半には長編エッセイ『神の語る言葉』を出版する予定だ。それがかれの最後の言葉となるだろうか？

「その件に関してはいまのところなんとも言えない」ウォークは微笑みを浮かべて言った。「アイデアはつきるものではない、年をとったからといって。体力は減退するが、言葉はけっして衰えない」ついで質問を

【19ページにつづく】


麦わら帽子を粋にかぶった老いて皺のよった顔を見て、ポーリンは不意に目がうるんだ。「美しい言葉」

「体力は減退するが、言葉はけっして衰えない」彼女は言う。

「かれの作品を読んだことがある？」フィルはたずねる。

「『マージョリーの短き青春』を若いころに。処女性に対するうざったい賛歌の物語。にもかかわらず、思わず感動した。あなたは？」

「『ヤングブラッド・ホーク』を読みかけたけど、途中で挫折した。まだかれは……現役なんだな。信じられない。ぼくたちの父親ぐらいの年齢なのに」フィルは新聞を折りたたんでピクニック・バスケットに入れる。ふたりの眼下では、天高く馬肥える秋の空の下の高速道路をときおり車が行き交う。「出発するまえに、交換したいかい？　昔みたいに？」

ポーリンは考えてから、うなずく。自分の詩を他人が朗読するのを聴いてから何年も経過していたし、それにちょっと狼狽《ろうばい》する——幽体離脱体験のようだ——が、別にかまわない。いまのところサービスエリアはかれらふたりの貸し切り状態のようなもの。「いまだ現役で活躍しているハーマン・ウォークに敬意を表して。わたしの作品フォルダーはキャリーバッグの前ポ

ケットの中にあるわ」

「ぼくがきみのものをまさぐってもいいの？」

ポーリンはかれに昔ながらの微笑みを片側の頰にだけ浮かべてから、太陽に向かい両目を閉じて伸びをする。熱を満喫する。じきに気候は寒くなるが、いまはまだ暖かい。「わたしのものをまさぐってもいいわよ、好きなだけね」彼女は片目を開けるが、それが反転したウィンクとなっておもしろいことになまめかしい。「心ゆくまで調べてちょうだい」

「その言葉、肝に銘じておく」そう言って、フィルはふたりのためにレンタルしたキャデラックに戻って行く。

•

キャデラックに乗る詩人たち、ポーリンは思う。これこそまさに不条理の定義。しばらくのあいだ、彼女は車の往来を眺める。それから新聞を取りあげ、年老いた三文文士の細面の笑顔をもう一度見る。いまだ健在。たぶん、いまこの瞬間、天高く澄みきった秋空を見あげていて、パティオ・テーブルには開かれたノートパソコンがあって、手元にはペリエ（あるいは胃がまだ丈夫なら、ワイン）の注がれたグラスが置かれていることだろう。

神がいるのなら、とポーリン・エンスリンは思う、自分はたまにはとても寛大になれるのに。ポーリンはフィルが彼女の作品フォルダーとかれが創作のさいに好んで使うステノパッドを携えて戻ってくるのを待つ。これから詩を交換して朗読しあう。今晩は愛の交歓になるかもしれない。いま一度、彼女はひとりごちる。ありえないことではない。

Ⅲ　シボレー・エクスプレス・ヴァンの運転席にすわりながら、ブレンダはジェット戦闘機のコックピットにいるような気分になる。

すべてがデジタルだ。衛星ラジオとＧＰＳスクリーンがある。バックするときには、ＧＰＳはＴＶモニターになるので、ふりむかなくとも背後が見える。ダッシュボードの上にあるものすべてが輝いていて、新車の香りが車内に充満している。走行距離計には千二百キロとしか記されていないのだから当然だ。ブレンダは、こんなに少ない走行距離の車の運転席にすわるのは生まれて初めてのことだった。コントロールストロークにあるボタンを押すと、平均スピードが表示され、一リッターあたりの走行距離がわかる。エンジンは音をほとんどたてない。フロントシートはツイン・バケットシートで、ボーンホワイト色の布張りがされているが、その素材は革のように見える。すわり心地はとても快適だ。

後部座席のＴＶはポップアップ・スクリーン型でＤＶＤプレイヤー付き。『リトル・マーメイド』は映らない。というのも、ジャスミンの三歳児トゥルースがピーナッツバターをディスクにぶちまけたからだが、子どもたちは『シュレック』で満足する。すでに何万回と見ているのだが。道中で見ているということが興奮させるのだ！　車に乗りながら！　フリーダムはフレディとグローリーに挟まれるかたちで眠っている。六か月のディライトは母親のジャスミンの膝の上で眠っているが、ほかの五人は後部の２シートに詰め込まれて、ＤＶＤを見ながら、うっとりしている。みんな口をポカンと開けっ放し。ジャスミンのエディーは鼻をほじっていて、エディーの姉ちゃんのローズ・エレンは小さなとんがり顎に涎《よだれ》を垂らしているが、少なくともふたりはおとなしく、一度もたたきあいをしていない。ふたりはすっかり魅了されている。

ブレンダはうれしい。子どもたちはおとなしくて、行く手の道路は滑走路のように広がっているし、新車のヴァンのハンドルを握り、ポートランドを去ると、交通量は少ない。デジタル・スピードメーターは百十キロを表示しているが、この新生児はまったく疲れを知らない。にもかかわらず、ふたたび彼女は陰鬱な気分になり始める。

なんだかんだ言っても、ヴァンは自分のものではない。返却しなければならない。バカな無駄遣い、実際の話。だってこの旅行の行きつく先は？　マーズ・ヒルだから。マーズ……くそったれ……ヒル。ブレンダが高校時代にウェイトレスをしていた〈ラウンド＝アップ〉から持ち込まれた食べ物は、まだ形をとどめている。ハンバーガーとフライドポテトがプラスチックの容器に入っている。子どもたちは遅かれ早かれプールで水しぶきをあげることになる。すくなくともじきにひとりが怪我をするか泣き叫ぶかするだろう。ひとりじゃおさまらないかもしれない。グローリーは水が冷たすぎると文句を言うだろう、冷たくなくても。グローリーはいつだって不平たらたらだ。終生文句を言いつづけるだろう。ブレンダはその愚痴が大嫌いなので、グローリーにこう言う。あんたの父親がそうだったわよ……だが真実は、母親の自分もそうなのだ。かわいそうな子。実を言えば、子どもたち全員が気の毒だった。前方に広がる歳月、沈まぬ太陽の下、行進はつづく。

ブレンダはジャスミンがなにか愉快なことを言って楽しい気分にしてくれないかと思いなが

ら、右側を見る。そしてジャズが泣いているのを目にしてがっかりする。涙が目からこんこんとわきあがり、その無言で流す涙が頬を輝かせている。膝の上では、ディライトが指を吸いながら眠っている。おしゃぶりがわりのその指は水ぶくれになっている。いちどジャズは、ディライトが指を口に突っ込むのをやめさせようとして思いきりひっぱたいたことがあるが、わずか生後六か月の赤ん坊をひっぱたいたところでなにがどうなるものでもない。どうせならドアをたたいたほうがいい。しかし、ときにはやってしまう。どうにもがまんできないときがある。やめなさい、と注意されたくないときもある。ブレンダにも覚えがある。

「どうしたのよ？」ブレンダはきく。

「なんでもない。気にしないで、運転に集中して」

ふたりの背後で、ドンキーがなにかおもしろいことをシュレックに言い、だれか子どもが笑う。ただしグローリーではない。彼女は眠りこんでいる。

「ちょっと、ジャズ。言ってよ。友だちでしょ」

「別になんでもないって」

ジャスミンは眠っている幼子に上体を傾ける。ディライトのベビーシートは床にある。その中のオムツの山の上にはアレンズのボトルが置いてある。高速道路に入る前にサウス・ポートランドに寄って購入したのだ。これまでジャズは二口しかすすっていなかったが、いまは二度ごくごく飲んでからキャップをする。あいかわらず涙が頬を伝い流れている。

「どうでもいい。なにもかも。どっちにしろおんなじ。そう思う」

「トミーのことなの？　あんたの弟の？」

ジャズは怒気を含んだ笑い声をあげる。「両親はぜったいにあのお金を一セントだってくれない。わたし、なにバカ言ってるんだか。ママはパパのせいにする。だってそのほうが簡単だから。でも、自分のせいだとも思ってる。とにかく、あのお金はほとんど残っていないでしょうよ。あんたはどう？　自分の両親がほんとうになにかくれる？」

「もちろん、そう思ってるわよ」

まあね。うん。たぶん。四十ドル相当のものを。一袋半分の食料雑貨品を。二袋かも。物品交換誌〈アンクル・ヘンリーズ・スワップ・ガイド〉に付いているクーポンを使えば。その薄っぺらながらくたフリー・マガジン——貧乏人のバイブル——のページをぱらぱらめくり、指にインクがつくところを想像して、さらに陰鬱な気分になる。午後は美しく、九月というより夏のようだが、〈アンクル・ヘンリーズ〉に依存しなければならない世界は曇天の灰色世界だ。ブレンダは思う。なんでこの子たちといっしょにいる羽目になったんだろ？　マイク・ヒギンズ警官に金属工場の裏でイイコトをさせてあげたのは昨日のことじゃなかったっけ？

「それはけっこうだこと」ジャスミンは鼻をすする。「うちの両親は、玄関の前庭に新車のバイクを三台並べているでしょうね。で、金欠だと言い張るわ。それにパパが孫たちについてどう言うかわかる？　あいつらにはなにもさわらせるな、って言うのが関の山」

「たぶん変わってるわよ」ブレンダは言う。「いいほうに」

「ぜったいに変わらないし、よくもならない」とジャスミン。

ローズ・エレンがうつらうつらしている。弟のエディーの肩に頭をもたせかけようとすると、かれはローズの腕にパンチをくらわす。ローズは腕をさすり、すすり泣きだすが、すぐにふたたび『シュレック』を見る。涎がまだ顎についている。そのせいで障害のある子のように見える、とブレンダは思う。実のところ、ローズはその状態にかなり近いのだが。

「なんて言ったらいいのかわからないけど」とブレンダ。「楽しもうよ、とにかく。レッド・ルーフよ！　プール！」

「そうね、で、深夜一時に隣室の男が壁をたたいて、子どもたちを黙らせろ、と言うのよ。同様に、知ってのとおり、ディライトに真夜中には目覚めていてほしい。だって、息の臭いあいつらはすぐに入ってくるから」

ジャスミンはコーヒー・ブランデーのボトルからまた一口飲んで、それを差し出す。ブレンダは受け取ったほうがいいとわかっているし、そうすると運転免許が取り消しになる危険を冒すことになることも承知しているが、警官の姿は見あたらない、それにもし免許停止になったら、外出するのに実際どのぐらい金がかかるだろう？　車はティムのだった。かれはそれに乗って蒸発した。どのみち、ほぼオシャカ状態の車で、見た目も廃車置き場から拾ってきたような代物だったし。もうたいして失うものはない。さらには、陰鬱な気分が後押しをする。そこでブレンダはボトルを受け取って口をつける。ほんの少量をするが、ブランデーの温かくて素敵な、一条の仄暗《ほのぐら》い光のせいで、彼女はもう一口する。

「月末に〈ロール・アラウンド〉が閉店する」ジャスミンはボトルを取り戻しながら言う。

「ジャジー、嘘！」

「ジャジー嘘つかない」ジャスミンは前方に広がる道路を直視する。「ジャックはついに破産した。去年から壁に張り紙がしてある。だから週給九十ドルがなくなる」彼女は飲む。膝の上では、ディライトがもぞもぞしてから、精神安定剤がわりの指を口にくわえて眠りに戻る。ブレンダは思う。いまからそんなに先ではない将来、その口にマイク・ヒギンズのような少年が自分のナニをしゃぶらせる。そしてたぶん、彼女は男にそうさせる。わたしはさせた。ジャズも。この世はそんなもの。

ふたりの背後では、いまフィオナ姫がなにやらおもしろいことを言っているが、子どもたちはだれひとりとして笑っていない。みんな退屈して活気がない。エディーとフレディでさえ。エディとフレディ——TVのコメディドラマのジョークのような名前だが。

「世界は灰色」ブレンダは言う。自分がそんなことを言うとは思いもしなかった。そんな言葉が自分の口から出てくるまでは。

ジャスミンは驚いた表情でブレンダを見る。「たしかに。さあ、気合をいれて、やるべきことをやろうよ」

ブレンダは言う。「ボトルをちょうだい」

ジャスミンはそれを手わたす。ブレンダはさらに飲んでから返す。「いいわ、もうじゅうぶん」

ジャスミンはブレンダに向けて片頬をつりあげてニタリとする。ブレンダには金曜の午後の自習室で初めて目にして以来おなじみの表情だ。その笑い顔は涙で濡れた頬と真っ赤に充血した目のせいで異様に見える。「ほんとに?」

ブレンダは返答しないが、アクセルを少しさらに強く踏みこむ。いまやデジタル・スピードメーターは百三十キロを表示する。

Ⅳ 「お先にどうぞ」ポーリンが言う。

にわかに恥ずかしくなり、ポーリンはフィルの口から出てくる自分の言葉を耳にするのがこわくなる。それらはたしかに朗々と響き渡るだろうが、乾燥した雷鳴のように中身がない。しかしポーリンは、かれの公衆向けの――演説口調かつ少し感傷的で、まるで映画のシーンで陪審員に陳述する弁護士のような――声とひとりかふたりの友人といるとき（そして酒を飲んでいないとき）に使う声音とのちがいを忘れていた。後者はよりソフトで優しい声だ。彼女は自分の詩がフィルの口から発せられるのがうれしい。いや、うれしいどころではない。感謝している。かれが詩をよりよく聞こえるように謳いあげてくれているからだ。

シャドウプリントされた道
黒い口紅のキスで。
溶けかけている畑の雪
脱ぎ捨てられた花嫁衣裳のよう。
立ち昇る霧が金の粉塵と化し、
沸き立つ雲が分かれてなるは長いほぐれ髪。
その狭間から突如現れる！

五秒間の夏、
そして十七歳の私、
エプロンに花を抱える乙女。

フィルは詩の書かれた紙を置く。ポーリンはかれを見ながら、わずかに微笑むが、不安そうだ。「いいね」とフィルはうなずく。「上出来だ。さあ、きみの番だよ」

ポーリンはフィルのステノパッドを開き、最新作らしき詩を見つけ、四つか五つの走り書きの草稿をめくる。かれがどのような人間なのか知っているので、ほとんど読めない筆記体の草稿ではなく小奇麗な活字体で記されているページまでめくりつづける。そしてその作品を見せる。フィルはうなずいて、高速道路に振り向く。作品はどれもすばらしいが、ふたりはすぐに出発しなければならない。遅刻はしたくない。

フィルはまばゆいほど真っ赤なヴァンがやってくるのを目にする。その車は素早く通り過ぎる。

ポーリンは読み聞かせ始める。

V　ブレンダは腐った果実をこぼれ落とす豊穣の籠を見る。

そう、彼女は思う。だいたいそんな感じ。愚者のための感謝祭。

フレディは兵士になって外地で戦うだろう、ジャスミンの弟トミーがそうしたように。ジャジーの男の子たち、エディーとトゥルースもまた同じ道をたどるだろう。家に来るときには、自分のマッスルカーを所有しているだろう。いまから二十年後でもガソリンがまだ使用できるとしてだが。で、女の子たちは？　男の子たちとくっつくだろう。TVでクイズ番組が放送されているあいだに処女を喪失するだろう。中出しはしないよ、という男の子の言葉を信じるだろう。そして赤ん坊が生まれ、フライパンで肉を炒め、贅肉をつける。自分やジャズがそうだったように。少量の麻薬を吸い、大量のアイスクリーム――ウォルマートで売っている安物を食べるだろう。ローズ・エレンはちがうだろうけど。ローズはどこかおかしい。中学生になっても小さなとんがり顎に涎をたらしているだろう、いまと同じように。七人の子どもたちは十七人を生み育て、十七人は七十人を生み育て、七十人は二百人を生み育てることになるだろう。あブレンダにはボロを着たみすぼらしい愚者たちが未来に向かって行進していくのが見える。ある者は腰パンをはいて下着を見せ、ある者はメタルバンドのTシャツを着て、ある者はソースの飛び散ったウェイトレスの制服を着て、ある者はKマートで売っているストレッチパンツをはいているが、それには小さな〈メイド・イン・パラグァイ〉のタグがゆったりとした尻あての継ぎ目に縫い込まれている。かれらが所有することになる〈フィッシャープライス〉のおもちゃの山が見える。それらはのちにガレージセールで売られる（もとはと言えばガレージセールで購入したのだが）。かれらはテレビで目にする製品を買って、クレジットカード会社に借金をするだろう。自分がそうしたように……そしてふたたび借金をするだろう。宝くじに当選するのはまぐれだからだ、自分はそのことを知っている。まぐれより悪い。実際には、思わせぶりのからかい。人生は道路脇の溝に落ちている錆びたホイールキャップ。人生はそんなもん。自分がジェット戦闘機のコックピットにすわっているような感じは二度と味わえないだろう。まあ、一度体験できただけで上出来。ボートにみんなが乗れるわけではないし、わたしの人生を撮っているカメラはない。これが現実、リアリティーショーではない。

『シュレック』は終わり、子どもたちは全員眠っている。エディーさえも。ローズ・エレンはまたもや頭をエディーの肩にもたせかけている。そして老婆のようないびきをかいている。両腕に赤い傷がある。ときどきひっかかずにはいられないからだ。

ジャスミンはアレンズのボトルのキャップを閉めて、座席前の足元の空間に置いてあるベビーシートに戻す。そして声を低めて言う。「五歳のとき、ユニコーンを信じてたわ」

「わたしもよ」ブレンダは言う。「光陰矢の如し」

ジャスミンは前方の道路を見る。かれらを乗せたヴァンは、〈サービスエリア1MI〉と記された青い標識を、あっというまに通り越す。北行き車線を走る車は見あたらない。両車線ともかれらの貸し切り状態。「やっちゃおうよ」ジャズは言う。

スピードメーターの数字が130から135にあがる。ついで140へ。アクセルペダルと床とのあいだの空間にはまだいくらか余裕がある。子どもたちは全員眠っている。

サービスエリアが急速に接近してくる。ブレンダは駐車場に車が一台しかないことを見てとる。高級車だ。リンカーンかおそらくキャデラック。ああいうのだって借りることはできたんだ、とブレンダは思う。お金はじゅうぶんたりたけど、子どもが多すぎた。一台に全員乗りきらない。これがわたしの人生、実際のところ。

ブレンダは道路から目をそらす。そして高校時代からの昔なじみの友人を見る。いまでは生まれ故郷から離れた町で暮らしている友人を。ジャズはブレンダを見つめ返す。ヴァンは、いまや時速160ほどに達していて、ドリフトしはじめている。

ジャスミンは小さくうなずき、ディーを抱きかかえると、巨乳に押しつけるようにして揺すってあやす。ディーはあいかわらず安心指を口に含んでいる。

ブレンダはうなずき返す。ついで片足をさらに強く踏み込んで、カーペットの敷かれた床のありかを探す。見つかると、それにアクセルペダルをそっと押しつけたままにする。

VI 「やめろ、ポーリン、やめるんだ」

フィルは骨ばった手を伸ばして肩をつかみ、彼女をびっくりさせる。ポーリンはかれの詩(自分の作品よりかなり長かったが、あと十二行あまりを残すばかりだった)から顔をあげて、高速道路を凝視しているかれを見る。口をあんぐりと開け、メガネの奥の目はふくれあがってもう少しでレンズに触れそうだ。その視線を追うと、真っ赤なヴァンが走行車線から路肩へ、そして路肩からその向こう側のサービスエリアの入り口ランプへ流れるように滑走していくところがちょうど目に入る。ヴァンは進路変更しているわけじゃない。スピードが出すぎている。ヴァンはランプを少なくとも百四十キロで横切り、かれらの眼下の勾配に突進して、そこの木に衝突する。フィルは大きくて単調な激突音とガラスの割れる音を耳にする。フロントガラスが粉々になる。ガラス片が一瞬太陽にきらめき、ポーリンは——不埒にも——思う。きれい。

木がヴァンをふたつのクズ鉄の塊にする。なにか——フィル・ヘンリードはそれが子どもだとは信じがたい——が宙高く放り出されて草地に落下する。ついでヴァンのガソリンタンクが発火し、ポーリンが悲鳴をあげる。

フィルは立ちあがって勾配を駆け降りると、青年だったときのようにフェンスを飛び越す。このごろでは、自分の心不全のことが頭から離れたことはないが、炎上しているヴァンの残骸に駆け寄りながら、このときばかりはまったく念頭にない。

雲の影が野原を横切っていく。干し草とオオアワガエリに影のキスを押印しながら。野草が頭を垂れる。

フィルは燃えている残骸の手前二十メートルほどのところで止まる。熱がかれの顔を焼く。目撃するだろうとわかっていたものを見る——生存者はいない——が、こんなに多くの非生存者を目にするとは思ってもいない。オオアワガエリとクローバーに付着している血痕、イチゴ畑のように散乱しているテールライトの破片、茂みに引っかかっている切断された腕、炎の中で溶けていくベビーシート、そして靴を見る。

ポーリンがフィルに追いつく。そして思わず息を飲む。彼女の目より取り乱しているものは髪だけだ。

「見ちゃだめだ」フィルは言う。

「この匂いはなに？　フィル、なんなの、この匂い？」

「ガソリンとタイヤが燃えているんだ」たぶん彼女が言っている匂いはそれじゃない。「見るんじゃない。車に戻って……ケイタイを持っているか？」

「ええ、もちろん、あるわよ――」

「戻って、911にかけてくれ。この惨状を見るな。見たくないはずだ」

自分だって見たくないが、目をそらすわけにはいかない。何人だ？　少なくとも三人の子どもとひとりの大人――おそらく女性――の死体が見えるが、たしかではない。いままでのところ、何足もの靴……それとカートゥーンのキャラクターの印刷されているDVDのパッケージが見える……

「連絡をつけられなかったら？」ポーリンはたずねる。

フィルは煙を指さす。ついで三台ないしは四台の車がすでに進入してきている。「通じるかどうかは問題じゃない。でも、やってみろ」

ポーリンは戻りだすが、振り向く。泣いている。「フィル……なんにん？」

「わからない。たくさん、六人ぐらいかな。行け、ポーリン。まだ生きてる人がいるかもしれない」

「無茶しないでよ」ポーリンはむせび泣きながら言う。「火のまわりが早いから」

ポーリンは重い足取りで丘を登りはじめる。サービスエリアの駐車場まで半分ほど戻ったところで（いまやさらに車が入ってきている）、おそろしい思いが念頭をよぎり、旧友かつ恋人のフィルが草むらに横たわっているのが目に浮かぶ。気絶しているかもしれない、おそらく心臓に最後の雷撃をくらって死んでいるのだろう。だが、かれは立ちあがり、燃え盛るヴァンの残骸の周囲を慎重に歩きまわる。見守っていると、肘にパッチのついている粋なスポーツジャケットを脱ぐ。そしてひざまずき、そのジャケットでなにかを覆う。小さな人間か大きな人間の一部を。それからふたたび残骸のまわりを歩きつづける。

丘を登りながらポーリンは、自分たちふたりが言葉で美を紡ぎだす終生の試みはむなしい幻想だと思う。あるいは、大人になることを拒絶した自分勝手な子どもが仕掛ける冗談。ええ、たぶんそれだわ。バカでわがままな子どもは悪ふざけが大好き。

息をきらして駐車場に到着したとき、ポーリンはタイムズ紙の〈文芸と娯楽〉欄のページが、そよ風に吹かれて草の上で気だるそうにパラパラとめくれていくのが目に入り、気にすることはない、と思う。ハーマン・ウォークはいまだ健在で、神の御言葉についての著作を執筆している。ハーマン・ウォークは、体力は減退するが、言葉はけっして衰えない、と信じている。なら、それでいいんじゃない？

男性と女性が駆け上がってくる。女性がケイタイを掲げて事故現場の写真を撮る。ポーリン・エンスリンは、それをたいして驚かずに観察する。女はその写真をあとで友人に見せるのだろう。それからかれらは飲み食いしながら、すべては理由があって起こるとか神の恩寵について語るのだろう。神のおぼしめしとはとってもすてきな考えだ。自分が無傷でいるかぎり、それは信じられる。

「どうした？」男がポーリンに面と向かって叫ぶ。「いったいなにがあった？」

かれらの下方には、痩せ細った詩人の姿がたまたまある。かれはシャツを脱いで他の死体を覆おうとする。あばらが白い肌にくっきりと浮かびあがっている。ひざまずき、シャツを広げる。そして両腕を空に向かってあげてから、おろして頭を抱える。

ポーリンもまた詩人なので、自分に話しかけてきた男に神の話す言葉で答えることができるような気がする。

「なにが起きているように見える?」ポーリンは言う。

オーウェン・キングとハーマン・ウォークへ

(*Herman Wouk is Still Alive*)

具合が悪い

著者の言葉

「どこでアイデアを得るんですか」と「このアイデアはどこから思いついたんですか」とでは質問が異なる。最初の問いには答えようがないので、わたしは冗談にして、ユーティカにある小さな中古アイデア店で入手していると言う。二つ目の問いには答えられるときもあるが、驚くほど多くの場合、無理だ。ストーリーは夢のようなものだから。執筆中はすべてが気持ちの良いほど明晰だが、ストーリーが完成すると、しだいに消えていく痕跡しかない。短編集は実際のところ、一種の夢日記のようなもので、消え去ってしまわないうちに潜在意識のイメージを捕獲する方法だと思うことがある。ここに格好の例がある。「具合が悪い」のアイデアをどのようにして得たのか、書きあげるのにどのぐらい時間がかかったのか、どこで執筆したのかさえ記憶にない。

よく覚えているのは、結末がはっきりとわかっている状態で書いた数少ない短編のひとつということで、つまり、ゴールに到達するために慎重に構築されたストーリーである。結末を見据えて執筆するのを好む作家もいるということは知っている（かつてジョン・アーヴィングはわたしに、自分は最後の一文を書いてから小説を語り起こす、と語った）が、わたしにはそのようなこだわりはない。がいしてわたしは、自ずと閉じられる結末が好きだし、作者の自分がどのような展開になるのかわからないのであれば、読者もそうだろう、といった感覚が好きだ。わたしにとって幸いなことに、この話は読者が語り手に一歩先んじてもかまわない作品である。

いやな夢を見始めてから今日で一週間になるが、現実ではないことがわかりやすい夢だ。悪夢に転じないうちに常に目を覚ますことができる。しかし、今回だけはしつこくまとわりついている。部屋にいるのがエレンとわたしだけではないようだから。ベッドの下になにかがいる。そいつがなにかをかじっているのが聞こえる。

人は心底おびえると、どんな状態になるか知ってるだろ？　知らないわけがない。普遍的なことだから。つまり、心臓が止まるかと思われ、口が乾き、皮膚が冷たくなって体じゅうに鳥肌が立つ。頭の歯車はかみ合わずに空転するばかり。わたしは悲鳴をあげそうになり、実際にそうする。そして思う。そいつは目にしたくないやつだ、そいつは飛行機の窓側の席から見えるやつだ。

わたしは頭上のファンを見る。羽根が最高にゆっくりと回転している。左右のカーテンの閉じ合わされた隙間から早朝の光が射し込んでいる。ついで横に寝ているエレンのトウワタの灰色がかった綿毛のような髪を見る。ここはアッパー・イースト・サイドの五階、すべて世は事もなし。夢はただの夢だった。ベッドの下のことについては――

ベッドカバーをはねのけ、床にひざまずく。さながら祈りを捧げようとする人のように。だが、わたしは祈るかわりにひだ飾りを持ちあげてベッドの下を覗き込む。最初は闇しか見えない。やがて頭の形をしたものがこちらに振り向き、キラリと光る。レディーだ。彼女はそんなところにいるべきではないし、推測するに、彼女自身もそのことをわかっているらしい（犬のわかっていることとそうじゃないことを判別するのはむずかしい）。が、わたしは寝室に入ったときドアを開けっぱなしにしておいたのにちがいない。あるいはしっかり掛け金をしなかったので、彼女は鼻先でドアを押し開けたのかもしれない。彼女はホールに置かれているバスケットの中から自分の玩具をひとつ持ってきていた。少なくともそれは青白い骨や赤いネズミではなかった。その手のキーキー音を立てる玩具だったら、確実にエレンを起こしてしまっただろう。それにエレンには休息が必要なのだ。彼女はずっと具合が悪い。

「レディー」わたしは囁く。「そこから出てこい」

彼女はわたしを見つめるばかり。彼女は年をとり、昔とはちがって足取りがおぼつかないが、バカではない。彼女はエレン側の下にいるので、わたしには手が届かない。声を荒げれば出てくるかもしれないが、彼女はわたしがそうしないことを知っている（断言できる）。というのも、声を荒げれば、確実にエレンを起こしてしまうからだ。

それを証明するかのように、レディーはわたしから目をそらして、またもや玩具をしゃぶりだす。

まあ、どうにかできる。レディーとは共に暮らして十三年、エレンとの結婚生活のほぼ半分だ。彼女をそこからどかす方法はみっつある。ひとつ目は、犬用の鎖をチャラチャラ鳴らして、「エレベーター！」と呼びかける。ふたつ目は、犬用食器を床に音を立てて置く。みっつ目は

——わたしは立ちあがり、短い廊下を歩いてキッチンに向かう。食器棚からドッグフード〈スナッキン・スライス〉の袋を振りながら取り出す。床を走る爪音が聞こえるまで長く待つ必要はない。五秒で彼女は登場する。玩具を持参すらせずに。

わたしは彼女に小さなニンジン形のものを見せつけておいて、それをリビングルームに放り投げる。ちょっと意地悪かもしれないが、太っちょの年老いた生き物にはいい運動になる。彼女はご褒美を追う。そのあいだにわたしは余裕でコーヒーメイカーをスタートさせてから寝室に戻る。そして今度はしっかりとドアを閉じる。

エレンはまだ眠っている。彼女より先に起きることにはひとつの利点がある。目覚ましを鳴らさずにすむ。で、タイマーをオフにする。妻をもう少し遅くまで寝かせておこう。気管支炎なのだ。一時ものすごく心配したが、いまは快方に向かっている。

わたしはバスルームに行き、歯を磨いて一日を本格的に始める（朝の口内は細菌が一番増殖しているので歯磨きは朝食後ではなく起床後にすべきだという話を読んだことがあるからだが、子どものころに学んだ歯ブラシは食後にするという習慣は容易にはやめられない）。シャワーを出し、適温になるのを待ってから浴びる。

わたしはシャワーをしているときが一番頭の回転がいい。で、その朝は夢のことを考える。連続して五晩たてつづけに見てきた（が、別にたいしたことじゃないよな？）。その夢の中で実際になにかおそろしい体験をするわけではないが、ある意味、その点が最悪だ。というのも、わかっているからだ——百パーセント確実に——なにかおそろしいことが起こるだろうということが。このまま放っておけば。

飛行機に乗っている。ビジネスクラス。通路側の席だが、好んでそちら側にしている。トイレに行く場合、隣席の人をわずらわせずにすむからだ。わたしの席のトレイテーブルはおろされている。その上にピーナッツの袋とオレンジドリンクが置いてある。どうやらウォッカ・サンライズのようだ。現実の世界では一度も頼んだことのない飲み物。飛行は順調だ。雲が出ているとしても、その上を飛んでいる。客室に日光が射し込んでいる。だれかが窓側の席にすわっている。わたしにはわかっている。隣席のかれ（あるいは彼女、それともたぶん〝それ〟）を見たら、いやな夢を悪夢に変えることになる。隣にすわっている人の顔を覗きこんだら、わたしは正気を失うかもしれない。その顔が卵のようにぐしゃっと割れて、血染めの闇の潮流が溢れ出てくるだろう。

わたしは石鹼だらけの髪をさっとすすぎ洗いをし、シャワーから出て乾かす。着替えは寝室の椅子の上に畳んで置いてある。服を着て靴をはき、キッチンに行く。すでにコーヒーの香りが漂っている。すばらしい。レディーがストーヴのかたわらに丸くなった状態で、わたしをうらめしそうに見ている。

「にらむなよ」わたしはレディーに言って、寝室の閉じられたドアに向かってうなずく。「ルールはわかってるよな」

彼女は鼻づらを前脚のあいだに置いてタヌキ眠りをするが、わたしにはまだこっちを見ているることはわかっている。

コーヒーができるまで、わたしはクランベリージュースを選ぶ。朝はたいがいオレンジジュースを飲むが、ほしくない。夢に出てきた飲み物にあまりにも似ている。リビングルームでコーヒーを飲みながらCNNを見るが、消音にして画面の下に流れるテロップを読む。必要な情報はそこに書かれていることだけだ。やがてTVを消して、ボウルに入れた〈オールブラン〉を食べる。七時四十五分。天気がよければ、レディーを散歩に連れて行くことにする。タクシーには乗らずに歩いて仕事に行こう。

心地よく、申し分ない。晩春が初夏へにじり寄っていく一日。すべてがまばゆい。ドアマンのカルロが日よけの下にいて、携帯電話で話をしている。「ああ」かれは言う。「うん、ようやく彼女と連絡がとれた。やってもかまわない、わたしが立ち会うかぎりは問題ないそうだ。彼女はだれも信用しない。別に悪いことじゃない。部屋には高級品がたくさんあるし。いつ来る？　三時？　もっと早く来られないか？」かれが白い手袋をした片手を傾げてこちらに軽く挨拶を送るころには、わたしはレディーを歩かせて角まで来ている。

わたしたちは互いによく心得たもので手際よくとどこおりなくこなす、レディーとわたしは。つまり彼女は毎日きっかり同じ場所で用をたし、わたしはそれを素早く糞袋に収納する。わたしが戻ると、カルロはかがんで彼女の頭をなでる。レディーは最高に魅惑的に尻尾を振るが、カルロからご褒美はもらえない。かれは彼女がダイエット中だということを知っている。あるいは、そのはずだと思っている。

「ついにミセス・ウォーショウスキーと連絡がとれました」カルロはわたしに告げる。ミセス・ウォーショウスキーは5階Cの住人だ。一応は。というのは、この数か月、彼女の行方がわからなかったからだ。「ウイーンにいたんです」

「ウイーン、そうですか」わたしは言う。

「害虫駆除作業を進めてかまわないと言われました。わたしがその件で話をしたさい、彼女は震えあがっていましたよ。あなただけですね、四階、五階、六階の住人で文句を言わなかったのは。ほかの人たちは……」カルロはかぶりをふって、長い吐息をつく。

「わたしはコネチカット州の工場町で育った。そのせいで嗅覚が鈍い。コーヒーの香りはわかる。エリーの香水も。それもたっぷりふりかけたらだが。それぐらいしか匂わないんだ」

「今回の場合、たぶんそのほうがありがたいですよ。奥さんはいかがです？　まだ具合が悪いんですか？」

「もう数日たたないと職場には復帰できないだろうけど、ものすごくよくなってきている。それまで少しのあいだ気が気でなかった」

「わたしもです。ある日、奥さんが外出しようとしていました——雨の中をふだんと変わらずに——」

「それこそがエルだ。なにものも彼女を制止できない。行きたければ、どこへでも行く」

「——それと内心思いましたよ。『あれはまさに致命的な咳だ』と」カルロは手袋をした片手をあげて機先を制する。「ほんとうに思ったわけじゃ——」

「わかってるよ」わたしは言う。「入院一歩手前の咳だってね、たしかに。だから、やっとのことで医者に診てもらうようにした。で、いまは……回復に向かっている」

「よかった、安心しました」とカルロは言ってから、ほんとうに気がかりな話題に戻る。「わたしが例の一件を話したとき、ミセス・ウォーショウスキーはものすごくうんざりしていました。たぶん冷蔵庫に腐った食料品が入ってるのが見つかるていどですよ、とわたしは言いながらも、実際にはそれ以上のひどい匂いだって知っていました。あのあたりのフロアーで欠陥のない嗅覚の持ち主ならみんなが知っていますよ」かれは険しい顔でちょっとうなずく。「死んだネズミが見つかるでしょうね、きっと言ったとおりになりますよ。あれは食べ物のいたんだ匂いなんてもんじゃない。ネズミだ、そうです、それも一匹じゃないでしょうね。ミセス・ウォーショウスキーは殺鼠剤を仕掛けておいて、それを認めたくないんです」かれはふたたびかがんでレディーの頭をなでる。「おまえは匂いがわかるよな、カワイ子ちゃん？　そうにきまってる」

コーヒーメイカーのまわりに紫色のメモ用紙が散乱している。キッチン・テーブルにあった紫色のひとつづりのメモ用紙を取り、新たに書置きを残す。

エレンへ。レディーの散歩はすんだ。コーヒーは淹れてある。公園に外出できるほど体調がよければ、そうするように！　ただしあまり遠くへは行かないように。無理はしてほしくない。せっかく治りかけているのだから。カルロがまた話しかけてきた。「ネズミが死んでるような匂いがする」と。5階C周辺の居住者たちはみなおなじような匂いを嗅いでいるらしい。幸いなことに、きみは風邪で鼻がつまっているし、ぼくは〝鼻に障害〟がある。ハハ！　ホールに人がいるのが聞こえたら、それは害虫駆除業者だ。カルロが同行するらしいから、心配しないように。ぼくは出勤する。もう少し最新の男性用滋養強壮剤について考えないといけない。連中が製品名を決定する前にわたしたちに相談してくれていたらと思う。覚えておいてくれ、〝度を過ごすな〟。自分をたいせつに、健康に気をつけて。

末尾にキスの印Xを六つ書き留め、その下に描いたハートマークの中にBを記してサイン代わりにする。ついでそれにコーヒーメイカーのまわりにある他のメモを付け加える。そしてレディーの飲み水を新しいのと取り換えてから出勤する。

二十ブロックかそこら、わたしは最新の男性用強壮剤のことは考えない。考えるのは害虫駆除業者のこと。三時にやってくる。もっと早いかも、かれらの都合がつけば。

夢がわたしの眠りを周期的に妨げていたらしい。というのも、会議室での朝のミーティングでうとうとしたからだ。だが、いそいでしゃきっと目を覚まし、ピート・ウエンデルが提示している新製品〈ペトロフ・エクセレント〉のキャンペーン用ポスターのラフを見る。わたしはすでにそれを見たことがある。先週、ピートが自分のオフィスのコンピューターでそのポスターをもてあそんでいたのだ。そしていま、もう一度それを目にしたことで、自分の夢の構成要素のうち少なくともひとつがどこから生じたのかが判明する。

「〈ペトロフ・エクセレント・ウォッカ〉」オーラ・マクリーンが言う。彼女のみごとな胸が芝居がかった溜息のせいで上がったり下がったりする。「その名前が新生ロシア資本主義の実例となった場合、一発アウトね」これに対する心からの笑いは若い連中が発したもので、どうせかれらはオーラの長いブロンドの髪が自分の枕元に広がっているのを見るのが好きな輩だ。

「気を悪くしないでね、ピート。ペトロフ・エクセレントは置いといて、すばらしい目玉商品《リーダー》だわ」

「気にしてない」ピートは営業用の笑みを浮かべて言う。「がんばろう」

ポスターではカップルがバルコニーで乾杯していて、その背後の高級レジャーボートがたくさん停泊している港に陽が沈みかけているところが描かれている。そしてこんな説明文がつけられている。〈日没《サンセット》。ウォッカ・サンライズにふさわしい時間〉。

ペトロフのボトルの配置に関して――右？　左？　真ん中？　下？――議論が行われ、フランク・バーンスタインが提案する。実際、レシピを加えると閲覧時間を延ばせるかもしれない、ことにネット広告や〈プレイボーイ〉とか〈エスクァイア〉のような雑誌の場合は。わたしは、飛行機の夢に出てくるトレイに置いてある飲み物のことを考えていて、ジョージ・スラッテリーに名前を呼ばれるまで会議のことは念頭にない。しかし、質問に応じることができて、一安心。ジョージに同じ質問を繰り返してもらわずにすむ。

「実際、ピートと同じ立場です。顧客は名前を慎重に選んだ、わたしはただがんばっているだけです」

優しい笑いが起こる。これまでヴォンネル製薬会社の新しい医薬品にまつわるジョークはたくさんあった。

「月曜までに提示できるものがあるかもしれません」わたしはみんなに言う。正確にはジョージを見ながらではないが、かれはわたしがだれに対して言っているのか知っている。「来週のなかばまでには確実に。ビリーになにができるかチャンスを与えたい」ビリー・エダールは新入社員で、わたしのアシスタントとして仕事をしこんでいるところだ。いまのところ当人は朝のミーティングに参加させてもらえないが、わたしはかれのことを気にいっている。アンドリュース＝スラッテリー社のだれもがビリーを好いている。その青年は聡明で仕事熱心なので、一、二年のうちにきっと一人前になるだろう。

ジョージはわたしの提案をじっくり考える。「今日、問題が処理されることを心底期待していたんだがね。ラフのコピーでもいいから」

沈黙。人々は各自の爪を見つめている。それはジョージがこれまでに行った公然の叱責に近いもので、たぶんわたしはそれに値する。今週はわたしの最良の一週間ではなかったし、仕事ができなかったからといってビリーのせいにするのはよくない。いずれにせよ、感じがよくない。

「よし」ようやくジョージは言う。部屋に安堵の空気が流れる。まるで涼風が吹き込んで去って行ったような感じ。金曜の朝、会議室での鞭打ちを目撃したいやつはひとりもいないし、ましてや自分がその刑を受ける身にはなりたくない。ほかにも気がかりなことがたくさんあるし。

ジョージはネズミの匂いを嗅ぐ、とわたしは思う。

「エレンの具合はどうだね？」かれはたずねる。

「よくなっています」わたしは答える。「心配してくださって、ありがとうございます」

まだ少し他のプレゼンテーションがある。やがて終わる。神に感謝。

あやうくうたたねをしそうになったとき、ビリーがわたしのオフィスにやってくる。二十分後のことだ。点検。わたしは思わずうたたねをしている。すばやく上体をただしながら、深い瞑想状態にあったというふうに思われればいいがと願う。かれはたぶん興奮のあまりどのみち気づいていない。片手にポスターボードを持っている。わたしには、かれは田舎町の高校にいて、金曜の夜のダンスパーティーを告知する大きな看板を掲げているほうが似合っているように思える。

「ミーティングはどうでした？」ビリーがたずねる。

「うまくいったよ」

「ぼくたちのこと話題になりました？」

「そんなことわかってるだろ。なにを持ってきてくれたのかな、ビリー？」

かれは深呼吸をひとつすると、ポスターボードをくるりと裏返して表が見えるようにする。左側にはバイアグラの投薬瓶、実際のサイズないしはそれに近いかどうかは問題ではない。右側――広告の効力を発揮する側、広告が語りかけてくる側――にはわれわれの製品の投薬瓶が置かれているが、左側のものより大きい。その下に説明文。〈ポーテンス、バイアグラの十倍の効果！〉。

そのポスターボードを見つめるわたしを見て、かれの期待に満ちた笑みが薄れていく。「気にいりませんか？」

「気にいるかどうかの問題じゃない。ビジネスにおいては論外だ。効果があるかどうかだ。これにはない」

いまやビリーは不機嫌な顔をしている。ジョージ・スラッテリーがその表情を見たら、お払い箱にしただろう。わたしもそう思うが、厄介払いはしない。かれを教育するのがわたしの仕事だから。その他いろいろ思うところはあるが、わたしは務めをこなす。このビジネスを愛しているからだ。敬意を払われることはほとんどないが、とにかくわたしはこの業界が大好きだ。それにエレンの声が聞こえる。手放してはだめ。ひとたび真剣に取り組んだら、やりぬいて。そのような決意は少しばかり勇気のいることがある。

「すわって、ビリー」

かれはそうする。

「それからそのふくれっつらをやめろ。トイレにおしゃぶりを落としたガキみたいだぞ」

ビリーはできるだけ言われたとおりにする。そんなかれが好きだ。この若造は見習い期間中だが努力家だ。アンドリュース＝スラッテリーの職場で働くことになれば、もっとよくなるだろう。もちろん、行動がともなわなければならない。

「いい報せは、わたしにはその仕事をきみから取り上げる気はないということ。理由の大半は、きみの落ち度ではないからだ。ヴォンネル製薬会社こそがそのマルチビタミンのような製品名をわれわれに押しつけてきた。しかし、トンビにタカをうませるのがわれわれの仕事だ。それが広告における主たる仕事の七割がただ。八割かもしれない。よく覚えておけ」

ビリーはわずかにニヤリとする。「メモったほうがいいですかね？」

「調子にのるな。まず、薬品を売り出すさいには、ぜったいに投薬瓶を見せないこと。ロゴは、忘れずにいれる。中身の錠剤そのものはときによってだ。ものによる。なぜファイザー社がバイアグラのピルを表示しているかわかるか？　青色だからだ。消費者は青色を好む。形も有効だ。消費者はバイアグラの錠剤の形にかなり好反応を示す。だが、そうした薬品が入っている投薬瓶はけっして見ようとはしない。投薬瓶は病を想起させるからだ。わかったか？」

「じゃあ、小さなバイアグラの錠剤と大きな〈ポーテンス〉の錠剤を並べたらいいかな？　瓶のかわりに？」ビリーは両手をあげながら、説明文のフレームを形作る。「〝〈テン＝ポーテンス〉、十倍大きい、十倍効く〟どうです？」

「うん、ビリー、なるほど。米国食品医薬品局《FDA》も内容は理解するだろう。が、気にいらんだろうな。実のところ、かれらはその気になれば、そのような説明文の広告が流通しないようにできる。その結果、こっちとしてはかなりの損失金額が生じる。言うまでもなく、いい顧客を失うことにもなる」

「どうしてです？」いまにもぐずりそうな声だ。

「十倍大きくないし、十倍効くわけでもないからだ。バイアグラ、シアリス、レビトラ、ポーテンス、効果はどれもみなおなじだ。ペニスの勃起に関しては。調査してごらんよ、きみ。それと広告法をちょっと再履修してもいいんじゃないかな。ブロウハードのブランマフィンはビッグマウスのブランマフィンより十倍おいしいと言いたいのか？　食べてみればいい、でも、味覚や好みは主観的判断だ。なにがきみのチンコを固くし、どのぐらい持続させるか……」

「わかりました」かれは小声で言う。

「まだ話は終わっていない。なにかより〝十倍〟というのは——勃起機能不全用語風に言えば——役立たずだ。もう流行遅れだ。〝Ｋにいるふたつのその Ｃ〟と同時期にすたれた」

かれはぽかんとした顔をしている。

「五〇年代後半、広告業界の人間はTVのソープドラマで流すCMのことをそう呼んでいた。Cはオマンコ《cunt》、Kは台所《kitchen》の略だ」

「冗談でしょ！」

「いや、ふたりの女性の会話をとおして商品を宣伝するという手法だ。ところでいま、ずっともてあそんできたアイデアがあるんだ」わたしはメモ帳に走り書きをして、一瞬、古き良き五階のB号室に戻って、コーヒーメイカーのまわりに散乱しているメモのことを思う——どうしてあいかわらずそこにあるんだ？

「教えてくれないんですか？」若造の声がはるか彼方から聞こえる。

「そうだ。広告は口承媒体ではないからだ。声に出して語られた広告はけっして信用するな。書き留めて、それをだれかに見せろ。親友に。あるいはきみの……そうだな、妻に」

「だいじょうぶですか、ブラッド？」

「だいじょうぶだ、どうして？」

「わかりませんが、すこしのあいだ、変でしたよ」

「月曜に会議に出席するさいにおかしく見えさえしなければいい。さて——これをどう思う？」わたしはメモ用紙をかれのほうに向けて、そこにゴチック体で書かれているものを見せる。〈ポーテンス……硬い意志を持って事を貫きたい殿方へ〉。

「下品なオヤジギャグみたいだ！」かれは反対する。

「核心をついてるな。しかし、ゴチック体で書かれている。それが柔らかい明朝体の場合を想像してみろ。あるいは、カッコでくくられた小文字で書かれていたらどうか。内緒ごとのように」と言って、わたしは自分の書いた文章をカッコでくくる。大文字では効果がないけれど。しかし、効果を発揮するだろう。わたしにはわかる。それを見ることができるからだ。「さあ、その文章が引き立つようなことを考えろ。大きくてたくましい男が写っている写真を想像しろ。そいつは下着のトップが見えるほどジーンズを下げている。それにたとえば、半袖のスウェットシャツを着ている。そいつの汗と油にまみれた銃を目に浮かべろ」

「銃？」

「二頭筋、力こぶだ。そしてその男はフードを上げたマッスルカーのかたわらに立っている。さあ、それでもまだ下品なオヤジギャグか？」

「さあ……どうでしょう」

「わたしにもわからん、確信はもてない。が、うまく説明できないが、わたしの勘では、こいつはものになる。だが、このままではだめだ。説明文はまだ効果がない。その点に関しては、きみは正しい。が、なんとかしなければならない。それがＴＶやネット広告のベースになるからだ。だから、そいつの可能性を考えろ。使えるようにするんだ。ただキーワードを忘れるな……」

　不意に、なんの前触れもなく、あのいまいましい夢の他の部分がなにから生じたのかを知る。それはぴたりと所定の場所におさまる。

「ブラッド？」

「キーワードはハードだ」わたしは言う。「というのも、男は……なにかがうまくいかないとき——ペニス、計画、人生——ハードだと受け取るからだ。あきらめたくない。うまくいっていたときのことを覚えているし、ふたたびそのようにしたいと思うからだ」

そうだ、とわたしは思う。男はたしかにそうだ。

ビリーは薄ら笑いを浮かべる。「そんなもんですかね」

わたしはどうにかこうにか微笑む。かなり無理をした笑い。まるで、口元に重りがぶらさがっている感じ。突然、またもやいやな夢を見ているような気になる。見たくないものが近くにあるからだ。ただし、それは夢だとわかるような明確な夢ではない。はっきりとした現実だ。


ビリーが去ったのち、わたしはトイレに行く。十時だ。職場のほとんどの男たちはすでにモーニングコーヒーを飲みほしてしまい、いまはオフィスのささやかな休息所でさらに油を売っている。そこでわたしは便所にこもる。ズボンをおろす。そうしておけば、だれか入ってきて、たまたまドアの下に目をやったとしても、わたしのことを変態ではなく、考え事をするためにここに閉じこもっていると思うだろう。

アンドリュース＝スラッテリーの一員となって四年後、ファスプリン鎮痛剤社の委託業務がわたしのところにまわってきた。わたしは長年にわたっていくつか優れた業績を、大当たりをとったことがあったが、それが最初だった。あっという間だった。わたしはサンプルボックスを開いて、ボトルを取り出し、キャンペーンの基礎——広告業者が心材と呼ぶもの——が即座に思い浮かんだ。が、もちろんわたしはちょっと考えているふりをして——あまりに簡単な仕事に見せたくない——コンペをおこなった。エレンが手伝ってくれた。彼女が妊娠できないことがわかった直後のことだった。子どものころにリュウマチ熱にかかったときに処方された薬と関係があった。彼女はかなり落ち込んだ。ファスプリンのコンペを手伝うことで悲しみがまぎれたし、彼女はほんとうに身を投じた。

アル・ピータースンは当時まだ、実権を握っていて、わたしのコンペを受け入れてくれた人物だ。わたしは覚えている。かれのデスクの前のスウェットシーツに腰かけて心臓が口から飛び出しそうなほどドキドキしながら、わたしたちが作ったサンプルをかれがゆっくりと検討していくのを見つめていたことを。やがてかれは言った。「いいね、ブラッド、いいどころじゃない、すばらしい。明日の午後にクライアントと会おう。きみがプレゼンをしろ」

わたしはプレゼンをした。デュガン・ドラッグの副会長は若い働く女性が腕まくりした手でファスプリンのボトルを突き出している写真を見ると、夢中になった。キャンペーンはファスプリンを大人の男——ベイヤー、アナシン、バファリン——と肩を並べるトップクラスにした。年末にはわが社はすべてのデュガンの顧客を一手に引き受けた。売上高？　七桁だ。七桁以下ということはない。

わたしはボーナスを使ってエレンをバハマの首都ナッソーに十日間連れて行った。ケネディー空港を発ったその朝は、土砂降りの雨だった。いまだに覚えている。飛行機が雨雲を抜け、陽の光が機内いっぱいに射し込んだとき、エレンは声をあげて笑い、「キスをして、すてきな景色よ」と叫んだのを。わたしは彼女にキスをした。すると通路の向こう側のカップルが——わたしたちはビジネスクラスに搭乗していた——拍手喝采した。

そのときが最高だった。最悪の事態は三十分後に訪れた。エレンに振り向いたとき、一瞬、死んでいると思った。頭を両肩の上にそらして口を開け、髪は窓にひっついている。彼女はそういう恰好で眠るのだ。彼女は若かった。わたしたちふたりとも。しかし、エレンの場合、突然死の可能性が非常に高かった。

「かつてはあなたのような状態を〝不妊〟と呼んでいました、ミセス・フランクリン」医師は悪い報せがあると言って、そう告げた。「でも、あなたの場合はかえってよかったと思います。妊娠は心臓を傷めつけます。あなたが幼少のころにひどい治療を受けた病に感謝しなさい。あなたの体は強くない。もし子どもができたら、妊娠期間の最後の四か月はベッドで寝たきり状態になり、出産さえ危険になるでしょう」

妻は、その旅行に出かけたとき妊娠していなかったし、健康診断も良好だった。だが、巡行航路までの上昇飛行がかなりキツかった……彼女は息をしているようには見えなかった。

やがてエレンは目を開けた。わたしは長くて弱々しい息を吐きながら、自分のシートに深くもたれかかった。

エレンはとまどった様子でこっちを見た。「どうしたの?」

「べつに。きみの寝顔、それだけ」

エレンは顎を拭いた。「あら、いやだ、よだれを垂らしてた?」

「いや」わたしは笑った。「でも、ちょっとのあいだ、きみはまるで……あのう、死んでるみたいだった」

エレンも笑った。「そうなった場合、死体をニューヨークに送り返さなければいけないわね。

で、たぶんあなたは、バハマのカワイ子ちゃんと仲よくなるのよ」

「いや」わたしは言った。「それでもきみを連れて行く」

「どうして？」

「きみが死んだなんて受け入れられないからさ。ぜったいに」

「二、三日もすればいやでも気づくわよ。匂うから」

エレンは微笑んだ。わたしがふざけて言ってると思っていた。彼女はあの日医者が話したことをほんとうには理解していなかったからだ。彼女は――俗に言うように――喉元過ぎれば熱さを忘れる、だった。それに彼女は自分の寝顔――日光が照り映える青白い頬、茶色くすんだまぶた、うっすら開けた口――がどのように見えるかを知らない。しかしわたしは見たし、そのことを心に深くきざんだ。彼女はわが心だったし、そこにあるものを守った。だれもわたしからそれを取り上げることはできない。

「匂わないよ」わたしは言った。「ずっと生かしておくから」

「ほんと？　どうやって？　降霊術《ネクロマンシー》？」

「不屈の精神によって。そして広告業界人のもっとも貴重な資産を駆使して」

「それってなに、ミスター・ファスプリン？」

「想像力さ。なあ、もっと愉しいことを話さないか？」

ずっと待っていた電話が三時半ごろかかってくる。相手はカルロではない。バート・オストロー、建物の管理人だ。わたしが何時に帰宅するのか知りたがる。なぜなら、これまでみんなが匂いを嗅いできているネズミは五階のCにはいなくて、わたしたちのアパートメントにいるらしい。オストローは、害虫駆除業者はつぎの仕事があるので四時には帰らなければならないのだが、それはたいしたことではなく、問題を修正することが重要なのだ、と言う。そしてこうつけくわえる。ところでカルロによれば、この何週間もあなたの奥さんをだれも目にしていないらしいですね、見かけるのはあなたと飼い犬だけだ。

わたしは、自分の嗅覚の欠陥について、およびエレンの気管支炎のことを説明する。現在の容態では、彼女はカーテンが燃えたとしても煙探知機が発動するまでわからないでしょうね、とわたしは言う。たしかにレディーは匂いに気づいています。でも、犬にとっては、腐敗していくネズミの匂いは、たぶん〈シャネルの五番〉のようなものじゃないですかね。

「そうしたことはカルロから聞いて知ってます、ミスター・フランクリン。でも、なにがどうなっているのか見るためにお宅にお邪魔させてもらわないとなりません。害虫駆除業者を呼び戻さないといけないことになるでしょう。そうなると、おそらく請求書が気になるでしょうね、えてしてかなりの高額になりがちですから。わたしは合鍵で入室できますが、それでは心苦しいので、できればあなたが――」

「ええ、わたしもそのほうがいいと思います。妻は言うまでもなく」

「奥さんに電話をしたんですが、出ないんです」わたしはいまやかれの声音に疑惑を聞き取る。すでにわたしはなにもかもすべて説明した。広告業界の人間はそれが得意だが、相手を納得させる効果は六十秒かそこらしか持続しない。だからこそ消費者におなじ広告やスローガンを何度も繰り返し聞きつづけさせるわけだ。少量で十分。時間とお金の節約。ペプシ、心が若い人のために。マクドナルド、最近これにハマってる《アイム・ラヴィン・イット》。有名なシリアルのウィーティーズ、チャンピオンたちの朝食。釘を打つようなものだ。まっすぐ核心《ハートウッド》をめがけて。

「たぶん、妻は呼び出し音をオフにしてる。それに、医者に処方してもらった薬の効き目がすごくてぐっすり眠ってしまうらしい」

「何時に帰ってきますか、ミスター・フランクリン？　わたしは七時までいます。そのあと残るのはアルフレドだけです」かれの声にこめられたさげすんだ調子から街頭のヤバいやつを相手にしたほうがましだと思ってることが伝わる。

断じて、とわたしは思う。ぜったいに帰宅しない。事実、わたしはそもそもそこにいなかった。エレンとわたしはバハマ旅行を堪能し、ケーブル・ビーチに引っ越し、ナッソーの小さな会社で職を得たのだ。わたしは、クルーズ船スペシャル（「乗船そのものが旅！」）、ステレオ・ブロウアウト・セールズ（「耳に優しく、財布にも優しい！」）、そしてスーパーマーケット開店（「安心のお買い得！」）と叫ぶ。こうしたニューヨークの代物はすべて明晰な夢であり、わたしはいつでも覚醒できるのだ。

「ミスター・フランクリン？　いるんですか？」

「ええ。考え事をしてました。ぜったいにはずせないミーティングがあるので、そのあとでわたしのアパートメントに六時ごろでどうでしょう？」

「ロビーにしませんか、ミスター・フランクリン？　いっしょにお宅に行きましょう」言葉をかえれば、ぬけがけはさせませんよ、妻を殺害したかもしれない天才的広告業者さん、ということだ。

わたしが先手を打ってアパートメントに行って妻の死体を隠すということを、あんたはどのていど信じているんだ、とたずねようかと思う――それこそ相手が考えていることだ。殺人事件は管理人の念頭の最先端に位置しているわけではないかもしれないが、最後部にあるのでもないだろう。夫の妻殺しは、〈ライフタイム局〉ではたいへんな人気だ。わたしが従業員専用エレベーターを使って妻の死体を物置に隠すだろう、と管理人は思うかもしれない。あるいは、焼却炉のシュートに投棄すると。DIY火葬だ。

「ロビーでぜんぜんかまいませんよ」わたしは言う。「六時。十五分前には行きます、できればですが」

わたしは電話を切ってエレベーターに向かった。そこに行くためには休息室を通過しなければならない。ビリー・エダールがノッズ・ア・ラを飲みながら戸口に寄りかかっている。ひどくまずいソーダだが、みんなが買って飲んでいる。会社のクライアントなのだ。

「どこへ行くんです?」

「家だ。エレンから電話があった。気分がすぐれないらしい」

「ブリーフケースはいらないんですか?」

「うん」しばらくブリーフケースはいらない。実際、もう二度と必要になることはないだろう。

「〈ポーテンス〉を新たな方向から練り直しています。うまくいくと思ってます」

「だろうね」わたしは言う。きっとうまくいくだろう。ビリー・エダールはすぐに出世するだろうし、その資格がある。「わたしはいそがないと」

「ええ、わかってます」ビリーは二十四歳だ。なにもわかっていない。「奥さんによろしく」

アンドリュース＝スラッテリーでは年間で半ダースのインターンを受け入れる。ビリー・エダールもそうして経歴をスタートさせた。おおかたのインターンが優秀だった。初めはフレッド・ウィリッツもすばらしいと思われた。わたしがかれを監督指導した。したがって、かれを解雇するのはわたしの責任となった――そもそもインターンはまだ実際には〝雇用〟されていないのでは、といった声が聞こえそうだが。かれは窃盗癖のある人間で、会社の備品室を自分の個人的ゲームの領域と定めていたのだ。ある日の午後、フレッドがブリーフケースに紙を大量に詰め込んでいるところをマリア・エリングトンに見つかるまでに、かれがどのぐらいの備品をチョロまかしていたのかはだれにもわからない。しかもかれはサイコ気味でもあることが判明した。わたしがクビを宣告すると、かれは激怒した。ピート・ウエンデルは警備員を呼んで、ロビーでわたしにわめきちらしているフレッドを強制退社させた。

腹立たしいフレッドには明らかに言うべきことがたくさんあった。かれはわたしの建物をぶらついていて、わたしが帰宅したとき、熱弁をふるっていたからだ。フレッドは距離を保っていたので、警察官たちは自由に発言する権利をかれは行使しているだけだと主張した。しかし、わたしが危惧したのはかれの長広舌ではない。これまでかれはおよそ五十枚のコピー用紙やプリンターカートリッジばかりかボックス・カッターやエグザクトナイフも盗んでいたかもしれない、とわたしは思いつづけていた。だからそのとき、わたしはカルロに頼んで従業員専用エレベーターのキーを貸してもらい、フレッドに気づかれないようにこっそり階上に行った。そうしたことすべては秋に、九月か十月に起こった。若きミスター・フレッド・ウィリッツがあきらめて、ふたたびどこかほかのところで個人的な収益をあげるころには、日々は寒くなっていた。しかし、カルロはわたしにキーを返却してほしいと一言も口に出さなかったので、わたしは返さなかった。ふたりとも忘れていたのだろう。

そういうわけで、わたしはタクシーの運転手に自宅のアドレスを教えるかわりに、次のブロックで降ろしてもらったのだ。わたしは運賃を気前よくチップをそえて――ポテトチップじゃないぞ――支払ってから、従業員専用路地を進んだ。キーがうまく動かず、気分が落ちこむが、少し揺り動かすと、まわる。従業員専用エレベーターは茶色のキルティングでできた壁面保護のパッドが壁からはがれかけている。これからやつらがわたしを収監しようとしている精神病院患者室のプレビュー版か、と思うが、もちろんそんなことは単なるメロドラマだ。たぶんわたしは休職しなければならないだろうし、わたしがしたことはたしかに賃貸契約違反だ。しかし――

いったいなにをしたのだ、正確には？

ついでに言えば、いったい先週はなにをしていた？

「彼女を生きつづけさせていた」エレベーターが五階で停止する。「彼女が死ぬなんてたえられなかったからだ」

彼女は死んでいない、とわたしは自分に言い聞かせる、具合が悪いだけだ。それは説明文《キャッチコピー》のようにひどいが、先週のあいだ、かなりよく役立っていたし、広告業界では短期間が一番大事なことだ。

わたしはドアを開けて入る。空気は停滞していて暖かいが、なんの匂いもしない。そこでひとりごちるが、とにかく、広告業界では想像力もまた大切である。


「ハニー？ただいま」わたしは呼ばわる。「起きてるのか？　かげんはどうだ？」

今朝、出かける前に寝室のドアを閉めるのを忘れたのではないかと思う。レディーが静かに出て来るからだ。彼女は骨付き肉をなめている。うしろめたそうなまなざしでわたしを見る。

「ハニー、それから尻尾を巻いてよたよたとリビングルームに入っていく。振り返らない。　エル？」

寝室に入る。まだ妻の姿は見えないが、ミルク色の綿毛のような髪とキルトの下の身体の輪郭が目に入る。キルトがわずかに乱れてしわくちゃになっているので、彼女が起き上がって——コーヒーを飲みに行っただけならいいのだが——またベッドに戻ってきたことがわかる。

先週の金曜日のことだが、わたしが帰宅したとき妻は息をしていなかった。その日以来、彼女はよく眠る。

わたしはエレンが向いている側に近寄る。片手がベッドからだらりと垂れ下がっているのが目に入る。もはやそれは骨に肉片がへばりついているだけの状態だ。わたしはその手を凝視して、これに関してはふたとおりのとらえ方があると思う。ひとつの見方としては、たぶんわたしは飼い犬——エレンの犬だ、実際の話、レディーはいつだってエレンのことが一番好きだった——を安楽死させなければならないのだろう。もうひとつの見方としては、レディーは心配になって、エレンを起こそうとしたのだろう。ねえ、エリー、公園に行きたいの。ねえ、エリー、わたしのおもちゃで遊んでよ。

わたしは骨と化した手をシーツの下に押し込んだ。そのほうが寒くないだろう。ついで蠅を手で追い払う。これまで自分のアパートメントで蠅を見かけたことがあったかどうか思い出せない。おそらくカルロが話していたネズミの死体の匂いを嗅ぎつけたのだろう。

「ビリー・エダールを知ってるよね?」わたしは言う。「ださい〈ポーテンス〉の委託業務について意見を聞かせてやったんだ。かれはうまく推し進めるだろう」

エレンは黙ったままだ。

「きみが死ぬはずがない」わたしは言う。「そんなこと受け入れられない」

エレンは黙ったままだ。

「コーヒー飲む?」わたしは自分の腕時計をちらりと見る。「なにか食べる? チキン・スープがあるよ。レトルトの類だけど、温めたら悪くない」温めたら悪くない、なんてお粗末なスローガン。「どうする、エル?」

妻はなにも言わない。

「よし」わたしは言う。「いいよ。バハマ旅行を覚えてるかい? シュノーケルで潜りにいったけど、きみは離脱したよね。泣いたから。理由をきくと、きみはこう答えた。だってとっても美しいから、って」

いまはわたしだよ、泣いているのは。

「ほんとうに、起きて少し散歩したくないのかい? 窓を開けて新鮮な空気を入れよう」

エレンは黙ったままだ。

わたしは溜息をつく。綿毛のような髪をなでつける。「いいさ。もう二、三時間眠るといい。わたしはきみのそばにすわっているよ」

そしてわたしは言ったとおりのことをする。

ジョー・ヒルへ

(*Under the Weather*)

鉄壁ビリー

著者の言葉

そう、野球の話だが、まあ、読んでくれよ、いいだろ？　パトリック・オブライエンの海洋冒険小説を愛読するのに船員である必要はない。それに騎手——あるいは賭博師——じゃないとディック・フランシスのミステリー、〈競馬シリーズ〉を堪能できないというわけでもない。それらの物語は登場人物や出来事が生き生きとしていておもしろいが、本編にも同様の息吹を感じとってもらえたらうれしい。物語のアイデアは、アトランタのターナー球場で、あと一歩で暴動になりかねなかった誤審のあったポストシーズン・プレイオフ・ゲームを観戦したあとで得た。ファンは紙コップや帽子、広告用紙、ペナント、そしてビール瓶を球場に雨あられと投げ込んだ。アンパイアが頭にウィスキーのボトル（もちろん、中身は空）をぶつけられたあと、チームは秩序が取り戻されるまで球場から退散した。ＴＶの解説者は嘆かわしいスポーツマンシップに愚痴をこぼした。まるでそのような激しい抗議や怒りの表出はこの百年かそれ以上にわたってアメリカのスタジアムでは発生したことがなかったかのような口ぶりだった。

わたしは昔からずっと野球が大好きで、試合について書きたいと思っていた。ことに活発な異議申し立て、たとえば「アンパイアをぶち殺せ」や「やつに盲導犬を買ってやれ！」など試合に妥当な一部と見なされる主張のともなう試合を。野球がフットボールと同じような罵声の攻防戦であり、選手がセカンドベースにスパイクを上向きにしてスライドするとか、そしてホームベースに突入するさいの体当たりは違法というよりむしろ期待された、そんな時代。あの頃は、判定がTVのリプレイでひっくり返るなんてのはおそれおおきこと。アンパイアの言葉が法だったからだ。わたしはそうした初期の野球選手たちの言葉づかいを用いてスポーティング・アメリカの特性や本質を喚起したい。自分が神話的かつ——ひどく——おかしなものを創造できるかどうか試してみたかった。

また自分を物語に登場させる機会もあった。わたしはそれが大好きだ（結局、わたしの物書きとしての初稿料は、〈リスボン・エンタープライズ〉のスポーツ・リポーターとして得たのだ）。わたしの息子たちは、作者自身が物語に登場する趣向を〝メタフィクション〟と呼ぶ。わたしはそれを冗談でやっているので、本編を読んでおもしろがってもらえればと思う。昔ながらの出来のいい冗談、最後の一文は名作映画『ワイルドバンチ』からいただいた。

そしてナイフに気をつけろ、昔ながらの読者諸氏。本編はスティーヴン・キングの物語なのだ、とどのつまりは。

ウィリアム・ブレイクリー?

なんてこった、鉄壁《ブロッケイド》のビリーのことだな。ここ何年もだれもわしにやつのことを聞いてこんよ。もちろん、ここではわしにものをたずねるなんて輩《やから》はひとりもいないが、ダウンタウンのPホールのKで〈ポルカ・ナイト〉とか〈バーチャル・ボウリング〉とかいうものに参加する気があるかどうかきかれることはあるけどな。まさにこの談話室でだよ。忠告してやろう、ミスター・キング――きかれたわけではないが、ひとつくれてやる――年はとるな、もしそうなったら、身内を説得しろ、ここみたいなゾンビ・ホテルに入居させないように。

奇妙なもんだ、年をとるってことは。若いときは、みんなが話を聞きに来たがる、とくにプロ野球選手だったりするとな。だけど若い時分は、話を語ってきかせる時間がない。わしはいま、世界じゅうの時間を独占しているようなもんだが、昔のことなんてだれも関心がないようだ。それでもわしは昔のことを考えるのが好きさ。だから、いいとも、ビリー・ブレイクリーのことを話してやろう。もちろん、すさまじい話だ、しかもとてつもなく長い。

あのころの野球はいまとはちがった。ブロッケイド・ビリーがタイタンズでプレイしたのは、ジャッキー・ロビンスンが肌の色の垣根を乗り越えてからほんの十年後だってことを思い出してくれよ。それにタイタンズはとっくの昔になくなっている。ニュージャージー州がこの先、もう一度メジャーリーグ・チームを持てるとは思えん。川向こうのニューヨークに強力なチームが二つあるからじゃないぞ。でも当時はたいしたもんだった――わしたちはひとかどの人物だった――し、わしたちはいまとは異なる世界で試合をプレイしてたんだ。

ルールは同じだ。そいつは変わらん。それとささやかな儀式もかなり似かよっていた。ああ、帽子を横向きにかぶったり、つばを曲げたりするのはご法度だったし（昨今のうすのろバカのかぶり方ときたら、ったく）、髪は清潔に短く刈ってないといけなかった。が、あいかわらずボックスに立つさいには十字をきったり、身構えるまえにバットの先端で地面に十字を描いたり、あるいは守備をするのにグラウンドへ出るときにベースラインを飛び越えたりする選手はいた。ベースラインを踏んづけるなんてもってのほか。運が悪くなると思われていたんだ。

試合はローカル中継だった、いいか？　テレビ放送は開始されていたが、週末だけだった。わしたちにはいい市場があった。試合はWNJ局で放映されたので、ニューヨークにいるだれもが視聴できたからだ。そうした放送の一部はものすごく滑稽だった。現在の放送技術とくらべたら、素人丸出しもいいとこだ。ラジオのほうがましで、もっとこなれていたが、もちろんそれもローカル放送だ。衛星放送はなし、人工衛星がなかったからな！　ロシアが衛星1号を打ち上げたのはヤンキース対ブレーブスのワールドシリーズの期間中で、一九五七年のことだ。記憶にあるかぎりでは、たまたまオフの日で、まあ、それはまちがってるかもしれんが。覚えているのは、タイタンズはその年の初めには消滅していた。わしたちは、しばらくは争った。いくぶんかはブロッケイド・ビリーのおかげだったが、それがどういう顛末をむかえたかは知られている。だからあんたはここにいる、だろ？

つまり、こういうことさ。試合は国民的な興行としては小規模だった。選手たちは大物じゃなかった。スター――アーロンやバーデット、ケーライン、そして言うまでもなくザ・ミックのようなやつら――がいなかったと言ってるんじゃないが、大半が全米に知れわたっているわけじゃなかった。アレックス・ロドリゲスやバリー・ボンズ（ふたりは薬物使用仲間だよ、わしに言わせれば）のようには。じゃあ、ほかの多くの選手たちは？　一言で表現できるぞ。労働者だ。当時の選手の平均年収は一万五千ドルだから、現在の高校教師の初任給より少ない。

労働者だ、わかるか？　政治評論家ジョージ・ウィルが自著で述べたような労働者。ただし、かれはそれをいいものとして語っている。わしにはどうだかわからん。もしあんたが三十歳の内野手で、妻と子どもが三人いて、引退までにはあと七年ぐらいなんて状態なら。十年かもしれない。運がよくて故障しなければな。名外野手カール・フリーロは、最後にはワールド・トレード・センターでエレベーターを設置したり副業で夜間警備員をしたりして一生を終えた。知ってたか？　知ってたのか？　あんた、どう思う、ウィルはそのことを知ってた、あるいは書くのを忘れただけか？

問題はこういうことだ。技術があって、二日酔いでもまっとうにプレイができる場合、試合に出られる。そうじゃなければ、ゴミ捨て場に投げ捨てられる。単純明快。しかも残酷だ。要するに、それがその春のわしたちのあっぱれな状況だった。

キャンプちゅうはすべてうまくいってた。タイタンズのキャンプ地はサラソータにあった。先発のキャッチャーはジョニー・グッドカインドだった。たぶんあんたはやつのことを覚えてないだろう。記憶にあるとしたら、やつの成れの果ての姿だろうな。やつは四年間、三割打者で、ほぼ毎試合出場した。ピッチャーの扱い方を心得ていて、強面《こわもて》だった（文句をいっさい受けつけなかった）。子どもたちはやつをあおるようなことはしなかった。その春、やつの打率は三割五分近くで、しかも一ダースは大当たり、そのうちの一発は、わしがエド・スミス・スタジアムで目にしたなかでも最高にはるか彼方へ飛んで行った。その球場では普通、打球は遠くへ飛ばない。で、ぶっ飛んだボールは、リポーターのシボレーのフロントガラスに命中――ハッ！

だけど、やつは大酒飲みでもあった。チームが北に向かって本拠地でオープン戦をすることになっていた二日前に、やつはパインアップル・ストリートで女を轢《ひ》いて他界させた。あるいは、この世から強制退場させた。言い方はさまざまだが、ようするに殺した。で、その大バカ野郎はトンズラしようとした。ところが、郡のパトロールカーがオレンジの角に駐車していて、車内にいた警察官が一部始終を目撃していた。ジョニーの状態についても、疑いの余地はなかった。警察官たちがやつを車から引きずり出したとき、やつは蒸留酒製造所なみの臭いを放ち、ほとんど立っていられなかった。警察官のひとりが腰をかがめてやつに手錠をかけると、ジョニーはその男の後頭部に吐いた。ジョニー・グッドカインドの野球人生は、そのゲロが乾かないうちに終わった。ベーブ・ルースでさえ、ショッピング中の主婦を轢いたあとでは試合に出場できなかっただろう。けっきょく、レインフォード刑務所チームに入団しようかと考える羽目になったんじゃないかな。チームがやつを必要としたらの話だが。

ジョニーの後釜はフランク・ファラデイだった。ホームベースの真後ろでは悪くなかったが、打者としていまいちだった。約七十五キロ。巨漢じゃない。そのせいで危険にさらされる。当時の試合は苛酷だったんだ、ミスター・キング、殺し合いさ。

　だけどおれたちにはファラデイしかいなかった。覚えてるよ、ディプーノがやつは長くつづかないと言ったのを。けれど、ジャージー・ジョーでさえそれがどのぐらい短命なのかは考えていなかった。

　ファラデイがホームベースを守ったのは、その年の最後のオープン戦のときだった。相手チームはレッズだ。スクイズがおこなわれた。ホームベースにいるのはドン・ホーク。巨漢——テッド・クルズースキーだったと思う——が三塁にいた。ホークは、当日のおれたちのピッチャー、ジェリー・ラッグの右側めがけてバントした。大男のクルズースキーがホームベースに向かって駆け出す。百二十キロ強のポーランド系野郎の突進さ。対するファラデイはストロー並みに細いが、本塁に片足をのせている。不幸な結果になるのも当然だ。ラッグがファラデイに送球した。ファラデイは向きを変えてタッチアウトしようとした。わしは見ていられなかったよ。

　小男はアウトをとった。立派だと思うが、ただし、それはスプリングトレーニングでのアウトのようなもので、全体から見ると強風の中のすかしっぺていどの重要性だ。それがフランク・ファラデイの野球生命の終わりだった。片腕と片脚を骨折、それと脳震盪《のうしんとう》——それが事の真相だ。かれがどうなったかはわからん。つまるところガソリンスタンドでチップほしさにフロントガラスを洗う羽目になった、ということだけは知ってる。

　というわけで、わしらは四十八時間のうちにふたりのキャッチャーを失い、ホームベースを守るやつがガンジー・バージェスしかいないという状態で北へ向かわなければならなかった。ちなみに、ガンジーは朝鮮戦争後ほどなくしてキャッチャーからピッチャーに転向したんだ。当時は三十九歳で、中継ぎ投手として活躍していた。ナックルボールが得意で、それがまた悪魔なみに巧みだったもんだから、ジョー・ディプーノは老骨をホームベースに配置するなんてとんでもない、危険きわまりないと思った。最初かれは、このわしを復帰させようと言った。わしは冗談を言われてることはわかってた——わしは年老いた三塁コーチで、しかも脱腸にかかっていて金玉が膝までたれさがってた——が、それでもその考えにはぞっとしたね。

　そこでジョーは、ニューアークのフロント・オフィスに電話してこう言った。「ハンク・マスターの速球やダニー・ドゥーのカーブをまっとうに受けられるやつがほしい。トレモントでトレスクル・タイヤのためにプレイしていようとかまわん。ミットを持っていて、国歌斉唱までにスワンプに来られるならいい。さあ、ほんもののキャッチャーを探してくれ。今シーズンを戦いぬきたいのなら、そうしてくれ」通話を切ると、その日、十八本目のタバコに火をつけた。

　ああ、監督はつらいよ、なっ？　ひとりのキャッチャーは過失運転致死罪に問われていて、もうひとりは入院して全身包帯でぐるぐる巻きにされて『ミイラ再生』のボリス・カーロフ状態だ。投手陣もまた、髭も生えていないか社会保障カードが発行される前の若造ばかり。オープン戦までにだれが防具をつけてホームベースの背後でかまえるのか見当もつかなかった。

　わしたちはその年、鉄道じゃなく飛行機で北へ向かった。にもかかわらず、列車事故にあったような悲惨な気分だった。カーウィン・マッカースリンはタイタンズの本部長《GM》だったが、そいつが電話をかけて、わしたちがシーズンに参戦できるようにキャッチャーを見つけてくれた。それがウィリアム・ブレイクリーだ。そしてじきにブロッケイド・ビリーとして知られるようになる。いまとなっては思い出せない、やつがダブルかトリプルAから来たのか。だけど、あんた、コンピューターで調べられるよ。だって、わしはやつがそれまでいたチームの名前を知ってるから。ダヴェンポート・コーンハスカーズだ。わしがタイタンズにいた七年のうちに、そのチームから数人移籍してきた。わしらのレギュラー選手はいつもかれらにコーンホーラーズとしてなんでプレイできなくなったのかきいたもんだ。あるいは、かれらのことを米つきバッタ《コックサッカーズ》と呼ぶこともあった。野球のユーモアはお上品じゃないのさ。

　その年のオープン戦は対レッドソックスだった。四月中旬。当時は開幕が遅かったし、まっとうなスケジュールで試合がおこなわれた。わしはスタジアムに早く到着した——実際、神が目覚めるまえに——が、すでに選手用駐車場に若者がいて、フォード社の乗り古したピックアップ・トラックのバンパーに腰かけてた。アイオワ・ナンバープレートが後部バンパーに金網で吊り下げられていた。守衛のニックがその若造を入れたのは、フロント・オフィスからの手紙と免許証を提示されたからだ。

「ビル・ブレイクリーだな」わしは握手をしながら言った。「よろしく」

「こちらこそ」かれは言った。「自分の装具一式を持ってきたけど、かなりガタがきてる」

「ああ、こっちで用意してあると思うよ、相棒」わしはかれの手を放しながら言った。人差し指にバンドエイドをしていた。指の真ん中より下だ。「髭を剃っていてか?」わしはそこを指さして言った。

「ああ、髭を剃っていて」とかれは言う。わしはかれがわしのちょっとした冗談をわかっていてそう答えたのか、あるいは少なくとも初対面のときは、相手がだれであろうと言われたことはなんでも肯定しなければいけないとメチャメチャ気にしているのかどうか、見極めがたかった。あとになって、どっちでもなかったことがわかった。かれは相手の言ったことをくりかえす癖があったんだ。わしはそれになれた。ちょっと好きにさえなった。

「あなたが監督？」かれはきいた。「ミスター・ディプーノ？」

「いや」わしは言った。「ジョージ・グランサムだ。子どもたちにはグラニーと呼ばれてる。三塁コーチだ。用具係でもある」ほんとうだった。わしはかけもちで仕事をこなしていた。すでに話したように、当時の試合は小規模だった。「あんたに手配してやるよ、心配するな。新品を一揃いな」

「新品を一揃い」かれは言う。「でもグローブはいらない。ビリーの古いグローブを使わないといけないし。ビリー・ジュニアーとぼくとは長いつきあいだから」

「ふむ、べつにかまわんよ」そしてわしたちは、当時のスポーツライターたちが〈オールド・スワンピー〉と呼んでいたスタジアムに入っていった。

わしはかれに19番を与えるのをためらった。気の毒なファラデイの背番号だったからな。でも、かれが着てもパジャマのように見えないのはそのユニフォームしかなかったので、わしは手わたした。かれが着替えているあいだに、わしは言った。「疲れてないか？　ノンストップで運転してきたんだよな。飛行機代はもらってない？」

「疲れてない」かれは言った。「飛行機代を送ってくれたのかもしれないけど、見ていない。

グラウンドを見に行ける？」

　行けるよ、と答えて、わしはかれを連れてランウエイを進み、ダグアウトからグラウンドへ出た。かれはファラデイのユニフォームを着た姿で、ホームベースに向かってファウル・ラインの外側を歩いた。ユニフォームの青い背番号19が朝日に（八時になったばかりで、グラウンドキーパーたちが長い一日の仕事を始めたところだった）キラリと光った。

　あいつが歩く姿を見たときのわしの感じがうまく伝えられたらいいと思うが、ミスター・キング、言葉をあやつるのはあんたの領分で、わしじゃない。言えるのは、後ろ姿がこれまで以上にファラデイに似ていたということだけだ。もちろん、かれのほうが十歳若かった……が、年齢は背中にはたいして現れない。ただし歩くときの後ろ姿には出ることもあるがな。それにファラデイのような痩せ型で、ショートや二塁手としては願ったりかなったりだが、キャッチャー向きではない細身だ。キャッチャーは消火栓のような体形、ジョニー・グッドカインドのような肉体じゃないとだめだ。その男はいまにもあばら骨が折れたりバラバラになったりしそうだった。

　しかしながら、身体はフランク・ファラデイより引き締まっていた。ケツは幅広くて、太腿はがっしりしていた。上半身は痩せているが、ケツから下で判断すれば、かれはどんなやつに見えるだろう、と考えたことを思い出すね。ずばり、風光明媚《めいび》なニューアークに休暇旅行に来た田舎の若者だ。

　かれはホームベースに行くと、向きを変えてグラウンド中央を眺めた。髪はブロンドで、まさに田舎の若造って感じだが、そのひと房が額に垂れていた。前髪を払いのけると、その場にたたずんで周囲をじっくり見わたしていた——その日の午後には五万五千人以上の観客がすわることになるが、いまは静寂が支配している無人のスタンド、すでに柵に吊り下げられて朝のそよ風にたなびいている旗、あざやかなジャージー・ブルーに塗られたファウルポール、水をまき始めたグラウンドキーパーたち。すばらしい光景だ、わしはいつだってそう思っていた。そして、わしにはその若造の心にどんな想いがわきあがっているのか想像がついたね。おそらく一週間前には田舎の家にいて牛の乳しぼりをしながら、五月中旬にコーンホーラーズでプレイする日をまちわびていたんだ。

わしはこう思った。可愛そうな若造め、ようやく状況が飲み込めてきたな。こっちを振り返れば、その目はおびえていることだろう。これはロッカールームに縛って監禁しておかないと、古ぼけたピックアップ・トラックに飛び乗って、一目散に故郷へトンズラしちまうかもしれない。

けれど、かれがわしを見たとき、その目にパニックの色はなかった。不安さえも。どの選手も開幕日には感じるものだけどな。いや、ホームベースのうしろでリーバイスに背番号19のユニフォーム姿でたたずむかれは、完璧に冷静なように見えたよ。

「そうとも」そもそものはじめからなにかを確信していた男の口ぶりだった。「ビリーはここでヒットを打つ」

「よし」わしはかれに言う。返す言葉をほかに思いつかなかった。

「よし」かれが応える。ついで——ほんとうだぞ——こう言う。「あの人たちの水まきの手伝いをしようか?」

わしは笑った。かれには奇妙なところがあった、胡散臭《うさん》いところが、人を緊張させるなにかが……だけどそれがまた、かれがひとから好かれるところでもあった。なんとなくかわいげがあるんだ。実際にそこにいなくても、かれのことを好きにさせるなにか。ジョー・ディプーノはすぐにわかった。かれの頭がちょっと軽いことを。選手たちの何人かも。にもかかわらず、かれのことを好きにならずにはいられない。わしにはわからんが、かれに話しかけたとき、返ってくるのは自分自身の声みたいなもんだった。洞窟でのエコーみたいな。

「ビリー」わしは言った。「グラウンドキーパーはあんたの仕事じゃない。あんたの仕事は装具をつけて、午後にダニー・ドゥーセンの投球をキャッチすることだ」

「ダニー・ドゥー」かれは言った。

「そうだ。昨年は二十勝六敗、サイ・ヤング賞をもらって当然だったが、だめだった。記者たちに嫌われてるからな。やつはその件に関していまだにカンカンだ。それと覚えておきな。やつがサインに首を縦にふらなかった場合、あえてもう一度そのサインを出そうなんて思わないこった。試合のあとでチンコとケツの穴との場所を入れ替えたくなかったら、そうしな。ダニー・ドゥーは二百勝まであと四試合なんだ。それに達するまではものすごくたちが悪いぞ」

「それに達するまで」かれはうなずいた。

「そうだ」

「かれが首を縦にふらなければ、すぐにちがうサインにする」

「ああ」

「かれはチェンジアップを投げる？」

「犬は消火栓に小便をするだろ？　ドゥーは百九十六勝投手だぞ。チェンジアップなしでは無理だ」

「チェンジアップなしでは無理」とビリー。「オーケー」

「それとケガをしないように。フロント・オフィスが取引できるまでは、キャッチャーはあんたしかいないから」

「あんたしかいない」かれは言う。「わかった」

「期待してるよ」

そのときまでにはほかの選手たちがやって来たんで、わしにはやらなければならないことが山ほどあった。あとでジャージー・ジョーのオフィスで若造を目にしたが、サインの必要がある書類すべてにサインをしているところだった。路上で死んでいる小動物にたかるハゲワシよろしくカーウィン・マッカースリンが若造におおいかぶさるようにして、サインすべき適切な箇所を指さしていた。かわいそうな青二才、おそらくほとんど眠らずにここまでやってきて、いまは自分の人生を五年間放棄するために署名していたんだ。そのあとでわしはレッドソックスの打順をじっくり考えていたんだが、若造がドゥーセンといっしょにいるのを見た。ドゥーは全力で話し、若造は全力で聞いてたよ。わしが見たかぎり、質問さえしなかった。それでよかった。口を開いたりしたら、ダニーはたぶん、怒鳴りつけただろうから。

試合開始の一時間前ぐらいに、わしは打順表を見にジョーのオフィスに行った。若造は八番打者に登録されてた。べつに驚かなかった。頭上はざわつき始めていて、ボードで雑踏が聞こえるほどになっていた。開幕日はいつも観客が早くから乱入する。それを耳にすると、いつものように、わしは落ち着かなくなったし、ジャージー・ジョーも同じ気分なのが見てとれた。かれの灰皿はすでに満杯だ。

「あいつは期待したほどでかくなかったな」ジョーは、打順表のブレイクリーの名前をたたきながら言った。「つぶされたらたいへんなことになるぞ」

「マッカースリンはほかに見つけられなかったのか？」

「たぶんな。かれはヒュービー・ラットナーの奥さんと話をしたんだが、ヒュービーはウィスコンシン州のケツの穴のどこかで釣り旅行中だ。来週まで連絡がつかない」

「ヒューバート・ラットナーは少なくとも四十三歳だぞ」

「そんなことは知ってる。より好みを言ってる場合じゃない。ストレートに言ってくれ――やつは大リーグでどのぐらいもつと思う？」

「たぶん短命に終わるだろう」わしは言う。「でも、やつはファラデイにはなかったものをもっている」

「で、それはなんだ？」

「わからん。だけど、やつがホームベースのうしろに立って球場を眺めているところを見たなら、あんたも好感をもったかもしれない。やつは、『思ったほどたいしたことないな』と思っているようだった」

「アイク・デロークの球を鼻にくらってはじめて、これはとんでもないことだとわかるだろうよ」ジョーは言って、タバコに火をつけた。「禁煙しないとな。〝のどにやさしいです〟だと、嘘つけ。あの若造がダニー・ドゥーの最初の変化球をトンネルすることに二十ドル賭けるぞ。

で、ダニーは激怒して——やつが自分の登板をだいなしにされたときにどうなるか知ってのとおりだ——敵のチームは幸先のいいスタートを切ることになる」

「あんた楽しそうじゃないな」わしは言う。

ジョーは片手を突き出した。「二十ドル賭ける」

わしはかれが災いを振り払おうとしているのがわかったので、握手に応じた。けっきょく、わしが二十ドルをせしめた。まさにその日、ブロッケイド・ビリー伝説が始まったからだ。

かれがいい試合にしたとは言えないね。だってかれはそうしなかったから。ドゥーががんばったのさ。だが、最初の投球——フランク・マルゾーンに対する——はカーブだったが、青二才は見事にキャッチした。毛筋ほどの乱れもなく。しかも、あれほどの電光石火の返球にお目にかかったことはないよ。ヨギ・ベラも真っ青だ。審判がストライク・ワンと叫び、幸先のいいスタートを切ったのはわしたちのチームだった。少なくとも、テッド・ウィリアムスにソロホームランをかっとばされた五回までは。だが、わしたちは六回に取り戻した、ベン・ヴィンセントがお返しの一発を放って。ついで七回ツーアウトで、わしたちはランナー——バーバリノだったと思う——を二塁に出し、つぎのバッターは新人の若造だ。三打席目だった。一打席目は見逃し三振、二打席目は空振り三振だった。そのときは、デロークは若造をもてあそんでマヌケにみせた。おかげで、若造はタイタンズのユニフォームを着ているあいだに自分に対する唯一のブーイングを耳にした。

若造がバッターボックスに入り、わしはジョーのほうを見た。ウォータークーラーのそばにすわって、つま先を見つめてかぶりをふっていた。たとえ若造が塁に出たとしても、ドゥーが次のバッターだ。しかもドゥーは、テニス・ラケットでスローピッチのソフトボールでさえ打ち返せない。打者としては最低最悪だ。

　話を引っ張ってじらす気はない。これはガキ向けのスポーツ漫画じゃないからな。ときに実人生は芸術をまねることがある、なんてことを言うやつがいるが、それは正しい。まさにその日がそうだった。ツー・ストライク、スリー・ボールになった。やがてデロークがシンカーを投げた。一打席目に若造をコケにした一球だ。まちがいなく若造はもう一度ひっかかる。ところが、今度バカを見たのはアイク・デロークのほうだった。若造は足元からすくいあげるようにして打った。エリー・ハワードがよくやっていたようなスイングだ。守備プレイヤーの間を抜く痛烈な打撃。わしはランナーにホームインするように手をふってうながした。逆転だ。2対1。

　その場にいただれもが立ちあがり、声をかぎりに叫んだが、若造は歓声が聞こえてもいないようだった。ただ二塁に立ち、ズボンの尻の埃を払っていた。だが、そこに長くはとどまらなかった。ドゥーが三球三振になったからだ。かれはバットを放り投げた。ストライクアウトをとられたときにはいつもそうしているようにな。

　だからまあ、けっきょく、これはスポーツ漫画なのかもしれん。あんたがたぶん、中学校の自習室で歴史本の下に隠して読んだようなやつだよ。九回の表、ドゥーは敵チームの強打者たちと対峙した。マルゾーンを三振に打ち取った。観客の四分の一が立ちあがった。クラウスを三振に打ち取った。観客の半分が立ち上がった。つづいてウィリアムス――オールド・テディ・ボールゲームだ。ドゥーはかれに手も足も出させない。ツー・ストライク、ノー・ボール。

そのあとがつづかずに、けっきょく歩かせてしまう。若造はマウンドに駆け寄ろうとしたが、それをドゥーが手を振って制止した――じっとしゃがんで自分の仕事をしろよ、坊や。で、坊やはそうした。ほかにどうすればいい？　マウンド上の男は野球界ですごく優秀なピッチャーのひとりだ。それに対して、ホームベースのうしろにいるのは一日の乳しぼりがすんだあとの牛が体調を保つために入れられる牛舎のうしろでリトル・ピックアップ・ボールをしていたかもしれない田舎の若者だ。

初球さ、ちくしょうめ！　ウィリアムスが二塁めがけて走った。ボールはショートバウンドした。捕球がむずかしい。が、若造はそれでも見事な送球をした。もう少しでテディの盗塁を刺せたが、知ってのとおり、〝もう少しで〟が得点になるのは蹄鉄投げ遊びだけだ。いまや総立ちになった観客は叫びまくっていた。ドゥーが若造に向かってなにかわめいた――自分の悪投球のせいではなくおまえがヘタクソだから盗塁されちまったと言ってるようだった。そしてドゥーが若造に、てめえはとんでもないドジ野郎だ、とがなりたてているあいだに、ウィリアムスがタイムを要求した。ちょっとスライディングしたさいに膝を痛めたらしい。別に驚くようなことじゃない。打者としてはかれの右に出るものはいなかったが、足が遅かった。その日、なんでウィリアムスが盗塁したのか、だれもが首を傾げた。ヒットエンドランでなかったのは確実だ。九回表二死の風前の灯火のときにその戦略はない。

というわけで、ビル・アンダースンがテディの代走として登場し、ディック・ジャーナートがバッターボックスに入った。長打率四割二分五厘とかそのぐらいある選手だ。観客は大興奮。応援幕が風をはらんでふくれあがり、スナップの包装紙がクルクル舞い、女性たちは金切り声をあげ、男たちはジャージー・ジョーに怒鳴り散らしている。ドゥーをおろしてステュー・ランキンにかえろと。かれは今日ではいわゆる抑え投手と呼ばれるが、当時はたんにショート・リリーフ専門として知られていた。

けれど、ジョーは祈る気持ちでドゥーセンに続投させた。

カウントはツー・ストライク、スリー・ボールだ、いいか？　アンダースンは投球と同時に飛び出す、いいか？　かれの走りは疾風のごとく、かたやホームベースのうしろにいる男はこれが初めての試合の新人だ。屈強なジャーナートはカーブをガツン――ボテッじゃなくガツン――と打ち返して、ピッチャー・マウンドの背後、ドゥーの手がちょうど届かないところに落とした。だけど、ドゥーはネコさながらにボールに飛びついた。アンダースンは三塁をまわり、ドゥーは両膝をついたままホームに送球した。すっげえ弾丸ライナーだった。

あんたの考えていることがわかるよ、ミスター・キング、だけど、完全にまちがってる。わしは毛筋ほども思わなかった、われらの新人キャッチャーがファラデイのようにバラバラになって、一度の試合で大リーグでのキャリアを終えるとは。その理由のひとつには、ビリー・アンダースンはビッグ・クリューのようなヘラジカ並みの体つきじゃなかった。どちらかといえばバレエタンサーだ。もうひとつの理由は……ええと、まあ……若造はファラデイよりうまかった。わしはそれを感じとっていたんだと思う。若造がくたびれたリュックを背負って、おんぼろピックアップトラックのバンパーに腰かけているのを見たときすぐに。

ドゥーセンの送球は低かったが狙いは正確だった。若造はそのボールを両脚の間で取ると、すかさず向きを変えてミットを突き出した。新人はまちがいを犯した、とっさにわしはそう思ったよ。昔から言われているように、「初心者は両手で」を忘れたせいで、アンダースンの突進でボールを落としてしまい、わしらは九回裏で得点をとるためにもうひとふんばりしなくてはいけない。ところが若造はフットボールのラインマンよろしく左肩を落とした。わしはかれのあいてるほうの手に注意をまったく払っていなかった。というのも、差しのべられたキャッチャー・ミットを見つめていたからだ。当日のオールド・スワンピー球場にいただれもがそうだった。だからわしはなにが起きたのか正確にはわかっていなかった。ほかのみんなもそうだ。

わしが目撃したのはこういうことだ。若造はアンダースンの胸にグローブをたたきつけた。ベースまでまだ三歩の距離があった状態で。ついでアンダースンが若造の下げた左肩に突っ込んだ。アンダースンはもんどり打ってバッターボックスの左手後方に落下した。アンパイアは拳を固めてアウトのサインをかかげた。ついでアンダースンが叫びだして自分の足首をつかんだ。三塁側のコーチ・ボックスからでもそれが聞こえたよ。だからかなりの大声だったのにちがいない。なにしろ、開幕戦のファンたちは大歓声をあげていたからな。そしてアンダースンのズボンの左側の裾が赤く染まっていき、指の間から血がにじみ出て来るのが見えた。

水を一杯もらえんか？　あのプラスチック製のピッチャーからついでもらえるかな？　プラスチック製のピッチャーしか与えられてないんだよ。ゾンビ・ホテルではガラスのピッチャーはご法度だ。

ああ、それでいい。こんなにしゃべるのはひさしぶりだし、もっと話すことがある。まだ退屈してないか？　してない？　よし。わしもだ。最高に楽しいひとときだな、ひどい話だろうとなかろうと。

ビリー・アンダースンは五八年まで二度とプレイしなかったし、五八年が最後の年になった――ボストン・レッドソックスはかれをシーズンの途中で自由契約選手にしたが、かれはどこにも受け入れられなかった。もう速く走れなかったし、足の速いのがかれのウリだったからだ。医者によれば、かれは新品同然になる、アキレス腱《けん》が損傷しただけで、完全に切れたわけではなく伸びているのだからということだった。わしの想像では、それがかれの選手生命にとどめを刺した。野球は負傷しやすい競技なんだ。世間ではそれをわかっていない。キャッチャーだけじゃない、ホームベースで衝突して怪我をするのは。

試合のあとで、ダニー・ドゥーはシャワー室で若造をつかんで大声を張りあげた。「今晩、おごってやるぜ、新入り！　マジでな、おごるって、十杯！」ついでかれは最高の賛辞を口にした。「おまえ、クソふんばったぜ！」

「十杯飲める、クソふんばったから」若造は言う、するとドゥーは笑って、人生最高に面白いことを聞いたかのようにかれの背中をたたく。

だが、そのときピンキー・ヒギンスが飛び込んでくる。かれはその年のレッドソックスをマネージングしていた。報われない仕事だった。ピンキーと球団にとって事態は悪化するばかり、低迷した五七年の夏のように。かれはカンカンに怒っていて、嚙みタバコを激しく嚙みまくるので口の両端から汁が溢れ出てユニフォームに飛び散っていた。かれは言った。ホームベースで激突した際に、若造がアンダースンの足首をわざと切ったと。それをブレイクリーは爪でやったのにちがいない、だから若造を解雇しろ、と息巻いた。これはかなりバカげている。なにしろ、「スパイクを相手に向けて殺せ！」を信条にしている男の口から出た発言だから。

わしはジョーのオフィスでビールを飲みながらすわっていた。だからわしとディプーノはピンキーの怒鳴り声をいっしょに聞いた。こいつ気がふれてるぜ、と思った。そう思ったのはわしだけじゃないのは、ジョーの表情から知れた。

ジョーはピンキーが疲れ果てるのを待ってから言った。「おれはアンダースンの足を見ていなかった。ブレイクリーがタッチアウトしてボールをしっかり握っているかどうかを見ていた。どっちもこなしたけどな」

「やつをここに連れてこい」ピンキーが頭から湯気をたてる。「直接言いたい」

「むちゃ言うな、ピンク」とジョー。「かりにブレイクリーが傷だらけになったとして、おれがあんたのオフィスでかんしゃくを起こすか？」

「スパイクはいいんだよ！」ピンキーはがなる。「スパイクは試合の一部だからな！　引っかくのは……キックボール中の女の子みたいに……だめだ！　それにアンダースンは七年間試合に出ている！　養う家族がいるんだよ！」

「で、あんたなにを言ってるの？　うちのキャッチャーがあんたのピンチランナーをタッチアウトして――肩越しにかれをやりすごしながら、そこを忘れるなよ――ついでに足首を切り裂いた、しかも爪で？」

「そうアンダースンは言ってる」ピンキーはジョーに言う。「アンダースンに言わせれば、そうされたと感じてる」

「たぶんブレイクリーはアンダースンのアキレス腱も爪で伸ばしたんだろうよ。そうだろ？」

「いや」そこはピンキーも認めたよ。そのとき顔を真っ赤にしていたが、怒りのあまりではなかった。そして、どのように聞こえるかわかっていながら、こうつづけた。「かれが言うには、ホームプレイトのうしろに倒れたときに感じたらしい」

「なんとおっしゃいましたかな？」わしは言う。「爪？　実にバカらしい」

「若造の両手を調べたい」ピンキーは言う。「見せてもらおう、さもないと、抗議を申し入れる」

わしは、ジョーがピンキーに「糞して寝ろ」と言うかと思ったが、言わなかった。かれはこっちに向き直った。「若造にここに来て、ミスター・ヒギンスに爪を見せろと言ってくれ。小学一年生のとき、〈忠誠の誓い〉のあとで担任の先生にしたようにな」

わしは若造を見つけた。かれはいやがらずに来たが、腰にタオルを当てただけの姿だった。で、両手の爪を見せるにはそのタオルを押さえていられなかった。爪は短く、清潔で、割れていず、変形さえしていない。血豆もない。爪を立てて引っかいたとしたらできるようなものはなにもなかった。わしは偶然にもひとつ、ささいなことに気づいた。そのときにはなんとも思わなかったけど。人差し指のバンドエイドが消えていたんだ。傷がなおりかけているとは思えなかった。シャワーのせいできれいなピンク色の切り傷が見えた。

「満足したか？」ジョーはピンキーにきいた。「爪だけじゃなく耳垢の検査もするか？」

「くたばれ」ピンキーが言う。立ちあがると、床を踏み鳴らしてドアへ向かい、そこにあった紙屑箱に嚙みタバコを――ペッ！――吐き捨ててから、戻って来た。「うちの子はあんたのとこの子が切ったと言ってる。そう感じたとな。うちの子は嘘をつかん」

「瀬戸際の試合だったので、おたくの子は三塁にとどまってつぎの打者ピアソールにチャンスを与えるかわりに自分がヒーローになろうとした。だから、下着についてる糞の跡はチョコレートソースだと言ったんだ。責任逃れの言い訳だな。あんたはなにがあったか知ってる。おれもだ。アンダースンは、よっこらしょと起きあがるときに、自分のスパイクにもつれて怪我をしたのさ。さあ、出て行け」

「覚えてろ、借りは返すぞ、ディプーノ」

「えっ？　そうかい、明日の同じ時間帯の試合でな。ここに早く来いよ、ポップコーンが熱くてビールが冷えているうちにな」

ピンキーは立ち去りながら、もう新しい嚙みタバコの包装紙を破いていた。ジョーは灰皿の横で指を連打してから、若造にきいた。「もうおれたちだけだ、おまえなにかアンダースンにやらかしたのか？　ほんとうのことを言え」

「いいや」一瞬のためらいもなく答えた。「アンダースンになにもしていない。ほんとうだ」

「よし」ジョーは言って、立ちあがった。「試合のあとで与太話をするのはいつだっていいもんだが、おれは家に帰って妻とソファーで一発やるよ。開幕戦での勝利はいつだって下半身をビンビンにするんだ」かれは新人キャッチャーの肩をぴしゃりとたたいた。「おまえ、期待に応える試合ぶりだった。よかったぞ」

若造は出て行った。タオルを腰にしっかり巻きつけてロッカールームに戻りかけた。わしは言った。「髭剃りの傷はよくなったみたいだな」

若造は出入り口で急に立ち止まった。背中をこちらに向けたままだったが、そこでなにかをしているのはわかったよ。その立ち姿が真実を物語っていた。もっとうまく説明できればいいんだが……とにかく、わしにはわかった。

「なに？」若造はわしの言ったことがわからなかったような口ぶりだった。

「髭剃りでやらかした指の傷だよ」

「ああ、あの傷ね。うん、ましになった」

そして若造はさっそうと出て行くが……田舎者だったので、これからどこに行けばいいのか見当もついてなかったと思う。

よし、そのシーズンの第二戦だ。ボストン・レッドソックスのダンディ・デーブ・シスラーがマウンドに立ち、われらの新人キャッチャーがバッターボックスに立つまもあらばこそ第一球をかれの頭めがけて投げた。ぶつかっていたら、目玉が飛び出ていただろうが、かれは頭をうしろにヒョイとそらしてから——かがんだりしなかった——ふたたびバットを振りかぶったが、まるでシスラーにこう言っているようだった。つづけろよ、マック、やりたければもう一度やってみな。

観客は気がちがったかのように絶叫し、くりかえし叫んだ。退場！　退場！　退場！　アンパイアはシスラーを退場させなかったが、警告を与えると、歓声が高まった。わしはざっと見わたして、ボストンのダグアウトにいるピンキーを見つけた。腕組みをして行ったり来たりしている。怒りの爆発を抑えようとしているように見えた。

シスラーはマウンドを二周しながら、大歓声にどっぷり浸ってから——あらら、観衆はかれがこっぴどく罰せられることを望んでいた——ロジンバッグのところに行き、ついで二回か三回サインに首を横にふった。気長にマイペースで、じっくり考えている。若造はそのあいだずっとバットを振りかぶって立っていたが、おばあちゃんが居間のソファーにすわってくつろいでいる感じだった。デーブ・シスラーは入魂の一球、速球をド真ん中に投げ、それを若造は左翼の外野席にかっ飛ばした。タイディングズが塁に出ていたので、わしたちは一気に2対0になった。若造がそのホームランを放ったとき、スワンピー球場でのどよめきをニューヨークじゅうの人間が耳にしたのにちがいない。

若造はニヤリとしながら三塁をまわるだろう、とわしは思ったが、審判そこのけのまじめくさった顔をしているように見えた。かれは小声でつぶやいていた。「やったぜ、ビリー、目に物を見せてやった、ざまあみろ」

ドゥーがダグアウトで最初に若造を出迎えてつかみ、勢いあまってバットラックに突っ込ませた。そして落ちて倒れたバットを拾う若造の手助けをした。ダニー・ドゥーセンらしくない。ふだんのかれは、そんなことをするのはプライドが許さないと思っていたからだ。

二度にわたってボストンを打ち負かし、ピンキー・ヒギンスをむかつかせたあとで、ワシントンに遠征し、そこでも勝利をおさめた。若造は三打席すべてにおいてヒットを放ち、そのうちの一本は二回目のホームランだったが、グリフィス・スタジアムはプレイするには気のめいる場所だった。ホームプレイト背後のボックス席を走りまわるネズミをマシンガンで掃射できただろうよ、しかも観客に当たる心配をせずにだ。へっぽこワシントン・セネターズはその年、最下位のチームで終わることになる。球場が閑古鳥だったのも無理はない。

ドゥーは二回目の先発でノーヒットノーランを達成しそうになった。そのさい捕手を務めたのが若造で、大リーグのユニフォームを着て出場した五回目の試合だった。ドゥーの無安打試合を阻止したのはピート・ランネルズだった――ワンアウトで二塁打を放ったのだ。そのあとで、若造はマウンドに行ったが、そのさいダニーはかれに手をふって戻るようにうながさなかった。ふたりは少しのあいだ話し合ってから、ドゥーは次の打者、ルー・バーベレットを敬遠した。ついでボブ・アッシャーが登場したが、ダブルプレイをくわせてやった。ドキドキの冷や汗もんだったぜ。これぞ野球。

その晩、ドゥーと若造はドゥーセンの百九十八勝を祝して外出した。翌日、わがチームの新人を見かけたとき、ひどい二日酔い状態だったが、デーブ・シスラーがかれの頭をめがけて投球したときと同じぐらい冷静さを保っていた。わしは思い始めていたよ。うちは本物の大リーガーを手に入れた、もうヒューービー・ラットナーはいらない、あるいはほかのだれも。

「おまえとダニーはどんどん絆が固くなっているようだな」わしは言う。

「固い」若造はうなずきながら、こめかみをこする。「おれとドゥーはマブダチ。かれの話では、ビリーは幸運のお守り」

「ダニーがそう言ってるのか？」

「うん。かれが言うには、おれたちが協力しあえば、自分は二十五勝して、連中はサイ・ヤングをあげないわけにはいかなくなる、たとえおれが記者たちに嫌われていようとも」

「ほんとうか？」

「ああ、ほんとうだよ。グラニー？」

「うん？」

若造はわしに大きく見開かれた青い瞳を向けた。すべてを見て、ほとんどなにも理解していない完璧なまなざし。それまでにわしは知っていたよ。かれはほとんど字が読めず、これまで見た映画は『バンビ』だけということをな。かれが言うには、オッターショーだかアウターショーだか――まあ、どっちでもいい――たぶん学校の名前だろうが、そこの子どもたちといっしょに見に行ったらしい。かれの識字能力に関するわしの推測は当たらずとも遠からずだが、そんなことはたいした問題じゃない。要は、その若造は野球の仕方を知っていたということさ――いわば本能的に。だが、その他の点ではなにも書かれていない黒板だった。

「もう一度教えて、サイ・ヤングってなに？」

とまあ、そんな感じだったわけだ。

チームはボルチモアに行って三試合やってから本拠地に戻った。典型的な春の野球だった。ボルチモアはまったくの南でも北でもないので、一日目は金玉がちぢみあがるほど寒く、二日目は地獄より暑く、三日目はリキッドアイスなみの細かい霧雨に見舞われた。天候なんか若造には関係なかった。三試合すべてヒットを打った。連続八安打。そればかりか、ホームベースでまたもやランナーを阻止した。その試合には負けたが、ものすごいタッチアウトだった。ガス・トリアンドスが犠牲者になった、と思う。かれは若造の膝めがけてヘッドスライディングして、ホームから八センチほどのところで気絶したように横たわった。若造はガスの首根っこにグラブを押し当てた。ちょうど、ママが日焼けした赤ちゃんにオイルをやさしくつけてやるように。

そのときの刺殺の写真はニューアーク・イブニング・ニュースに掲載されていて、キャプションにはこうあった。「鉄壁《ブロッケイド》ビリー・ブレイクリーまたもや失点を防ぐ」。いいニックネームだったし、ファンに受けた。あのころは、ファンたちは気持ちをはっきりとは表現しなかった――ゲイリー・シェフィールドを応援するのにシェフハットをかぶってヤンキー・スタジアムに来るようなやつは五七年にはひとりもいなかった、と思う――が、オールド・スワンピー球場に戻って最初の試合のとき、ファンのなかには、〈迂回路〉と〈道路封鎖〉と記されているオレンジ色の道路標識を持って来たやつがいた。

その道路標識は一日かぎりのものだったかもしれない。その試合でふたりのインディアンが若造にホームベースで門前払いされなければ。ちなみに、その日の投手はダニー・ドゥーセンだった。インディアンがふたりともアウトになったのは、みごとブロックの賜物というよりものすごい送球のおかげだったが、ルーキーは栄誉を担った。まあ、ある意味、当然だけどな。やつらは若造を信頼しはじめた。同時に、かれがランナーをタッチアウトするところを見たがった。野球選手は野球ファンでもあるし、連勝がつづいているときは、もっとも薄情なやつでさえ手助けしようとする。

ドゥーセンはその日、百九十九勝目をあげた。そして若造は四打席三安打でそのうちの一本はホームランだったので、二回目の対クリーブランド戦でさらに多くの観客が例の道路標識を持参して集まっても驚きやしなかった。

三試合目までには、黒い文字で「ブロッケイド・ビリーの命令で道路封鎖」と書かれた球場型のオレンジ色の厚紙を、進取の気性のあるやつが〈タイタンズ・エスプラネード〉で売り出した。それを何人かのファンがビリーの打席のときに掲げたが、相手チームが三塁に走者を出したときには全員が掲げたもんだ。ヤンキースを町に迎えるころまでには――試合は四月末まで開催された――ブロンクス・ボンバーズがランナーを三塁に進めると、球場じゅうがオレンジ色で活気づいたね。その現象はシリーズのあいだ頻繁に起こったよ。

というのも、ヤンキースはわしらをメタクソに打ちのめして首位から引きずり落としたからだ。若造のせいじゃなかった。かれは毎試合ヒットを打ち、ビル・スコウロンを三塁とホームのあいだで挟殺した。スコウロンはムッソリーニに似ていることからムースとあだ名がつけられていたが、同時にヘラジカ《ムース》なみの体軀をしていたので、若造を吹っ飛ばそうとしたが、かれのほうが尻もちをつかされた。そして若造は馬乗りになるようなかたちでかれにタッチした。新聞に載ったそのときの写真は、まるで小娘がプロレスラーを倒したようなショットだった。観客は、〈道路封鎖〉標識をふりまわしながら最高に盛りあがった。タイタンズが負けたことなんて問題じゃないみたいだったな。ファンは上機嫌で帰宅した。わしらの痩せっぽちキャッチャーが強大な《マイティ・》ヘラジカ《ムース》のスコウロンを引っくり返したからだ。

試合後の若造を目にした。シャワー室の外のベンチに裸で腰かけてた。胸の脇に大きな傷ができていたが、まったく気にしていないようだった。泣き虫じゃなかった。鈍感すぎて痛みを感じないんだ、のちにある人はそう言った。やつは鈍すぎるし頭がおかしい、と。しかし、それまでにもわしは鈍感な選手をたくさん知っていた。そいつらが鈍いからといって、痛みに対して文句をたれないわけじゃない。

「あの応援ボードはどうだ?」わしはきいた。元気づけてもらいたいならそうしてやろうと思ったんだ。

「あの応援ボード？」若造は言う。その当惑した表情から、冗談を言ってるわけじゃないことが見てとれた。ブロッケイド・ビリーはそういうやつだった。セミトレーラーが三塁ベースラインを走行して得点しようとしたら、かれはその行く手に立ちふさがるだろうが、そのほかのことについてはからきし頭がまわらない。

わしたちはデトロイトとダブルヘッダーをしてからふたたび遠征に出た。ちなみに、ダブルヘッダーはふたつとも負けたよ。ダニー・ドゥーはその二試合目にマウンドに立ったが、若造を責めることはできなかった。三回が終わらないうちに交代させられたから。ダグアウトにすわって、寒空（寒くなかった）に愚痴をこぼし、ハリントンがライトでフライを取りそこねた（それを取るには、ハリントンには竹馬が必要だった）ことに泣き言をもらし、ホームプレイトの背後にいるアホンダラのウェンダースから受けた誤った判定に文句を言った。最後の件に関しては、ドゥーの言い分には一理あったかもしれない。ハイ・ウェンダースは記者たち以上にドゥーを嫌っていて、好意を持ったことは一度もなく、前年は二度かれと口論をしたほどだ。しかしその日は、誤審には見えなかった。わしは三十メートルたらずのところに立っていたし。

若造は両方の試合でヒットを打ち、そのうちの二本はホームランと三塁打だ。ドゥーセンはかれにバットを突きつけることもしなかった。それはドゥーセンのおなじみの身振りだった。つまりかれは、タイタンズにビッグスターはひとりだけだ、それはおまえらじゃない、ということをチームメイトにわからせたい輩のひとりだった。だけど、かれは若造が好きだった。若造のことを自分の幸運のお守りだと本気で思っているようだった。そして若造はドゥーセンのことが好きだった。ふたりは試合のあとで梯子酒をし、たらふく飲んで、ドゥーのシーズン最初の負け試合を祝して売春宿に行き、翌日よれよれになって、カンザスシティーに遠征に行くために姿を現した。

「昨晩、あいつは女とヤッたぜ」空港に向かう球団のバスの中で、ドゥーはわしに打ち明けた。「初めてだったらしい。それが朗報。残念なのは、やつはそのことを覚えてないようだ」

揺れのひどい飛行機旅だったよ。わしらのほとんどが後部座席にいた。おんぼろプロペラ機で、バディ・ホリーやビッグ・ファッキング・ボッパーみたいに全員が墜落死しなかったのが不思議なくらいだ。若造は、ほとんどの時間を機内の奥で空き缶に吐いて過ごした。かたやそのドアのすぐ外では、野郎どもがトランプをしながら、おなじみの冗談をかれに投げかけていた。なにかお困りですか？　それをこまかく切り分けるのにナイフとフォークがいりますか？　そして翌日、若造はミュニシパル・スタジアムで五打席五安打を放ち、そのうちの一本はホームランだった。

その試合では、またもやブロッケイド・ビリーぶりが披露された。その頃にはあいつにその気があれば特許を取得できただろうな。犠牲者はクリート・ボイヤー。またもやブロッケイド・ビリーは左肩を下げて突っ込み、相手を押し上げて放り投げた。ミスター・ボイヤーはもんどりうってバッターボックスの左側に背中から落下した。ルーキーは両手を使ってタッチアウトにしたので、足からの流血もアキレス腱負傷もなかった。ボイヤーは立ちあがると、ダグアウトに歩いて戻りながら、尻の土をはたき落とし、まるで自分がどこにいるのかまったくわからないかのように頭を振っていたよ。ああ、だけどわしらはその試合に負けた。若造が五本のヒットを打ったにもかかわらず。11対10、まあ、そんな感じのファイナル・スコアだった。その日のガンジー・バージェスのナックルボールはキレがよくなかった。アスレチックスはそれを大いに食いものにしたのさ。

次の試合には勝ち、最終日には大接戦を逃した。若造はどちらの試合でもヒットを打った。連続十六試合出場。おまけにホームベースで九つ刺殺した。十六試合で九つ！　記録だったかもな。本に記載されたとしたら、そうだ。

わしらは三回戦のためにシカゴに行き、若造はそれらの試合でもヒットを打った。十九試合連続出場。けれど、三回すべて負けた。ジャージー・ジョーはそれらの試合が終わったあとで、わしを見つめて言った。「おれはあの幸運のお守りを買わないぞ。ブレイクリーは運を吸い取っている」

「それはフェアーじゃないし、あんたはそのことを承知している」わしは言った。「わしらは幸先いいスタートを切ったが、いまはついてない時期なんだ。これでおあいこさ」

「かもな」ジョーは言う。「ドゥーセンはいまだに若造に飲み方指南をしているのか？」

「ああ。ふたりは他のやつらと連れ立って〈ループ〉に出かけた」

「だけど、ふたりはいっしょに帰ってくる」ジョーは言う。「解《げ》せない。そろそろドゥーセンはあの若造を嫌って当然だぞ。ドゥーはチームに五年在籍しているから、おれはやつの性格を知ってる」

わしもわかっていた。ドゥーは試合に負けたとき、だれかのせいにしないではいられない。たとえば、能無しジョニー・ハリントンとかヤクザな田舎者ハイ・ウェンダースをこきおろす。

若造に矛先が向けられる機は熟していたが、ダニー・ドゥーはまだかれの背中をたたいて、今年の新人王はおまえだと請け合っていた。ドゥーがその日の負けを若造のせいにしたと言ってるわけではない。ドゥーはとびきりのお手柄をしでかした。バックネットに暴投したのさ。威風堂々と。その結果、一点取られた。それで頭にきてコントロールを失い、つづけてふたり歩かせてしまった。ついでネリー・フォックスがライン沿いの二塁打を放った。そのあとドゥーは立ち直ったが、すでに時遅し。窮地に陥っていて、なかなか抜け出せなかった。

デトロイトでの成績はまあまあだった。二勝一敗。若造は三試合すべてでヒットを放ち、またもやホームベースでの離れ業を一度やってのけた。それからわしらは本拠地に戻った。そのときまでには、ダヴェンポート・コーンホーラーズからやって来た若造はアメリカン・リーグで超人気の選手になってたよ。かれがジレット社の広告に出演するという噂話が持ちあがった。

「その広告を見てえよ」シ・バーバリーノが言った。「おれはコメディが好きなんだ」

「じゃあ、鏡に映った自分の顔を見るのが好きなんだな」クリッター・ヘイワードが言った。

「おまえ、おもしろいな」とシは言う。「おれが言いたいのは、あの若造に髭は生えてないってことさ」

もちろん、実際には広告出演の話はまったくなかった。ブロッケイド・ビリーの野球選手としてのキャリアはもう終わりかけていたんだ。

対ホワイトソックス三回戦が予定されていたが、最初の試合は大失敗だった。ドゥーの古馴染みハイ・ウェンダースが主審だったが、わしにあることを報せてくれた。で、わしは早々にスワンプ球場に行かなければならなかった。どうやらロード用ユニフォームの入ったトランクがまちがってアイドルワイルドに送られてしまったらしく、わしはトランクがほんとうに届いていないのかどうかたしかめたかったんだ。ロード用ユニフォームは、まだ一週間は必要じゃなかったけど、自分の管理下にないと気が気でなかった。

ウェンダースは審判員室の外のちいさなストゥールにすわりながら、高級な下着姿のブロンド美女が表紙に描かれているペーパーバックを読んでいた。

「それ、あんたの奥さん?」わしはたずねる。

「ガールフレンド」かれは言う。「家に帰んな、グラニー。天気予報では、三時までには豪雨になるそうだ。おれは試合を中止にするためにディプーノとロペッツを待ってるんだ」

「わかった」わしは言う。「ありがとう」わしが去りかけると、背後から声をかけられた。

「グラニー、あんたのとこの素晴らしい運動神経の小僧《ワンダー・キッド》の頭の具合はだいじょうぶか?　ホームプレイトのうしろで自分に語りかけてるからさ。囁くようにな。しかもとぎれることなくずっとだぞ」

「あいつは素晴らしく頭の賢い小僧《クイズ・キッド》じゃないけど、狂ってるわけじゃない、あんたがそんなつもりで言ったのなら」わしは言った。それはまちがいだったが、そんなことわかるわけないだろ?　「で、どんなことを言ってるんだ?」

「内容はたいして聞き取ることはできなかった——対ボストン二戦目のときだ——が、ひとりごとを言ってるのはわかった。あの、なんて言ったかな、ほら、そう、三人称。かれはこんなことを言ってる。『できるさ、ビリー』。それと、ストライク・スリーになりそうだったファウル・チップを取りそこねたときには、『ごめんよ、ビリー』と言ってた」

「なるほど、だからなんだ？　わしには五歳まで、姿の見えない友だちがいた。ピート保安官という名前だった。わしとピート保安官はたくさんの鉱山町をいっしょになって爆破しまくったものさ」

「そうか、でも、ビリーはもう五歳じゃない。ここが五歳なら話は別だが」と言って、ウェンダースは自分のこめかみをたたいた。

「かれの打率はまもなく五割になるだろうが、それがかれの最初に覚える数字になりそうだな」わしは言う。「わしが気にするのはそこだけだ。おまけにとてつもないストッパーだ。そこはあんたも認めないとな」

「認めてるさ」ウェンダースは言う。「やつはこわいもの知らずだ。それもまた、まっとうじゃないということのしるしさ」

それ以上アンパイアがわしの選手を中傷するのを聞く耳はもたなかったので、話題を変えて——本気だが冗談めかして——明日は正々堂々と試合を判定するかどうか、たとえあんたのお気にいりのドゥーが登板しても、とたずねた。

「おれはいつだって公明正大さ」かれは言う。「ドゥーセンはうぬぼれの強い栄光バカだ。野球の殿堂のあるクーパーズタウンで選ばれた観光スポットは全部自分とゆかりのあるところにしたいと思ってる。悪事を山ほど働くが、責めは一度も受ける気がない。あいつは論争好きなゲス野郎だが、おれと言い争いをはじめないほうがいいということをわきまえている。おれは折れないからだ。とは言え、まっとうな判定を下すよ、いつもそうしているように。あんたがおれにそんなことをきくなんて信じられん」

あんたがそこにすわってケツをかきながら、うちのチームのキャッチャーを先天性認知症呼ばわりするなんて信じられん、とわしは思った。

その晩、わしは妻を夕食に連れ出して、ふたりですごく楽しいひと時を過ごした。レスター・ラニン楽団でダンスした、思い出すよ。帰りのタクシーの中でちょいとロマンチックな気分になった。そしてぐっすり眠った。その後はちゃんと眠れないときがある。悪夢のてんこ盛りのせいでな。

ダニー・ドゥーセンは夕方から夜にかけてのダブルヘッダーの前半でボールを握ることになっていたが、タイタンズという名の世界はすでに地獄に転じていた。わしらはただ知らなかっただけだ。ジョー・ディプーノをのぞいたほかのだれも気づいていなかった。夜になるまでには、わしらのシーズンが完全にだいなしになったことがわかった。というのも、わしらの最初の二十二試合はほぼ確実に記録から抹消されることになったからだ。ブロッケイド・ビリー・ブレイクリーのすべての公式認定とともに。

わしは交通渋滞のせいで遅刻したが、ユニフォームに関するゴタゴタは収拾がついていたので支障はなかった。選手のおおかたはすでに集まっていて、着替えたりポーカーをしたりすわってバカ話をしながらタバコを吸っていたりした。ドゥーセンと若造はタバコの自動販売機のある片隅にいて、折り畳み式の椅子に腰かけながら、若造はユニフォームのズボンを身に着けていたが、ドゥーセンはまだパンツ一丁の恰好で――見られたもんじゃなかった。わしはウィンストンを買いに行き、ふたりの会話を盗み聞きした。ダニーがほとんどひとりでしゃべっていた。

「あのくそったれウェンダースはおれのことを心底嫌ってる」かれは言う。

「あんたを心底嫌ってる」若造は言ってから、つけ加える。「あのくそったれ」

「まちがいない。おれが二百勝をあげる試合で、やつはそのときに自分がアンパイアだったらうれしいなんて思うか？」

「思わない？」若造は言う。

「思うわけねえ！　だけど、おれは今日、やつへのあてつけに勝利投手になるつもりだ。協力してくれよ、ビル。いいだろ？」

「いいよ。もちろん。ビルは協力する」

「やつはアホみたいに地団太を踏むだろうよ」

「そう？　地団太を踏む――」

「たぶんな。だから、おまえはバレないようにうまくやってくれよ、素早く」

「電光石火の早業で」

「おまえはおれの幸運のお守りだよ、ビリーくん」

するとと若造は、有力者の葬式のさいの司祭のようにまじめくさった顔で言う。「ぼくはあんたの幸運のお守り」

「そうさ。さて、聞けよ……」

どこか滑稽で、同時に不気味な光景だった。ドゥーは真剣で――身を乗りだして話をしているあいだ目を爛々と光らせていた。ドゥーは競技の出場選手だ、だろ？　ボブ・ギブスンさながらに勝ちたかった。ギブスンのように、勝つためには罪をうまく逃れられる悪事でもなんでもするつもりだった。そして若造は相手の話を熱心に飲みこんでいた。

わしはもう少しで口をはさみそうになった。ふたりのあやしい取引を邪魔したかったんだ。言ってみれば、わしは潜在意識で一気に了解したのかもしれない。そんなのはたわごとかもしれないが、わしはそうは思わんよ。

けれどわしは、ふたりをそのままにして、タバコを買ってその場を立ち去った。ったく、言葉をかけていても、ドゥーは、口をはさむなよ、としか言わなかっただろう。やつは、自分が話の中心になっているときに横やりをいれられるのがきらいだったし、それにあとになって、わしがその一件に関してたっぷり非難を受けずにすんだかもしれない。そのいっぽうで、給料を払ってくれている四万人の観客の前でピッチャーズ・プレートを爪先で蹴る番になった相手に対しては、かまわないでそっとしておいてやるもんさ。

わしはジョーのオフィスに打順表を持って行ったが、オフィスのドアは閉まっていてブラインドもおろされていた。試合当日にしては前代未聞だ。ブラインドのスリットは閉じられていなかったので、そこから中を覗き見た。ジョーが片手で受話器を耳に当て、もういっぽうの手で両目を覆っていた。わしは窓ガラスをノックした。かれはびっくりしすぎて椅子から転げ落ちそうになりながら、あたりを見まわした。野球人はメソメソしない、と言われるが、ジョーは泣いていた。かれのそんな顔を見たのは後にも先にもそのときだけだ。顔は青ざめ、髪は乱れほうだいだった――そんなに残っていたわけじゃないが。

ジョーは手をふってわしを追いやると、受話器に向かって会話に戻った。わしはロッカールームを横切ってコーチのオフィス、実質上は備品室に行った。そして部屋のなかばで足を止めた。最前のピッチャー対キャッチャーの大会談が解散になって、若造がユニフォーム・シャツを着ているところだった。青い背番号19だ。バンドエイドがまたしても右手の人差し指に貼られているのが目に入った。

若造のところに歩いて行って肩に手を置いた。かれは笑みを向けた。あの若造は微笑むと実に愛らしいんだ。「ハイ、グラニー」かれは言ったが、微笑みは消え始めた。わしが笑みを返さなかったからだ。

「試合の準備はできたのか?」わしはたずねた。

「ええ」

「よし。おまえがグラウンドの土埃をかぶるまえに話がある。ドゥーはすぐれたピッチャーだが、人間としては成績優秀と言えない。かれは勝利のためなら自分のおばあちゃんの骨折した背中を踏んづけるだろうし、かれにとっておまえは自分のおばあちゃんほどの価値もない」

「ぼくはかれの幸運のお守りなんだ!」若造はいきりたって言う。

「かもしれない」わしは言い返す。「だけど、そのことじゃないんだよ、わしが言ってるのは。試合に熱中しすぎるところがある。気合は少ないほうがいい、入れすぎると破裂しがちだ」

「意味がわからない」

「おまえが不具合なタイアみたいにパンクしてペチャンコになったら、ドゥーは新品の幸運のお守りを見つけるだろうな」

「そんなふうに言うな! かれとぼくは友だちだ!」

「わしだっておまえの友だちさ。もっと大切だ、なにしろこのチームのコーチのひとりなんだからな。わしはおまえの心身の安泰に責任がある。それに自分の好きなように話す。とくにルーキーには。そしておまえは耳を傾ける。聞いてるか？」

「聞いてる」

たしかにそのとおりだったと思うが、こっちを見ていなかった。目線はさげられていた。そしてふてくされた赤みが少年の艶やかな頰にさしだしていた。

「そのバンドエイドの下にどんな仕掛けがされているのか知らないし、知りたいとも思わない。わしが知っているのは、おまえは最初の試合のときにもそれをしていて、だれかさんがケガをしたということだけだ。それ以降、お目にかかっていないし、今日も目撃したいとは思わない。もしつかまるとしたら、それはおまえだからだ。たとえドゥーの入れ知恵であっても」

「自分で切った」かれはブスッとして言う。

「そうか。髭を剃っていて指の関節を切ったんだな。でも、おまえがグラウンドに出るときは、わしはそのバンドエイドが指に貼られているのを見たくない。おまえのためを思ってのことだ」

ジョーが動揺して泣いているところを目撃していなかったら、わしはそんなことを言っただろうか？　言ったと思いたい。わしは試合のことも心配していたと思いたい。わしは当時も今も野球の試合が大好きだ。バーチャル・ボウリングなんぞ足元にもおよばない、ほんとうだぞ。

わしは若造がなにか言う前に立ち去った。ふりかえらなかった。バンドエイドの下になにがあるのか見たくなかったということもあるが、おおかたはジョーがオフィスのドアのところに立っていて、わしを手招いたからだ。かれの頭髪にたしかに白髪が増えたとは言わないが、そんなことはなかったとも断言できない。

オフィスに入ってドアを閉めた。とんでもない考えが浮かんだ。気持ちが表情となってジョーの顔に現れていた。「どうした、ジョー、奥さんか？　それとも子どもか？　子どもたちのだれかになにかあったのか？」

ジョーは驚いて目をしばたたかせた。まるでふくらませた紙袋を耳元で破裂させられたかのように。「ジェシーと子どもたちは無事だ。だけど、ジョージが……ああ、どうしよう。信じられない。とんでもない状況だ」そしてジョーは手のひらのつけ根を目にあてた。かれから声がもれたが、すすり泣きではなかった。笑い声だった。あんな最高におそろしい笑い声は聞いたことがない。

「なんだ？　だれからの電話だった？」

「考えないといけないな」ジョーは言う――が、わしに向かってではない。自分自身に語りかけていた。「決めないといけない、この先どうやって……」かれは両手を両目から離すと、少しは本来のかれらしくなった。「今日は、あんたが監督をやれ、グラニー」

「わしが？　できない！　ドゥーが激怒するぞ！　やつは、今日こそ二百勝をとるつもりで――」

「そんなことはどうでもいい、わからないか？　いまは」

「いったい――」

「口を閉じて打順表を完成させろ。あの若造に関しては……」ジョーは考えてからかぶりをふった。「へっ、出場させろ、いけないか？　くそっ、五番を打たせろ。やつの打順を上げようとしていたんだ、どのみち」

「もちろん、かれは出場する」わしは言う。「ほかのだれがダニーの相手をできる？」

「ああ、くたばれダニー・ドゥーセン！」ジョーは言う。

「ジョーイ――なにがあったのか話してくれ」

「いや」ジョーは言う。「まず、よく考えてみないと。選手たちにどう言ったらいいか。そしてリポーターどもに！」かれは眉間をピシャリとたたいた。まるでそのときちょうど思いついたとでもいうように。「さかりのついた給料泥棒どもが！　くそったれ！」ついでふたたび自分自身に語りだした。「だけど、今日の試合はさせてやろう。それぐらいはいいだろう。たぶん例の若造も。ちくしょう、やつはサイクルヒットをかっとばすかも！」かれはまたちょっと笑ってから、自分の頭をたたいてひとりごとをやめた。

「わからないな」

「じきにわかる。仕事をしろ、早く出て行け。昔の打順表でおまえのお気に入りのやつがあればそれで作れ。あるいは選手なんか適当に選べばいいだろ？　たいしたちがいはない。ただし肝心なのは、主審に告げること。監督は自分だ、と。今日の主審はウェンダースだと思う」

わしはアンパイアルームに向かって、夢を見ているような心持ちで廊下を歩いた。そしてウェンダースに、自分が打順表を作り、三塁ベースボックスから監督をする旨を伝えた。ジョーはどうしたときかれたので、病気だと答えておいた。たしかにそうだった。

それがわしの監督した最初の試合となり、その後、一九六三年にアスレチックスでも任されることになる。が、当日の監督は短命に終わった。たぶん調べればわかるだろうが、六回にハイ・ウェンダースとわしは口論をした。とはいえ、あまりよく覚えていない。記憶にすごく残っているのは、夢の中にいるみたいな感じだったことだ。だけど、ひとつだけぜったいにしないといけないという感覚があって、それはグラウンドに出る前の若造の右手を調べるということだった。人差し指にバンドエイドはなく、傷口もなかった。それで気が楽になったわけではない。わしはただ、ジョー・ディプーノの泣きはらした目とげっそりした口元を見つづけていた。

それはダニー・ドゥーの最後のいい試合だった。あいつは結局、二百勝には手が届かなかったよ。五八年にカムバックを試みたが、だめだった。複視は治ったと主張した。それはほんとうだったかもしれないが、もはやコントロールが失われていた。クーパーズタウンにダニーの場所はない。ジョーははなから正しかった。あの若造は運を吸い取る。呪いのブードゥー人形かなにかのように。

だけどその日の午後は、わしがこれまで見たドゥーの最高のピッチングだった。速球はよく走っていたし、変化球はすごくキレがよかった。四回まで相手のチームは手も足も出なかった。ただ、棒切れをふりまわし、ベンチに腰かけているだけで、こっちとしては、試合してくれてありがとよ、兄ちゃんたち、といった感じだった。ドゥーは六つの三振、そのほかは内野ゴロに打ちとった。手ひどい一発もくらった。三回の裏ツーアウトでハリントンが二塁打を放ったんだ。

で、五回の表だ、いいか？　最初のバッターは簡単に下した。ついでウォルト・ドローポが登場し、レフト・コーナー深くに打ちこむと、地獄から飛び出してきたコウモリさながらに突進した。ハリー・キーンがまだボールを追いかけているあいだに、ドローポは二塁を目指した。

観客には、これはランニング・ホームランになるかもしれないと映った。合唱が始まった。最初は微々たるものだったが、しだいに数が増えた。どんどん声援がより多く大きくなった。ケツの割れ目からうなじへ鳥肌が立ったよ。

「ブロッ・ケイド！　ブロッ・ケイド！　ブロッ・ケイド！」

オレンジ色の応援ボードが出始めた。人々は立ちあがり、ボードを各自の頭上に掲げた。いつもとちがって波打たせられていない。ただ、掲げられているだけだ。そんな状態を初めて見たよ。

「ブロッ・ケイド！　ブロッ・ケイド！　ブロッ・ケイド！」

一見したところ、わしは見込みゼロだと思った。そのときにはすでにドローポは三塁へ猛スピードで走っていた。が、キーンはボールに飛びついて、ショートのバーバリーノへみごとな送球をした。かたやルーキーはホームベースの三塁側に立っていて、狙いを定めてグラブを差し出し、そしてバーバリーノはグローブのポケットをたたいた。

観客は声援を送った。ドローポがスライディングをした。スパイクを上に向けて。若造はひるまなかった。ひざまずいて相手に飛びかかった。ハイ・ウェンダースはしかるべき位置にいて――そのときは、少なくとも――プレイに身を乗りだした。もうもうたる土埃が晴れて……見えたのはウェンダースの突きあげられた親指だった。「イェー……アウト！」

ミスター・キング、ファンは熱狂したよ。ウォルト・ドローポもだ。かれは立ちあがると、発作を起こした子どものように踊りまわりながら、流行りのハリーガリーのステップをとろうとした。アウトになるとは信じられなかったんだな。

若造は左腕のなかばあたりをこすっていた。たいしたことはなく、単なる血の汗だったが、ボニー・ダディエー――わしらのトレイナーだ――にはおおごとで、出てきてバンドエイドを貼ってやった。というわけで、けっきょく若造はバンドエイドを入手したわけだ。ただし、それにはちゃんとした理由があったけど。ファンは、医療協議のあいだずっと立ちつづけながら、〈道路封鎖〉のボードを波打たせて、「ブロッ・ケイド、ブロッ・ケイド」を合唱していた。まるでアンコールを要求しているようだった。

若造はなにも気づいていないようだった。心ここにあらずと言った感じさ。タイタンズの試合のときはずっとそんな感じだった。キャッチャーマスクをかぶり直し、ホームベースの背後に戻ってしゃがんだだけだ。いつもどおりの平常業務。ババ・フィリップスが打席に立ち、ファースト・ライナーを打ったが、ラスロプに取られてアウト。で、五回表終了。

若造が五回裏で打席に立って三球三振に打ち取られても、観客はまだスタンディング・オベーションをしていた。そのときになって初めて若造は声援に気づいた。ダグアウトに戻るさい、キャップのつばに手をかけて傾《かし》げた。そんなことをしたのはそのときかぎりだ。横柄なやつだからではなく、それは……まあ、そのう、すでに言ったとおりだ。他の惑星の生き物なのさ。

よし、六回の表だ。五十年以上も前の話だが、いまだにそのときのことを思うと苛立つ。キンダースが最初に打席に立ち、三塁に高く打ち上げた。ピッチャー並みの凡打。ついでルイス・アパリシオ、リトル・ルーだ。ドゥーは速球を投げた。それをアパリシオは高く打ち上げて三塁側のファウルフライにした。わしが監督をしていたフェンス側だったので、すべてを目撃した。若造はマスクを投げ捨てると、全力疾走でボールを追いながら頭をそらしてグローブを差し出した。ウェンダースはかれのあとを追ったが、かなり遅れていた。若造がボールをキャッチできる望みはないと思っていたんだな。読みの甘いダメな審判だ。

若造は芝を出て、グラウンドとボックスシートとのあいだにある低いフェンスそばのトラックに入り込んだ。首を伸ばしていた。見上げている。ボックスシートの最前列と二列目にいる二ダースの人々も見上げていて、そのほとんどが両手をあげて揺らしていた。それはファンについてわしの理解のおよばない、そしてこの先もわからないことのひとつだ。それが野球ってもんだ、おもしろいじゃないか！　当時は七十五セントで販売されていた商品でしかない。なのに球場内で手の届くところにあると見ると、かれらは餓鬼と化す。うしろにさがるとかボールをとらせてやる――自分たちの選手に、しかも接戦の試合だ――なんてことは念頭にない。

わしはすべてを見た、ほんとうだ。はっきりと。その天高く上昇したポップ・フライはフェンスのこっち側に落下してきた。若造はキャッチするつもりだった。ところが、エスプラネードで売っているタイタンズのジャージーを着たファンたちの中でも腕の長いアホンダラが手を伸ばして、ボールにちょっとさわった。その結果、ボールは若造のグローブの端に当たって跳ね返り、地面に落下した。

わしはウェンダースがアパリシオをアウトにするものと確信していた――あきらかに守備妨害だ――が、最初は自分の目にしていることが信じられなかった。ウェンダースが若造にはホームベースに戻るように、アパリシオにはふたたびバッターボックスに立つように身振りで示したからだ。事態を理解すると、わしは両腕を振りながら駆け寄った。観客は、わしに向かって声援を、ウェンダースにはブーイングをし始めた。そうしたことは判定に物言いをするときに友好的かつよい印象を相手に与えることはけっしてないが、頭に血がのぼりすぎて気がまわらなかった。マハトマ・ガンジーが全裸で歩いてグラウンドに出てきて、わしらに和解をするように強く要請しても、わしはやめなかっただろう。

「守備妨害だ！」わしは怒鳴った。「火を見るよりあきらかだ、一目瞭然だろ！」

「客席に落ちた。つまりだれか知らんが観客のボールだ」ウェンダースは言う。「自分の巣に戻りな、試合を再開させる」

若造は気にしていなかった。かれは仲間のドゥーに話しかけていた。それはそれでかまわない。かれが気にしていないことはわしにはどうでもよかった。そのときのわしは、ハイ・ウェンダースをボコボコにしたかっただけだ。ふだんのわしは議論を吹っかけるような男じゃない――アスレチックスを監督していた長いあいだで、退場させられたのはわずかに二度だ――が、その日のわしは、好戦的なビリー・マーティンがただの反戦運動家に見えるぐらいの剣幕だった。

「見てなかったんだろ、ハイ！　かなりうしろを追いかけてた！　おまえは肝心なところを見落とした！」

「遅れてなかったし、すべてを目撃した。さあ、戻れよ、グラニー。冗談ぬきで」

「あの手長クソ野郎を見ていなかったなら――」（二列目の御婦人が自分の幼い息子の両耳を手でふさぎ、わしに向かって〝なんて下品な男なの〟といったふうに口をすぼめた）「――あの手長クソ野郎が手を伸ばしてボールにちょっかいを出したんだ、あんたはウスノロだ！　ちくしょう！」

例のジャージー姿の男がかぶりをふりはじめた――だれ、おれ？　おれじゃない！――が、同時に困惑したお愛想笑いを浮かべていた。ウェンダースはそれを見て事のしだいを理解し、目をそらした。「そういうことだ」かれはわしに言う。分別のある声音で、つまりロッカールームでラインゴールド・ビールを飲みながら気の利いたことをいうときの口調。「あんたは自分の意見を述べた。あとは口をきっぱり閉じるか残りの試合をラジオで聞くかのいずれかだ。どっちかを選べ」

わしはボックスに戻った。アパリシオはドヤ顔であとずさった。やつにはわかっていた。確実に。そして楽しんでいた。やつはそれまでたいしてホームランを打ったことはなかったが、ドゥーがさほど失速していないチェンジアップを投げたとき、リトル・ルー・アパリシオはそれを高く、遠く、球場のかなり奥深くまでかっとばした。ノウジー・ノートンはセンターを守っていたが、振り返りもしなかった。

アパリシオはベースをまわった。入港するクィーン・メアリー号のように平然としていた。いっぽうで観客はかれに叫び声をあげ、かれの肉親をののしり、ハイ・ウェンダースに憎悪を投げつけた。ウェンダースは聞く耳をもたなかった。それが主審としての力量だ。かれは新しいボールをポケットから取り出して、不具合がないかどうか念入りに調べただけだった。その行動を見て、わしは完全にキレた。ホームベースに走り寄り、ウェンダースの面前で両の拳を振りたてた。

「おまえのせいだ、くそ田吾作！」わしは金切り声を発した。「もたもたしすぎていてファウルを追えず、今度は自ら打点を大盤振る舞いしやがって！　くたばれ！　視力検査に行ってこい！」

観客は喜んだ。ハイ・ウェンダースは、そうでもなかった。わしを指さすと、親指で肩越しに背後を指し示して歩き去った。観客はブーイングをしながら〈道路封鎖〉のボードを振りたて始めた。空き瓶やカップ、そして食いかけのソーセージをグラウンドに投げ込むやつもいた。大騒《サーカス》ぎだった。

「逃げるな、ウスノロ田吾作毛ジラミ野郎！」わしは叫んで、やつを追いけた。ところが、ウェンダースをひっつかまえるまえに、自分たちのダグアウトから出てきただれかにつかまれた。それこそわしがやろうとしていたことだったのに。わしは完璧にブチギレた。

観客は合唱した。「アンパイアを殺せ！　アンパイアを殺せ！　アンパイアを殺せ！」それをぜったいに忘れないだろう、かれらが以前から叫んでいたのと同じ調子だったからだ。「ブロッ・ケイド！　ブロッ・ケイド！」

「てめえのおふくろがこの場にいたら、その青いズボンを引きずりおろしてケツをひっぱたくだろうぜ、この能無し田舎ッペ！」わしは絶叫しながらダグアウトに引っ張りこまれた。ガンジー・バージェス、わしらチームのナックルボールが得意なピッチャーが恐怖劇場のさいごの三イニングをなんとかつとめた。かれはまた、最後の二試合も登板した。それも調べれば記録に残っているかもしれない。あの失われた春の記録があればの話だけれども。

わしがグラウンドで最後に目にしたのは、ダニー・ドゥーセンとブロッケイド・ビリーがホームベースとピッチャー・マウンドのあいだの芝に立っているところだった。若造はマスクを脇にはさみこんでいた。そしてドゥーがかれの耳元でささやいていた。若造は耳をすましていた――ドゥーが話すときはいつだってそうしていた――が、観客を見つめていた。立ちあがっている四万人のファン、男たち、女たち、子どもたちが叫んでいる。「アンパイアを殺せ！アンパイアを殺せ！　アンパイアを殺せ！」

ダグアウトとロッカールームとのあいだのホールを半分ほどいったところにボールが何個も入ったバケツがあった。わしはそいつを蹴とばして、ボールをあちこちに散乱させた。ボールのひとつを踏んで尻もちをついてたら、球場でのくそすばらしい午後に対するすばらしい幕引きとなっただろう。

ジョーがロッカールームにいて、シャワーの外のベンチに腰かけていた。そのときまでには、かれは五十歳というより七十歳に見えた。かれはひとりではなかった。三人の男といっしょだった。ふたりは制服警官だった。三人目はスーツ姿だったが、赤茶けてごつい顔を見ただけで刑事だということが知れたね。

「もう試合終了か？」そいつがきいた。折り畳み式椅子に老練な刑事のずんぐりした太腿を広げてすわり、その部分のサッカー地のズボンがパンパンにふくらんでいる。青い制服警官たちはロッカー前のベンチのひとつに腰かけていた。

「おれには」とわしは言った。まだ頭にきていたので警官なんて眼中になかった。ジョーに向かって言った。「くそったれウェンダースに追い出された。すまん、大将。だけど、あれはあきらかに守備妨害だったのに、とろいチンカス野郎が――」

「どうでもいい」ジョーが言った。「試合は無効になる。今季のこれまでの試合はすべてそうだろうな。もちろんカーウィンはコミッショナーにアピールするだろうが――」

「いったいなんの話だ？」わしはきいた。

ジョーは溜息をついた。それからスーツの男を見た。「話してやってくれ、ロンバーダッツィ刑事。おれには無理だ」

「かれに知る必要があるか？」ロンバーダッツィはきいた。おれのことを初めて見る害虫かなにかのような目つきで見てた。なんとも気に入らないまなざしだったが、わしは口を閉じていた。というのも、三人の警官が、そのうちのひとりは刑事だが、大リーグのロッカールームにやってくることはないからだ。重大な事件でもなければ。

「ことを荒立てずにブレイクリーの若造を連行したいのなら、かれに事情を詳しく説明したほうがいい」ジョーは言う。

頭上からファンたちの叫び声がして、ついでうめき声があがり、ついで歓声がわき起こった。やがてダニー・ドゥーセンの野球人生を終わらせると判明する出来事に、わしたちのだれひとりとして注意を払わなかった。叫び声は、ラリー・ドビーのライナーがドゥーセンの額を直撃したときにあがった。うめき声は、かれが強烈なパンチをくらったプロボクサーさながらにマウンドに倒れたときに発せられた。そして歓声は、かれが起きあがって、〝だいじょうぶ〟という身振りをしたときに起こった。だいじょうぶどころではなかったが、ドゥーセンは六回を投げ切り、そして七回も。失点も許さずに。八回表になって、グラウンドに出て行くドゥーを見たガンジーは、かれがまっすぐ歩けない状態であるのに気づいた。ダニーはしきりにだいじょうぶを連発し、左眉上のたんこぶが紫色にどんどんふくれあがってきているのに、こんなのたいしたことないと言い張っていたらしい。実はかなり具合が悪かったんだ。が、若造も同じように言っていた。なんでもないよ、だいじょうぶ。若きオウム返しくん。下のクラブハウスにいたわしらはそうした状況をまったく知らなかった。せいぜいドゥーセンは、自分の投手キャリアにおいて最悪の日だとレッテルを貼られるかもしれないとわかっていたにすぎない。だが実際には、脳みそが漏れ出していた。

「かれの名前はブレイクリーではない」ロンバーダッツィが言う。「ユージン・カツァニスだ」

「カツなに？　じゃあ、ブレイクリーは？」

「ウィリアム・ブレイクリーは死んでる。四か月たつ。かれの両親も」

わしはぽかんと口を開けてかれを見た。「なに言ってるんだ？」

そこでかれは、きっとあんたもすでに知っていることを話してくれた。でも、ミスター・キング、知られていない部分をうめてやれるかもしれん。ブレイクリー一家はアイオワ州クラレンスに住んでいた。ダベンポートまで車で一時間もかからない。それが両親には好都合だった。息子のマイナー・リーグ戦のほとんどを観戦しに行けたからだ。ブレイクリーは成功した農場経営者だった。その広さは八百エーカー。農場に雇われた使用人たちのひとりはまだ少年だった。その子の名前がユージン・カツァニスだ。孤児で、児童養護施設オッターショー・クリスチアン・ホームで育った。かれは農夫ではなかったし、頭も良くなかったが、天性の野球選手だった。

カツァニスとブレイクリーはふたつの教会チームで互いに張り合い、地元の〈ベーブ・ルース〉チームではいっしょにプレイした。その結果、チームはふたりが力を合わせた三年間は州トーナメントで優勝したし、一度は全国大会の準決勝に進出した。ブレイクリーは高校に行って、そこのチームでも優秀な成績をあげたが、カツァニスは学校に行く人材ではなく、豚に餌をやる人材、野球向け人材だった。ビリー・ブレイクリーと同じぐらいうまいとは思われていなかったが。だれも比べようと考えもしなかった。その一件が起こるまでは、ってことだが。

ブレイクリーの父親がカツァニスを雇ったのは、安い賃金で働かせられるということがたしかにあったが、若造にはビリーをなまくらにさせないでおく生まれついての才能があったからだ。週給二十五ドルで、ブレイクリー家の息子は野手兼バッティング・ピッチャーを、おやじは乳しぼりと家畜の糞の始末をしてくれる使用人を手に入れたわけだ。悪くない取り引きだった、少なくともかれらには。

あんたがリサーチをして見つけたものがなんであろうと、たぶんどれもこれもブレイクリー家に好意的なものばかりだ、そうだろ？　だってかれら一家はその土地に四世代にわたって住んでいる裕福な農夫で、かたやカツァニスは酒のダンボール箱に入れられて教会の階段に捨てられることで人生をスタートさせた孤児にすぎず、おまけに頭のネジがゆるんでいたからだ。どうしてだ？　生まれつき口がきけないから、あるいは自分で防御できる年齢になるまで、養護施設で週に三度か四度ボコボコにされたからか？　わしは、かれが頻繁に暴行を受けていたことを知っていた。ひとりごとを言う癖があったからだ――それはのちに新聞で明らかにされた。

カツァニスとビリーのふたりは、ビリーがタイタンズの二軍に入ると猛練習した――農閑期に、外が雪で埋まったときには、たぶん納屋で投球と打撃練習をしたのだろう――が、カツァニスは地元のタウンチームを追い出され、ビリーの第二シーズンのあいだコーンホーラーズの練習に行くことは禁じられていた。ビリーの第一シーズンのあいだは、カツァニスは練習に何回か参加することを許され、人数がたりなかったりすると、チーム内の紅白戦にさえ参加させてもらえた。当時は、かなり非公式でいいかげんだった。それがいまや、メジャーリーガーがヘルメットをかぶらずにバットを握ったら、保険会社がめちゃくちゃびっくりして怒るご時世だ。

わしが思うに――あんたはもっとよく知っているなら、訂正してくれかまわんよ――カツァニスは、なにか問題を抱えていたかもしれないが、長じるにしたがって野球選手として成熟した。ビリー・ブレイクリーはそうじゃなかった。そのことはずっとわかっていたんだ。高校時代のふたりはそろってベーブ・ファッキン・ルースのようだった。同じ背丈、体重、スピード、そして二・〇の視力。しかし、ふたりのうちひとりは次のレベルをプレイできて……そして次のレベルに進み……さらにその上のレベルへ……かたやもうひとりは、つまずき始めた。これはあとで聞いた話だ。ビリー・ブレイクリーはキャッチャーとして始めたんじゃなかった。子どもだったときに腕を骨折して、それでセンターから鞍替《くらが》えしたのさ。その種の変更はいい徴候じゃない。コーチがこう言ってるようなもんだ。「おまえがやれよ……だけど、もっとましなやつが現れるまでだぞ」

ビリー・ブレイクリーは嫉妬していたんだと思う。かれのおやじさんもねたんでいたんだと思う。たぶん母親も。おそらく特に母親はそうだったろうよ。スポーツ・ママは超凶暴《ウルヴァリン》になりえるからな。かれら一家はカツァニスが地元でプレイできないように、またダベンポートのコックサッカーズの練習に行けないように陰で糸を引いていたのかもしれない。その気があればそういうことができた。なにしろ金持ちで、アイオワ州の歴史ある一族であり、かたやジーン・カツァニスはおそらくこの世の地獄である孤児院で育った雑魚《ざこ》だったからな。

ビリーは若造に対して頻繁に激怒していたんだと思う。あるいは、父親か母親がそうだった可能性がある。それはカツァニスが乳しぼりや家畜の糞の始末をしなかったからではなく、要するに野球とありふれた嫉妬のせいだった。妬み嫉み《グリーン・アイ・モンスター》。わしの知るかぎりでは、コーンホーラーズの監督はブレイクリーにこう言った。おまえはクリアウォーターにシングルAとして送られるかもしれない。そして二十歳そこそこ――これから梯子をのぼっていくと思われている年齢――でその段階から始められるなんて、早々にメジャーに昇格できそうな抜群にいい徴候だ。

ところが、それはとんでもないまちがいだった。若造は対応がいい相手には感じがいい。それはわしらみんなが知っていた。が、頭の具合はよくなかった。だから危険人物になる可能性があった。そのことをわしは警官がやってくる前から知っていた。まさにシーズン最初の試合で起こった一件があったからだ。ビリー・アンダースンの足首さ。

「郡保安官がブレイクリー一家全員を納屋で発見した」ロンバーダッツィが言った。「カツァニスはかれらの咽喉を切り裂いた。郡保安官によれば、凶器はカミソリの刃だ」

わしは口をあんぐり開けて刑事を見つめるばかりだった。

「ことのしだいはこういうことらしい」ジョーが重い口調で言った。「カーウィン・マッカースリンは、おれたちのキャッチャーがフロリダで怪我をしたとき、控えの選手を見つけるために電話をかけまくった。それに応えたコーンハスカーズの監督がこう言った。三、四週間の埋め合わせなら最適のやつがいるぞ。でも、首位打者を期待しないでくれ。打撃のほうはたいしてよくないから」

「でも、かれはよく打つ」わしは言う。

「そいつはブレイクリーじゃないからだ」ロンバーダッツィが言う。「そのときまでには、確実にブレイクリーとその両親は死後二日経過していた、少なくとも。カツァニスの小僧はひとりで家の切り盛りをしていた。頭のネジが全部ゆるんでいたわけじゃなかったんだ。電話の応対ができるぐらいの知恵はあった。監督からの電話に出て言った、ほんと、ビリーはよろこんでニュージャージーに行きます、と。そして出発するまえに――ビリーとして――近隣およびダウンタウンの飼料倉庫に電話をして、こう告げた。ブレイクリー家は緊急な用件ができて留守にするので、自分がいろんなことの面倒をみる。狂人にしてはかなり頭がいい、そうじゃないか？」

「かれは狂人じゃない」わしはロンバーダッツィに言った。

「うーん、なるほど、やつは自分を迎え入れて仕事をくれた人たちの咽喉を切り裂いたし、しかも夜間、乳が張ってしょうがないと叫ぶ鳴き声が近隣に聞こえないように、すべての牛を殺したんだが、まあ、あんたの好きなように考えてくれ。地方検事《DA》はあんたの意見に同意するだろうな、カツァニスの首にロープがまかれるのを見たいから。アイオワ州での死刑執行はそうやるのさ、知ってのとおり」

わしはジョーに振り向いた。「いったいなんでこんなことに？」

「かれは従順だからだ」ジョーは言った。「しかも野球をしたかったからだ」

若造はビリー・ブレイクリーの身分証明書《ID》を所持していた。写真付き身分証明書がまだものすごく珍しかった時代の代物だ。どのみちふたりの青年はよく似ていた。青い目、黒髪、身長百八十センチ。でも、おおかたの理由は、そう——それが起きたのは、かれは従順だったからだ。そして野球をしたかったからだ。

「ひと月近くプロとしてやれた実力がじゅうぶんあった」ロンバーダッツィが言った。わしらの頭上で歓声がわき起こった。ブロッケイド・ビリーが大リーグでの最後のヒットをちょうど放ったところだった。「で、一昨日、ＬＰガス検針人がブレイクリー農場に出かけた。ほかの人間が以前、そこに行ったが、ドアに残されていたカツァニスの書置きを読んで立ち去った。ガス検針人は帰らずに、納屋の背後のタンクを満タンにした。その納屋に死体があった——牛とブレイクリー一家双方の。気候がようやく暖かくなったので、匂いでわかったのだ。とまあ、それで話は終わりだ。さて、ここにいるあんたの監督はできるだけすったもんだせずに、チームのほかの選手たちにできるだけ危害のおよばないようにして、かれを逮捕してもらいたがってる。こっちはそれでまったく問題ない。そこであんたの仕事は——」

「ほかの選手たちをダグアウトに残しておくことだ」ジョーが言う。「ブレイクリー……カツァニスをここにひとりで来させろ。残りの選手たちがロッカールームに来るときには、やつはいなくなっている。ついでおれたちは、このハチャメチャな状態をもとどおりにする」

「選手たちにはなんて言えばいい？」

「チーム・ミーティング。アイスクリームをごちそうしてやる。なんだってかまわん。五分間じっとさせておければいい」

わしはロンバーダッツィに言う。「タレコミはなかった？　だれからも？　つまりだれもラジオを聞いてなかったし、ブレイクリーとうちゃんに電話して、あんたの息子さんすごいね、大リーガーの大物たちをガンガンやっつけてるぜ、なんて話そうとしなかったってことか？」

「ひとりやふたりはいたかもしれないな」ロンバーダッツィは言った。「アイオワ州から大都市にやってくる人たちがときどきいると言われてるが、思うに、タイタンズの実況放送を聞いたり、そのチームの活躍を新聞で読んだりするためにニューヨークを訪れるやつはほとんどいない――」

「おれはヤンキースのほうが好きだな」制服警官のひとりが口を挟んだ。

「おまえの意見を聞きたいときは、揺さぶってやる」ロンバーダッツィは言った。「それまでは口を閉じて眠ってろ」

わしはジョーを見つめた。気分が悪くなった。初めて監督を任されたあいだに誤った判定を受けたり退場させられたりしたことなんて些末な問題に思えた。

「かれをここにひとりでこさせろ」ジョーは言った。「手段はなんでもいい。ただほかの選手たちに感づかれるな」ついでそのことをよく考えてからつけくわえた。「連行されるところをみんなに見せてはいかん。かれがなにを犯したにせよ」

ちなみに――わしにはどうでもいいが――その試合は2対1で負けた。合わせて三本の本塁打が出たが、すべてソロホームランだった。九回の表にミニー・ミノソがそのうちの一発を放ってガンジーから勝利を奪い取った。若造は最後にアウトをとられた。かれはタイタンズの選手としてシーズン最初の打席で空振り三振をした。最後の打席でも空振り三振だった。野球はアウト・セーフがインチの差で決まるゲームだと言われるが、バランスのゲームでもあるんだよ。

チームの全員が試合を気にしていたわけではなかった。わしが上がっていったとき、ドゥーのまわりに人垣ができていた。かれはベンチに腰かけて、おれは平気だ、ちくしょう、少しめまいがするだけだ、と言ってた。しかし、だいじょうぶそうには見えなかった。自分はだいじょうぶ、という言い古された返答も医者にはかなり重大なものと映った。医者はダニーにニューアーク総合病院でレントゲン写真を撮るように勧めた。

「ざけんな」ドゥーは言う。「二、三分休めばじゅうぶんだ。なんてことはない。ほんとうだ。やれやれ、ったく、ひと息いれさせてくれ」

「ブレイクリー」わしは言った。「下のロッカールームに行け。ミスター・ディプーノが会いたがってる」

「ディプーノが会いたがってる？　ロッカールームで？　どうして？」

「月間新人賞のことでなにかあるらしい」わしは答えた。その場でどこからともなく不意に思いついた。当時、そんな賞はなかったが、若造はそのことを知るよしもない。

若造がダニー・ドゥーを見ると、ドゥーは片手を振った。「行けよ、ここから出ていけ、若造。おまえはよくやった。おまえのせいじゃない。まだおれの幸運のお守りだ、そうじゃないなんて言うやつはぶちのめしてやる」ついでかれは言う。「おまえらみんな出て行ってくれ。息がつまる」

「みんな、ロッカールームには行かないように」わしは言う。「ジョーはかれにひとりで会いたがってる。一対一でおめでとうと言いたいんだ、と思う。若造、ぐずぐずするな。さっさと――」さっさと行け、と言うつもりだったが、必要なかった。ブレイクリー、あるいはカツァニスはすでにいなくなっていた。

そのあとで起きたことは周知の事実だ。

若造がアンパイアルームに向かってホールをまっすぐ進んでいたら、逮捕されただろう。ロッカールームはその途中にあったからだ。ところが、かれは物置部屋を通り抜けた。そこには手荷物が保管され、マッサージ台や泡風呂も置いてあった。どうしてかれがそうしたのか、ほんとうのところはぜったいにわからないだろうが、わしが思うに、かれはなにかおかしいと勘づいたのにちがいない。へっ、かれは知っていたのにちがいない、いずれ屋根が自分の頭に崩れ落ちて来るということを。もしかれがいかれていたとしたら、ずる賢いキツネのようにいかれていた。とにかく、かれはロッカールームの向こう側に出ると、審判室に行って、ドアをノックした。そのときまでには、おそらくオッターショー・クリスチアン・ホームで作り方を覚えた仕掛けを人差し指に装着していた。おそらく年長の少年のひとりに教えてもらったんだろう。しじゅう殴られるのがいやだったら、殴る側になれ、と。

結局は、若造はそれを自分のロッカーに一度も戻さずに、ポケットに押し込んでいた。そして試合のあとでわざわざバンドエイドをしなかったのは、もう隠すものはなにもないということとを自覚していたからだろう。

かれは審判室のドアをたたいて言う。「至急電報です、ミスター・ハイ・ウェンダース宛に」ほら、ずる賢いキツネのようにいかれてる、だろ？　もし審判仲間のひとりがドアを開けていたら、いったいどうなっていたのかわからないが、実際に開けたのはウェンダース自身だった。きっとかれは目の前に立っているのがウエスタン・ユニオン電信会社の配達人ではないと気づく暇もなく、人生を終えていたのにちがいない。

カミソリの刃だった、言ったろ？　あるいは刃の一部。使う必要がないときは、指輪のように巻き付けていたバンドエイドの中に隠しておけばいい。右の拳を握って、親指の腹でバンドエイドを押したときだけ、細い銀色の刃が滑り出て来るという仕掛けだ。ウェンダースはドアを開け、カツァニスはかれの首にそれを横にひとなぎして、咽喉を切り裂いた。かれが手錠をかけられて連行されたあとの血だまり——なんてことだ、血の池ができるなんて——を見たとき、四万人の人々が、「ブロッ・ケイド」と叫んでいたのと同じ調子で、「アンパイアを殺せ」と金切り声をあげていたことしか考えられなかった。だれも本気で言ってるわけじゃなかったが、いずれにしろ、若造にはそのことがわからなかった。ことにウェンダースが自分たちふたりを躍起になってつぶそうとしているといった悪口を、ドゥーにたんまりと吹き込まれたあとでは。

警官たちがロッカールームから駆け出してきたとき、ブロッケイド・ビリーは白いホームユニフォームを胸から腹にかけて血に染めて立っていた。足元にはウェンダースが横たわっていた。かれは青い制服たちにつかまれたとき、抵抗したり切り裂いたりしようとしなかった。そう、かれはただ立ちつくして、自分自身に小声で話しかけていた。「やっつけたよ、ドゥー。ビリーがこらしめた。もうかれは判定をまちがえないよ」

　これで話はおしまいだ、ミスター・キング――少なくとも、わしの知っている部分は。タイタンズに関するかぎりは、調べがつくだろう。老ケイシーの台詞じゃないが。当時のすべての試合は無効になった。それらの穴埋めのためにプレイしたすべてのダブルヘッダーも。最終的には老いぼれヒュービー・ラットナーがホームベースのうしろにしゃがむことになり、打率一割八分五厘で終わった――いわゆるメンドーサ・ラインを下回ったわけだ。ダニー・ドゥーセンは頭蓋内出血とかいうものと診断され、残りのシーズンを休場しなければならなかった。そして翌年の五八年にカンバックしようとした――見られたもんじゃなかったね。五回登板。そのうちの三回はホームベースに届かなかった。他の二回は……覚えてるか、二〇〇四年最後のレッドソックス対ヤンキースのプレイオフを？　ヤンキースの先発ケヴィン・ブラウンが最初の二回でレッドソックスに六点もやられたのを？　五八年のダニー・ドゥーの投球もそんな感じだった。どうにかこうにかホームベースの向こう側まで投げていたというありさま。まったくの役立たず。それでも最終的には、わしらはなんとかセナターズとアスレチックスよりは上位で終わった。ジャージー・ジョー・ディプーノは、その年のワールドシリーズ期間中に心臓発作を起こした。ロシアがスプートニックを打ち上げた日だったかもしれん。かれは郡のスタジアムから担架で運び出された。そのあと五年生きたが、見る影もなくなり、もちろん二度と監督はしなかった。

ジョーは、若造は運を吸い取る、と言ったが、そう思ってる以上に正鵠《せいこく》を射ていた。ミスター・キング、あの若造は運を飲み込むブラックホールだったのさ。

おまけに、かれ自身にとっても。きっとあんたは、この話の結末を知っている――かれがエセックス郡刑務所に連れて行かれ、そこに身柄送還のために収監されたいきさつを。そして石鹸を飲み込んで窒息死した顚末を。わしはそれほど悲惨な死に方を想像できんよ。まちがいなく悪夢のシーズンだったが、それでもいくらかいい記憶をもたらしたことを話そう。思うに、その思い出のおおかたは、ファンたちがボードを掲げたとき、オールド・スワンピー球場がオレンジ色に彩られて活気づいた様子にある。〈ブロッケイド・ビリーの命令により道路封鎖〉。そうとも、それを考案したやつは大儲けしたにちがいない。でも、その応援ボードを買った人々は公正な価値を得たと思う。それを頭上に掲げて立ちあがったとき、かれらは本来の自分よりもなにやらもっと大きなものの一部になったからだ。それは悪いことにちがいない――ヒトラーを一目見るためにかれの集会に参加した人々のことを考えるだけでもわかる――が、この場合はいい。つまり野球はいいもんだってことさ。常にそうだったし、この先も変わらんよ。

ブロッ・ケイド、ブロッ・ケイド、ブロッ・ケイド。

そのことを思うと、いまだに鳥肌が立つ。頭の中でこだましてるよ。あの若造はほんものだった。いかれていようがいまいが。疫病神《やくびょうがみ》だろうとなかろうと。

ミスター・キング、話しつくしたと思う。もういいか？　よし。うれしいよ。また来たいときに来てかまわんが、水曜日の午後はだめだ。その日はいまいましいバーチャル・ボウリング

らしわはの日その　？だうど、い来に曜土。いなきでがとこるえ考てくさるうがりわま。るあが

の多くがいつもスポーツ中継を観戦している。ビールを二、三杯飲んでもいいことになってる

し。みんな頭のおかしいろくでなしのように声援を送る。昔のようじゃないが、悪くないぞ。

フリップ・トンプスンへ、

友人で高校時代のキャッチャーだった

（*Blockade Billy*）

ミスター・ヤミー

著者の言葉

初期作品のなかで、わたしになりかわってだれかが——その人物は、『呪われた町』のベン・ミアーズだと思う——執筆計画中のストーリーについて語るのはよくない、と言う。「外で立ちションをするようなもんだ」というのが、かれの表現。とはいえ、ときには、ことに夢中になっているときは、自身が発したそのアドバイスは受け入れがたい。「ミスター・ヤミー」の場合がそうだ。

ストーリーの粗削りなアイデアの概略を友人に語ると、かれは慎重に耳を傾けてから頭を左右にふる。「AIDSについてなにか新しい見解が含まれているようには思えないな、スティーヴ」かれはいったん口をつぐんで、言い添えた。「とくに異性愛者として」

ちがう。そういうことじゃないんだ。とくに異性愛者に関して。

経験したことがないから、そのことについて書けない、という思いこみはきらいだ。それは人間の想像力には限界があると想定している。基本的に限界などないのに。それにまた、アイデンティフィケーションの飛躍は不可能だともほのめかしている。それも容認しがたい。ほんとうの変化は人知のおよばないという結論にいたるからだ。それに共感も同じことになってしまう。その考えは証拠にもとづいて、まちがいだと言える。ろくでもないことと同様に、変化は生じる。イギリスとアイルランドが和平を結ぶことができれば、いつの日かユダヤ人とパレスチナ人が問題を解決する可能性があると信じられる。変化は多大な努力の賜物として生じる。その考えに関して異論はないと思うが、多大な努力だけではじゅうぶんではない。想像力の激しい飛躍もまた必要である。他の男もしくは女の子の立場に身をおくというのは実際どういう感じだろうか？

それに、言っておけば、AIDSやゲイであることに関するストーリーを書きたかったわけではない。とにかく——そうしたことは語りの組み立て装置にすぎない。わたしが書きたかったことは、人間の性衝動の獣じみた力だ。その力は、わたしには、あらゆる態度、ことに若いときの志向を支配するように思える。ある時点で——どんな夜であろうと、いかなる場所であろうが——欲望はむっくりと起き上がり、否定されない。警告は吹き流される。説得力のある思考は停止する。危険はもはや問題ではない。

それこそがわたしの書きたかったことである。

I

デイブ・カルフーンはオルガ・グルホフのエッフェル塔作りを手伝っていた。かれらはいまや六日間、それも早朝の六日間、〈レイクビュー〉有料老人ホームの談話室で顔をつき合わせている。そこにいるのはかれらふたりだけではなかった。老人は早起きだ。部屋の奥の大きなフラットスクリーンが五時半に民衆をあおるような〈フォックス・ニュース〉のいつものくだらない話をがなりたて始め、それを入居者たちの多くが口をあんぐり開けて見ている。

「ああ」オルガが言った。「これよ、わたしが探していたのは」彼女はギュスターヴ・エッフェルの傑作――鉄くずで建設された、と箱の裏側に解説されている――のなかばあたりにその橋桁のピースをはめこんだ。

デイブは杖をつく音が背後から近づいてくるのが聞こえたが、振り向かずにその新参者に挨拶をした。「おはよう、オリー。早いお目覚めだね」若いころデイブは、杖をつく音だけでその人がだれかわかるなんて信じられなかったが、同時に若いころは、杖を使用する人たちがたくさんいる場所で人生の最後を過ごすことになるとは夢にも思わなかった。

「おはよう、早いのはおたがいさまでしょ」オリー・フランクリンが言った。「おはよう、オルガ」

オルガはちらっと目線をあげてから、手元のパズルに戻した――箱には千ピースと記されているが、じきに完成しそうだ。「橋桁のピースがとってもやっかい。目を閉じるたびに目の前に浮かんでくる。一服して肺を起こしてくるわ」

喫煙は〈レイクビュー〉では〝禁止されている〟ことになっているが、オルガと他の数人の頑固な人たちはキッチンを通って搬出口にこっそりと出てもいいことになっている。そこに大型灰皿《バットカン》がある。オルガは立ちあがったさいによろめき、ロシア語かポーランド語で悪態をつきながらバランスをとると、足を引きずりながら去って行く。途中で立ち止まり、デイブに振り返って眉を寄せた。「残しておいてよ、ボブ。約束できる？」

かれは片手をあげ、手のひらを相手に向けた。「神に誓って」

ご満悦の様子でオルガは足を引きずって歩きつづけながら、タバコと使い捨てライターを探して寸胴のデイドレスのポケットをまさぐった。

オリーが眉をあげた。「あんた、いつからボブになった？」

「ボブは彼女の旦那だった。覚えてるよな。ここに彼女といっしょに入居して、二年前に亡くなった」

「ああ、そうか。で、いまやオルガはそのことを忘れている。ヤバすぎる」

デイブは肩をすくめた。「オルガはこの秋で九十になる、それまで生きてればだが。少しぐらいドジったっていいさ。それにこれを見ろよ」かれはパズルを身振りで示した。それはカードテーブルいっぱいに広がっている。「ほとんど自分ひとりでやったんだぞ。わたしはただのアシスタントだ」

オリーは、かれの言う実生活ではグラフィックデザイナーだったが、ほぼ完成しているパズルを憂鬱そうに眺めた。「エッフェル塔。あんたは、これの建設中に抗議した芸術家がいたことを知ってたか？」

「いや、でも不思議じゃないね。フランス人だし」

「作家のレオン・ブロワだ。その塔を、正真正銘の無残な街灯と評した」

デイブ・カルフーンはパズルを眺め、ブロワの言わんとしたことがわかって笑った。ほんとうに街灯みたいだった。いくらかは。

「他の芸術家や小説家のなかには――だれだか覚えていないが――パリの最高の景観はエッフェル塔からの眺めだと主張した。エッフェル塔を見ないですむ唯一のパリの景観だからだ」オリーは前かがみになってさらに近づく。片手は杖を握り、もう一方の手をうしろにまわして腰を押さえている。まるでそれが折れないように。視線をパズルから散乱している百ぐらいのピースへ、そしてパズルへと移した。「〝ヒューストン、問題が発生した〟」

デイブはすでにそのことを感じはじめていた。「あんたの言うとおりなら、オルガの一日はだいなしになるだろうな」

「彼女は想定しておいてしかるべきだったな。あんたは何回ぐらい考えた？　これまでこのエッフェル塔が組み立てられ、そしてふたたびバラバラにされてきたことを。老人は若者同様にぞんざいだ」かれは背筋を伸ばした。「庭に出て散歩しないか？　わたしたいものがある。それに話したいことも」

デイブはオリーを観察した。「あんた、だいじょうぶか?」

相手はそれには答えずにこう言った。「外に出よう。すてきな朝だ。ぽかぽか暖かくて気持ちいいぞ」

オリーはパティオに向かった。杖がおなじみのリズムを刻む。そしてTVを見ながらコーヒーを飲んでいる連中のそばを通り過ぎるさい、だれかに朝の挨拶として手を振る。デイブは快くあとにつづくが、いささか面食らっていた。

Ⅱ

〈レイクビュー〉老人養護施設はU字型に建てられていて、談話室は〝介護付きスイート〟から成る左右の縦長の二棟の間にある。そして各スイートの間取りは客間兼用の居間、寝室、そして手すりとシャワーチェアーの備え付けられているバスルームとなっている。それらスイートは安くない。入居者の多くは厳密に言えば、もはや排泄を抑制できないけれど(デイブは八十三歳になってすぐに夜間の思わぬ出来事に遭遇しはじめ、いまでは自室のクローゼットの上の棚に大人用オムツを常備している)、小便や消毒剤の匂いのするような場所ではない。部屋には衛星TVが設置されている。各棟にはスナックビュッフェがあり、月に二度、ワイン試飲会が開催される。すべてにおいて配慮が行き届いている、とデイブは思った。余生を過ごすにはかなりいいところだ。

レジデンスウイングのあいだの庭は緑が生い茂っていて――なまめかしいほどで――まさに初夏を感じさせる。散歩道をぶらつけば、水をはねちらかしている中央噴水広場に出る。多種多彩な花々がはびこっているが、上品に剪定《せんてい》されている。いたるところに内線電話が設置されており、そのおかげで、不意に散策者が呼吸困難になったり脚に麻痺が広がったりしても、すぐに介護士を呼ぶことができる。もっとあとの時間になれば散策者が多くなるだろう。まだ起床していない（あるいは、フォックス・ニュースを心ゆくまで鑑賞しないうちは談話室から離れない）老人たちは暑くならないうちに日光を堪能しにやってくるが、目下のところは、デイブとオリーのふたりが庭を占領していた。

かれらは二重ドアをぬけてパティオの広い板石のステップを下りると（ふたりとも足元にじゅうぶん気をつけて）、オリーが立ち止まり、着ている格子模様のだぶだぶのスポーツコートのポケットを手探りしはじめた。そして、すばらしい銀鎖のついた銀色の懐中時計を取り出した。そしてデイブに差し出した。

「持っていてほしい。ひいじいさんのものだ。カバーの内側の彫り物によれば、ひいじいさんはこれを一八九〇年に購入したかもらったかしたらしい」

デイブはその懐中時計をおかしいようなおそろしいような心持ちで見つめた。オリー・フランクリンがそれを中風気味の手で鎖の部分を持って催眠術師の護符のように揺らしているからだ。「そういうわけにはいかない」

根気強く、さながら子どもに教え諭すように、オリーは言った。「あげるならいいだろ。わしはあんたがこれを何度も何度も感心して眺めていたのを知ってるよ」

「先祖伝来の由緒あるものだろ！」

「うん、そのとおり。弟が受け継ぐだろうな、わしが死んだら。その時期が迫っているんだ。今夜あたりかも。確実だよ、数日中には」

デイブはなんと言ってよいかわからなかった。

あいかわらず根気強い口調で、オリーは言った。「弟のトムになにかしてやるのは金と時間の無駄なんだ。やつにそんなことは一度も口にしたことはないが。残酷だからな。でも、あんたには何度も愚痴ったよな？」

「うーん……まあな」

「わしはこれまで支援してきた。やつの三度の事業と二度の結婚の失敗を。そのことも何度も話した。そうだな？」

「ああ、でも――」

「親身に面倒をみて、資金面でもかなり援助した」オリーは言いながら歩きはじめ、杖で個人的な暗号文を刻んでいく。コツ、コツ‐コツ、コツ、コツ‐コツ‐コツ。「わしは悪名高き〈上位1％〉のひとりだからリベラルな若造に罵倒された。ありあまるほどの金を持っていたからではなく、いいか、ここで三年間快適に暮らしながら弟の安全ネットとして支援しつづけることができるほどの余裕があったからだ。もう弟の娘のためにご奉仕をしなくてもよくなった、ありがたいことに。実際にマーサは自活できるようになったらしい。ほっとしたよ。遺言書も作成した。すべてきちんとしかるべく。法的にも問題のない理にかなった適切な内容のものを。とくに親族のこと。というのも、わしには妻子がいない。つまり、全財産は弟のトムに残される。この懐中時計をのぞいては。これはあんたのものだ。これまでいい友だちだった、だから頼む。受け取ってくれ」

デイブはよくよく考え、かれの死の予感が過ぎ去ったときに返却しようと決めて、懐中時計を受け取った。そしてカチッと音をたてて蓋を開き、透明カバーに見とれた。六時二十二分——時間ぴったり、かれのわかる範囲でだが。渦巻き装飾数字の6の上にある小さなサークルの中を、秒針が活発に動き回っている。

「クリーニングは数回したことがあるが、修理は一度きりだ」オリーは言いながら、ゆっくりとした歩行を再開した。「一九二三年に、ひいじいさんによれば、わしの父親がそれをヘミングフォード・ホームの古い農場の井戸に落としたそうだ。想像できるか？　百と二十年以上の歳月を経て、修理は一度だけ。どれだけの人間がおなじことを言える？　一ダースか？　おそらくほんの六人？　あんたにはふたりの息子と娘がひとりいる、まちがってないよな？」

「あってる」デイブは言った。かれの友人はこの一年にわたってしだいに体が弱ってきていて、髪は産毛ほどになり、頭蓋骨に浮き出た茶色いシミが透けて見えるが、頭の中身はオルガより少しましだった。あるいは、わたし自身よりも。そのことはかれ自身が認めるところだ。

「その時計はわしの遺言書にはないが、あんたのには記載されるべきだ。あんたは自分の子どもたちを分け隔てなく愛している、わしにはわかってる、あんたはそういう男だからな。でも、好みはある、だろ？　それをあんたが一番気にいっている子に残せ」

ピーターになるだろうな、とデイブは思って微笑んだ。

微笑み返しなのか、それともかれの笑みの裏にある考えを読んでのことなのか、オリーは唇を開いて残り少ない歯を見せながらうなずいた。「すわろうか。ひどく疲れた。たいしたことしていないのに、近頃では」

ふたりはベンチのひとつに腰かけた。デイブが懐中時計を返そうとした。オリーは両手を突き出して大げさな拒絶の身振りをした。そのさまが滑稽だったので、デイブは声をあげて笑った。ただし、笑いごとではないと承知していた。たしかに、ジクソーパズルのピースがいくつか見つからないということより重大だ。

花々の香りが強烈ですばらしかった。デイブ・カルフーンが死を思ったとき——近い将来に訪れるだろう——もっとも慚愧《ざんき》の念に堪えがたいのは感覚上の世界とその普通の喜びがすべて失われることだった。ボートネックトップスを着た女性の胸元の光景。ジャズ・ドラマーのコージー・コールのヒット曲「トプシー(パート2)」でのハジけたドラム演奏。メレンゲがたっぷりかかっているレモンパイの味。デイブにはいま嗅いでいる香わしい花々の名前がわからなかったが、妻だったらすべて知っていただろう。

「オリー、あんたは今週死ぬかもしれない。ここに入居しているだれもが片脚を墓に突っ込み、もう一方の脚でバナナの皮を踏んでいるってことは、神様はご存知だが、あんたにはそれを確実に知る方法はないよ。夢を見たか、黒猫が前を横切ったのか、ほかになにがあったのか知らないが、予感なんてあてにならん」

「予感がしたわけじゃない」オリーは言った。「見たんだ。ミスター・ヤミーを。この二週間のうちに何回も目撃した。いつも間近で。もうすぐお迎えの声がかかる、もうそれでいい。かまわん。実際の話、そうなればいいと思ってる。人生はすばらしい。だけど、長く生きすぎると、完走しないうちに疲れきってしまう」

「ミスター・ヤミー」デイブ・カルフーンは言った。「そいつはいったいだれだ?」

「実際にはかれじゃない」オリーは言った。まるで相手の話を聞いてなかったかのように。「わしにはわかってる。それはかれの姿形を演じているんだ。時間と場所の総和、そう言いたかったらそれでもいい。かつてミスター・ヤミーという人物は実際にいたけれど。わしの友人が、〈ハイポケット〉の夜にかれのことをそう呼んだんだ。ほんとうの名前は知らずじまいだった」

「話がよくわからない」

「なあ、わしがゲイだってことは知ってるよな?」

デイブは微笑んだ。「まあ、わたしがあんたと出会ったときにはお盛んな日々は終わっていたと思うけど、だいたいの察しはついたよ、うん」

「アスコットタイのせいか?」

歩き方だよ、デイブは思った。杖をついていても。残り少ない髪を梳くときの指の形や鏡をみるときの流し目。ＴＶ番組『リアル・ハウスワイブ』ショーに出て来る女性たちを見たときに目玉をぎょろりと反転させる仕草。あんたの部屋にあるあんたが描いたいくつもの静物画でさえ、それらはある意味であんたの衰弱の年代記になっている。昔はかなりうまかったにちがいないが、いまでは筆を持つ手が震えている。あんたの言うとおりだ——完走しないうちに疲れきってしまう。

「とりわけね」デイブは言った。

「だれかがアメリカ軍の冒険に参加するには年を食いすぎていたと言うのを聞いたことあるか？　ベトナム？　イラク？　アフガニスタン？」

「もちろん。ふつう耳にするのは、若すぎた、だけど」

「ＡＩＤＳは戦争だった」オリーはふしくれだった両手を見下ろしていた。そこからは画才が離脱しかけていた。「それに参戦するのに年を食いすぎていたわけじゃなかった。いつ本国で戦争が始まったなんてだれにもわからないからな、そうだろ？」

「まったくそのとおり」

「わしは一九三〇年生まれだ。合衆国でＡＩＤＳが最初に観察されて臨床報告がされたとき、五十二歳だった。ニューヨークで暮らしていて、広告業界でフリーランスとして働いていた。わしと友人たちはあいかわらずときどきグリニッジ・ヴィレッジでクラブ巡りをしていた。ストーンウォール――マフィアが仕切っている地獄のようなところ――ではなく、他の場所で。クリストファー・ストリートの〈ピーター・ペッパーズ〉の外に立って、マリファナを友人とまわしながら吸っていると、若者たちがたくさん店に入っていった。イケメンぞろいで、ぴっちりしたベルボトムジーンズに、当時みんなが着ていたような逆三角形型のシャツといったいでたちだった。それにスタックヒールのスエードブーツ」

「美味そうな少年たち《ヤミー・ボーイズ》」デイブはあえて口にした。

「まあな、でも、その美味そうな少年《ヤミー・ボーイ》じゃない。わしの親友――名前はノア・フリーモントだが、昨年亡くなった――がわしにこう言った。『あいつらもうおれたちに目もくれなかったよな？』わしは同意した。それ相応の金をちらつかせれば見てくれたかもしれない。だが、わしらはそうするには……威厳がありすぎた、とも言える。金で買うなんて屈辱的だ。わしらのなかにはときにそうする輩もいるが。五〇年代末に、わしが初めてニューヨークに来たときには……」

オリーは肩をすくめて遠くを見つめた。

「あんたが初めてニューヨークに来たときには？」デイブは先をうながした。

「どんなふうに言おうか考えてるところだ。五〇年代末といえば、まだ女性たちがロック・ハドソンやリベラーチェにため息をつき、同性愛が公言できるものではなく秘められるべき愛だった時代だ。そんなときに、わしの性欲はピークに達していた。その点では――他の面でも、わしは確信している、多くの点でも――同性愛者と異性愛者は変わらない。なにかで読んだことがある。魅力的な相手を前にすると、男は二十秒かそこらごとにセックスについて考えるそうだ。しかし、十代や二十代の男性は四六時中セックスのことを考えている。魅力的な人物が目の前にいようがいまいが」

「風が吹いただけで硬くなる」デイブは言った。

かれは最初の仕事、ガソリンスタンドの店員として働いたときのことを考えていた。赤毛の美人の女の子がボーイフレンドのトラックの助手席から滑るようにして降りてきたときのことだ。彼女のスカートがずりあがって、真っ白のコットンの下着があらわになった。一秒、せいぜい二秒ぐらいのことだった。にもかかわらず、オナニーをするさいには、その一瞬の出来事を何度も何度も頭の中で再現した。当時はまだ十六歳だったが、その記憶はいまでも鮮明に残っている。それが五十歳のときのことだったら、同じような体験になっていたかどうかはあやしい。その年までには女性の下着はたっぷり見てきたことだし。

「保守的なコラムニストのなかにはＡＩＤＳをゲイの疫病と称して、隠しきれない満足感を抱いた。たしかに疫病だったが、一九八六年かそこらまでには、ゲイ社会はＡＩＤＳをかなりしっかりと認識した。わしたちはふたつのもっとも基本的な予防措置を理解した――コンドームを着用することと針を共有しないということだ。しかし若者は、自分は不死身だと思うし、しかも祖母が酔っぱらったときよく言っていたように、いきり立った肉棒には自制心がない。とりわけそのことがドンピシャリな状況は、肉棒の持ち主が酔っぱらっていたり、ハイになっていたり、性的衝動の真っただ中にあるときだ」

オリーは吐息をついて、肩をすくめた。

「リスクが犯された。誤解が生じた。病原体の間接感染がきちんと理解されたあとでさえ、何万もの同性愛者たちが亡くなった。ようやくこの悲劇の大きさが把握されはじめている。同性愛者は自分たちの性的指向を選択しているわけではないということを、多くの人が理解しているいまになって。偉大な詩人たち、偉大な音楽家たち、偉大な数学者や科学者たち――かれらの何人が才能を開花させずに亡くなってしまったことか。かれらは排水溝で、冷水しかでないアパートで、病院で、そして貧困層の病院で亡くなった。それというのもすべて、音楽が大音量で流れ、ワインが大量に消費され、パーティークラッカーがパンパン鳴らされていたからだ。偶然？　いまだにそんなことを言う輩が多くいるが、そんなことはナンセンスだ。性的衝動は強すぎる。人間の根本的欲動なんだ。わしは二十年遅く生まれていたら、不慮の災難のひとりになっていたかもしれない。友人のノアも。だが、かれはベッドで寝ているあいだに心臓発作で亡くなったし、わしも死ぬだろう……原因はなんであれ。というのも五〇年代は、あらがうべき性的誘惑は少なかったし、誘惑が強烈なときでも、頭が下半身を抑えつけることができた。少なくとも、コンドームを素早くつかむぐらいの時間は。わしの年代の男たちの多くはＡＩＤＳで命を落とさなかったと言ってるわけじゃない。亡くなったかれらは――ばかな年寄りほど度しがたいものはない、ということだな？　なかには友人もいた。だが、数は少なかったよ。八〇年代に毎晩クラブに詰めかけていた若者たちよりも。

　わしの仲間たち――ノア、ヘンリー・リード、ジョン・ルービン、フランク・ダイアモンド――はときどき、そうした若者たちが求愛ダンスをしているのを観察しに出かけた。わしらは涎が出るほどは欲しがらずに、ただ見ていた。わしらは、ウエイトレスが腰を曲げてかがむのをただ見るためだけに週に一度〈フータース〉に出かけるゴルフ好きの中年異性愛者とちがいはなかった。そうした行動はいささか哀れでみじめったらしいが、不自然なわけではない。あんたは同意できないか？」

　デイブは首をふった。

「ある晩、わしら四、五人は、〈ハイポケット〉というダンス・クラブで落ち合った。今夜はこれで切りあげようとちょうど決めたときに、その若造はひとりでやってきた。ちょっとデヴィッド・ボウイに似ていた。長身で、タイトな白いレーサーパンツにカットオフスリーブの青いＴシャツといったいでたちだった。ブロンドの長髪をかきあげてハイポンパドールにしていた。滑稽かつセクシーだった。血色のいい――自然で、紅を塗っているわけではない――頰に銀色のスパンコールをあしらっていた。キューピッドの弓の形をした上唇。その場にいただれもが振り向いてかれを見た。ノアがわしの腕をつかんで言った。〝かれだよ、かれこそミスター・ヤミーだ。お持ち帰りできるなら千ドル出してもいい〟。

わしは笑って、千ドルじゃ買えないぜ、と言った。あの年齢で、それにあのルックスじゃあ、かれは称賛されて欲望を抱かれることだけが望みだ。それと最高のセックスを頻繁に。二十二歳のときには、よくあることさ。

そしてすぐにかれは、ハンサムガイたちのグループ——といっても、かれほど見た目のいいやつはひとりもいなかったが——に仲間入りしてしまった。かれらはみな笑い、飲み、そして当時ダンスとよばれていたものはなんでも踊りまくった。かれらのだれひとりとして、ダンスフロアから離れた奥のテーブルですわってワインを飲んでいる中年男たちに一瞬たりとも視線を向けることはなかった。実年齢より若く見せるための努力をあきらめるにはまだ五年ないしは十年早い中年男たちに。かれは若者たちの取り合いの的なのに、わざわざオッサンたちに目を向けるわけがない。

そのときフランク・ダイアモンドが言った。〝かれは一年以内に死ぬよ。だから美しいんだ〟。ただしフランクはふつうに言ったのではない。吐き捨てるようにその言葉を口にしたのだ。まるでなにやらひどい……なんて言ったらいいか……残念賞のように」

オリーは、ほとんどの州で同性愛者同士の結婚が合法になった時代でも隠れゲイとして生きたが、いま一度肩をすくめた。まるで、覆水盆に返らず、と言っているようだった。

「そう、それがわしらのミスター・ヤミーだ。美しくてそそられるが手が届かない、そうしたものすべての要約。その後わしはかれを二度と見かけなかった、二週間前まで。〈ハイポケット〉や〈ピーター・ペッパーズ〉や〈トール・グラス〉といったわしが通ったクラブでじゃないぞ……そうした場所からは、いわゆるレーガン時代の経過とともにしだいに足が遠のいた。八〇年代後半には、ゲイ・クラブに行くのはかなりシンドくなっていた。赤死病に関するポーの短編の仮面舞踏会に出席するようなもんだった。わかるよな、〝集え、皆の者！　羽目をはずせ、シャンパンのお代わりをしろ、酔いつぶれていくやつらなど気にするな〟。そんなものはおもしろくもなんともない。二十二歳で自分は健康で安全だと思っているなら話は別だが」

「さぞかしキツかったにちがいない」

　オリーは杖を持っていないほうの片手をあげると、まあまあ《コムシ、コムサ》、といった感じで振った。「そうであったり、なかったり。元アルコール依存症者が唱えるお題目さ。変えられるものを変える勇気を、変えられないものを受け入れる冷静さを」

　デイブはその件に関してそれ以上追及しようかどうか検討したが、放ってはおけないと思った。懐中時計の贈り物にはあまりにも狼狽させられた。「デイブおじさんの話をよく聞けよ、オリー。単純明快だ。あんたはその若造を見なかった。ちょっと似た男を見かけたかもしれないが、あんたの言うミスター・ヤミーが当時二十二歳だとしたら、いまは五十代になっている。ＡＩＤＳを避けられたとしたら、そうだな。脳があんたにしかけたいたずらだよ」

「わしの古参の脳みそ」オリーは微笑みながら言った。「日ごとにボケていく我が脳みそ」

「ボケたなんて言ってない。あんたはぜんぜんそうじゃない。でも、あんたの脳はお年を召している」

「たしかに。だが、かれだった。あれは。最初にかれを見たのはメリーランド・アヴェニューの車道脇だった。数日後には、かれは表玄関の下のポーチの階段にもたれかかって巻きたばこをふかしていた。二日前には、かれは入居受付の外のベンチにすわっていた。あいかわらず、タイトな白いレーサーパンツにカットオフスリーブの青いTシャツといったいでたちだった。道行く人たちの足を止めてしかるべきだったが、だれもかれのことを見ていなかった。わしをのぞいては」

オリーの話に調子をあわせるのはよそう。デイブは思った。かれにはもっとよくなってもらいたい。

「幻覚だよ、相棒」

オリーはまったく動じなかった。「たったいま、かれは談話室で他の早起き鳥たちといっしょにTVを見ていた。かれに手をふると、ふり返してきた」びっくりするほど若々しい満面の笑みがオリーの顔に炸裂した。「わしにウィンクまでした」

「白いレーサーパンツで？　カットオフスリーブの青いTシャツの？　二十二歳の美青年が？　おれはストレートかもしれないが、さすがに気づくと思うけど」

「かれはおれのためにここにいる、だからおれにしか姿が見えない。証明終わり《QED》」オリーは立ちあがった。「戻らないか？　コーヒーを飲もう」

ふたりはパティオに向かって歩き、そこの階段を下りたときと同様に細心の注意を払って上った。かつてふたりはレーガン時代を生きた。いまかれらは骨粗鬆症の時代を生きている。

談話室の外の板石に到着したとき、ふたりはひと息ついた。呼吸を整えたところで、デイブが言った。「で、今日わしたちはなにを学んだのかな、同志？　その死の擬人化は蒼ざめた馬にまたがって肩に大鎌を担いでいる骸骨ではなく、頰にラメを塗ったダンスホールのホットな若造だというわけか」

「人によってそれぞれ異なる死の化身を見るんじゃないか」オリーは穏やかに言った。「わしが読んだものによれば、おおかたの人は、ひとたび死の扉に到着すると、自分の母親の姿を見るらしい」

「オリー、大半の人はだれも見ない。それにあんたはまだ死には――」

「しかし、わしの母親はわしを産んですぐに亡くなったので、母親の顔がわからない」

　オリーが二重ドアに向かいはじめた。デイブはかれの腕をつかんだ。「懐中時計はハロウィンのパーティーのときまで預かっておく、それでどうだ？　四か月。きちんとネジは巻く。だけど、そのときまだあんたがここにいるようだったら、返す。いいな？」

　オリーの顔が笑みで明るくなった。「もちろんだ。さあ、オルガがエッフェル塔をどこまで仕上げているか見に行こうか」

　オルガはカードテーブルに戻っていて、パズルとにらめっこをしていた。苦虫を嚙みつぶしたような顔だ。「最後の三ピースを残しておいてやったよ、デイブ」不幸なことなのかそうではないのか、少なくともオルガはかれがだれなのかふたたびはっきりわかっていた。「でも、まだ埋まっていない箇所が他に四つある。一週間かかったあげくにこの結果はガッカリだね」

「そういうこともあるさ、オルガ」デイブは腰をおろしながら言った。そして残っていたピースをあいている場所に当てはめて満足した。そこでサマーキャンプの雨の日々を思い出した。

気がついたが、この談話室はかなりそれと似ている。人生はブックエンドのついている短い棚だ。

「そうね」オルガは紛失している四つのピースのことを考えながら言った。「たしかにそのとおり。でも、ひどすぎるよ、ボブ。あんまりだ」

「オルガ、わしはデイブだ」

オルガはかれに顔をしかめて見せた。「そう言ったよ」

言い争っても意味はない、一千のうち九百九十六まで完成させたのはすごいとオルガを納得させようとしてもしょうがない。彼女はあと十年で百歳だが、いまだに自分は完璧であるのが当然だと思っている、とデイブは思った。非常に屈強な幻影を抱いている人はいるものだ。

顔をあげると、オリーが談話室と隣接している戸棚ほどの大きさの工房から出て来るのが目に入った。ティッシュペーパーとペンを携えていた。そしてテーブルにやってくると、パズルの上にティッシュを広げた。

「こら、こら、なにをするんだい?」オルガがきいた。

「人生で一度ぐらい辛抱してくれないかな。いまにわかる」

オルガはふてくされた子どものように下唇を突き出した。「いやだね。わたしはタバコを吸いに行く。このいまいましいパズルをばらばらにしたいのなら、ご自由に。箱に戻すなり床にはたきおとすなり勝手にしな。好きにすればいい。どうせピースがたりないし」

オルガは関節炎を刺激しないていどの尊大な態度で威勢よく歩き去った。オリーは安堵の吐息をついてオルガの席に腰を落とした。「このほうがだんぜんいい。近頃はかがむのはキッい」かれはなくなったピースのうちのふたつをトレースした。それらはたまたま隣接していた。ついで他のふたつの紛失しているピースをトレースするためにペーパーを移動した。

デイブは興味津々に見守った。「それでうまくいくか？」

「ああ、そうだな」とオリー。「郵便室に〈フェデックス〉のダンボール箱がいくつかある。ひとつくすねる。で、ピースの形にカットして、ちょっと絵を描く。オルガがかんしゃくを起こして、このいまいましいパズルをバラバラにしないようにさせておいてくれ。わしが戻るまで」

「写真がほしければ――あんたの考えているとおりにするために――ｉＰｈｏｎｅを取ってくるよ」

「必要ない」オリーは真顔で自分の額を軽くたたいた。「わしのカメラはここにある。スマートフォンではなく年代物のブローニー写真機だが、現在でもかなりまっとうに写る」

Ⅲ

オルガはトラックヤードから戻ってきたとき、まだいらいらしていた。しかも不揃いのジグソーパズルをばらばらにしたいとほんとうに思っていた。しかしデイブは眼前でクリベッジボードをふって彼女の気をそらした。それでふたりは三回ゲームをした。デイブは三回とも負け、完敗させられた。オルガはかれがだれだか常にわかっているわけではなく、自分がアトランタに戻って叔母の下宿屋で暮らしていると思いこんでいる日もあったが、クリベッジとなると、ダブルランやフィフティーンをけっして見逃さなかった。

それにオルガは実にツイている、とデイブは腹立たしくないわけではないが、そう思った。得点を計算するとき最後に表向きにするカードが二十点だったなんてやつがそうそういるか？

十一時十五分あたりに（「フォックス・ニュース」が終わり、クイズ番組「ザ・プライス・イズ・ライト」で司会者ドリュー・キャリーが賞金をがなりたてている）、オリー・フランクリンが戻り、クリベッジボードに向かってきた。髭を剃って清潔な半袖シャツを着ているので小粋に見える。「やあ、オルガ。あんたにあげたいものがある、ガールフレンド」

「わたしはあんたのガールフレンドじゃない」オルガは言った。その目には少しだが、おもしろがっている意地の悪いきらめきがあった。「あんたにこれまでガールフレンドがいたとしたら、わたしは肥溜めに飛びこんでやるよ」

「恩知らず、汝の名は女なり」オリーは言ったが、悪意はない。「手を出して」オルガがそうすると、かれは新たに制作したジグソーパズルの四つのピースをその手に落とした。

オルガはそれらをいぶかしげにねめつけた。「なにこれ？」

「たりないピースだ」

「たりないピースって、なんの？」

「パズルだよ、あんたとデイブがやっていた。パズルを覚えているだろ？」

デイブはオルガの雲状のちぢれた白髪の下でカチッとスイッチの入る音が聞こえたような気がした。彼女の古びた継電器と腐食したメモリーバンクが回復したのだ。「もちろんさ。でも、これはぜったいにピッタリはまらないよ」

「やってごらん」オリーはうながした。

デイブはオルガがそうするまえにピースを取りあげた。かれにはそれらピースは完璧のように思えた。ひとつは桁のレース細工。ふたつは互いに隣接したピースだが、地平線のピンク色の雲の一部分。四つ目はヴァンドーム広場をぶらつきまわっていたのにちがいない伊達者が粋がって斜めにかぶっているベレー帽と額。びっくりするほどすばらしい、とデイブは思った。オリーは八十五歳かもしれないが、技量は衰えていない。デイブはピースをオルガに返すと、彼女はそれらをつぎからつぎへと当てはめた。どれもぴったりはまった。

「やったね《ヴォアラ》」デイブは言って、オリーと握手した。「完成だ《トゥ・フィニ》。すばらしい」

オルガは鼻が触れるほど深くパズルに覆いかぶさっている。「この桁の新しいピースはまわりのとうまく調和してないね」

デイブは言った。「そんな言いぐさはないいんじゃないか、いくらあんたでさえ、オルガ」

オルガは、フン！　と鼻で答えた。彼女の頭越しに、オリーは眉を上下に素早く動かした。デイブも同じように眉を動かして応じた。「すわっていっしょにランチをとろう」

「ランチはぬきにする」とオリー。「散歩してからアートの技能をふるったので疲れた」かれは前かがみになってパズルを見て、ため息をついた。「そうだな。あっていない。でも、かなり近い」

「かなり近いなんてのは蹄鉄投げのときに言うセリフだよ」オルガは言った。「ボーイフレンド」

オリーはエバーグリーンウイングに開いているドアに向かってゆっくりと歩いていった。杖が規則正しい1、2、3のリズムを刻んでいた。かれはランチに現れなかった。夕食にも顔を見せなかったので、その日の勤務看護師が様子を見に行くと、ベッドの上に横たわっているオリーを発見した。画才のある両手が胸の上で組み合わされていた。心穏やかにすやすやと眠っているような死に顔だった。

その晩、デイブは亡くなったばかりの友人の部屋のドアに手をかけてみると、鍵がかかっていなかった。かれはシーツもカバーも取り払われたベッドに腰かけながら、銀の懐中時計を手のひらにのせた。蓋を開いたので6の文字の上の小さな円の中で秒針がまわっているのを見ることができた。ついでオリーの所有物――棚の本、デスクの上のスケッチパッド、壁に貼られている様々なデッサン――を眺めて、だれが相続するのだろうと考えた。ろくでなしの弟か、かれはなんとなくそう思った。だれだったか名前を探っているうちに、思い出した。トムだ。そして姪の名前はマーサ。

ベッドの上に置いてあるのは、髪をポンパドールにして頰にラメを塗ったハンサムな青年の木炭画だ。キューピッドの弓型の唇が微笑んでいる。少しだが、そそられた。

Ⅳ

盛夏となり、ついで暑さも峠を越えはじめた。スクールバスがメリーランド・アヴェニューを往来した。オルガ・グルホフの心身の状態は衰えた。以前より頻繁にデイブを亡き夫とまちがえた。クリベッジの腕前はそのままだったが、英語を忘却しはじめた。デイブの長男と長女は近くの郊外に住んでいたが、ピーターがもっとも頻繁に訪れた。百キロほど離れたヘミングフォールド郡の農場から車でやって来て、夕食に連れ出してくれることもあった。

ハロウィーンが巡ってきた。スタッフが談話室をオレンジ色と黒のストリーマーで飾りつけした。〈レイクビュー〉有料老人ホームの入居者たちは〈万聖節〉をサイダーやパンプキンパイ、そしてまだ歯が残っていてチャレンジ精神のある少数の人のためにポップコーンで祝った。多くの人が仮装をしていたが、おかげでデイブはあることを考えさせられた。旧友が生前最後に交わした会話で口にした言葉だ——八〇年代後半に、ゲイ・クラブに行くのは赤死病に関するポーの短編の仮面舞踏会に出席するようなもんだったと。デイブはなんとなく思った。ここ〈レイクビュー〉もまたクラブのようなもので、陽気で楽しいときもあるが、欠点があった。すなわち、そこから去ることができない。喜んで引き取ってくれる親族がいなければ。頼めば、ピーター夫妻はデイブを引き取ってくれるだろうし、かれらの息子のジェロームがかつて使用していた部屋を渡してくれるだろうが、いまはピーターと妻のアリシアはふたりでよろしくやっているので、デイブはふたりに重荷を押し付ける気はなかった。

十一月初旬のある暖かい日、かれは板石造りのパティオに出て、そこに設置されているベンチのひとつにすわった。向こう側の道が陽射しの中へ誘っているが、かれはもはや足を踏み出さなかった。倒れてしまうかもしれない。それはまずい。介添えなしでは起きあがれないかもしれない。それは屈辱的だ。

デイブは若い女性が噴水のかたわらに立っているのを見つけた。彼女はフリルの付いたロング丈のワンピースドレスを着ていた。現在では〈ターナー・クラシック・ムービーズ〉チャンネルで放送されるモノクロ映画でしかお目にかかれないような服装だ。髪はあざやかな赤毛。彼女はかれに微笑んだ。そして手を振った。

やあ、素敵な女性になったね、デイブは思った。第二次世界大戦が終わってすぐのことじゃなかったかな、オマハのガスステーションできみがボーイフレンドのピックアップ・トラックから滑るようにして降りるのを見たのは？

その考えが聴こえているかのように、美人の赤毛はデイブにウィンクをして、スカートの裾をかすかにたくし上げて脛《すね》を見せた。

こんにちは、ミス・ヤミー、デイブは思った。昔はもっと上の奥まで見えたよ。その記憶がかれを笑わせた。

彼女が笑い返した。笑顔は見えたが、笑い声は聞こえなかった。彼女は近くにいて、デイブの耳はまだよかったのだが。やがて彼女は噴水のうしろに歩いていき……出てこなかった。それでもデイブは、彼女は戻ってくると信じて疑わない理由があった。あそこに生命力があるとうすうすわかっていた。それだけのことだ。美と欲望の強い鼓動。つぎに見かけるときは、彼女はもっと近くに現れるだろう。

V

翌週、ピーターが町にやって来て、かれらは近くのすてきな場所に夕食に出かけた。デイブはよく食べ、ワインをグラス二杯飲んだ。かなり効いた。食事が終わったときには、デイブはオリーの銀の懐中時計をコートの内ポケットから取り出した。たっぷりとした鎖がまとわりついている。かれはその時計をテーブルクロスの上で息子のほうに押しやった。

「なにこれ？」ピーターがきいた。

「友人からの贈り物だった」デイブは言った。「かれはそのあとほどなくして亡くなった。今度はおまえにもらってほしい」

ピーターは懐中時計を押し戻してきた。「受け取れないよ、とうさん。ぼくにはもったいない」

「ほんとうに頼むから受け取ってくれ。関節炎のせいだ。ネジを巻くのがかなりしんどい。じきにまったくできなくなるだろう。そいつは少なくとも百二十年もので、これからもまだまだ動きつづける時計だ。だから頼む。受け取ってくれ」

「うーん、そこまで言うなら……」ピーターは懐中時計をとって、自分のポケットに入れた。

「ありがとう、とうさん。これ、すごくすてきだ」

隣のテーブルには——あまりにも接近しているのでデイブが手を伸ばせば触れることができ

るほど——赤毛の美人がすわっていた。彼女の前に食事はなく、だれも気づいていないようだ。デイブのいる距離から見ると、彼女は単なる可憐な女性ではなかった。正真正銘の美人だった。ボーイフレンドのピックアップから降りるさいにスカートが膝までまくれあがった、あの遠い昔の少女だったころよりたしかに美しいが、それはどういうことなんだろう？　そのような修正は、誕生と死のように、自然の成り行きだ。記憶の仕事は過去を想起させるだけではなく磨きをかけて美化することにある。

赤毛の美人は今回、スカートの裾をさらにまくりあげ、長くて白い太腿を一瞬、垣間見せた。二秒ぐらいだったかもしれない。そしてウィンクをした。

デイブはウィンクを返した。

ピーターは振り返ったが、空席の四人用テーブルが見えただけで、そこには〈予約席〉のカードが置いてあった。父親に向き直ると、かれは眉をクイッとあげた。

デイブは微笑んだ。「目になにか入っただけさ。もうだいじょうぶ。勘定をすませようか。疲れたから帰ろう」

マイケル・マクダウエルのことを思いながら

（*Mister Yummy*）

トミー

著者の言葉

こういう言い回しがある。「一九六〇年代を思い出せるというのなら、あんたはその時代をほんとうに生きたわけじゃない」まったくのたわごとだ。そしてここに格好の例がある。トミーはかれの名前ではなかったし、死んだひとりではなかったが、その他の点で本作は、われわれみなが自分たちは永遠不滅であり、世界を変革するんだと思っていた時代がどのようなぐあいだったかを語っている。

トミーが亡くなったのは一九六九年。
ヒッピーで白血病にかかっていた。
残念なやつ。

葬儀のあとで披露宴が行われた、ニューマン・センターで。
それこそがかれの親族の口にした言葉——披露宴。
ぼくの友人のフィルが言った。「くだらない結婚式のあとそう言うよね？」

フリークスたちはこぞって披露宴に出席した。
ダリルはケープをはおった。
サンドイッチと紙コップに入ったグレープジュースが供された。
ぼくの友人のフィルが言った。「なんだ、このクソまずいグレープは？」
濃縮シロップの〈ザレックス〉だ、ＭＹＦでわかった、とぼくは言った。
「なんだ、そのクソは？」フィルはきいた。

「メソジスト教青年会《MYF》」ぼくは言った。

「十年間参加して、一度フランネルボードでノアの箱舟を作ったことがある」

「おまえの箱舟なんてどうでもいい」フィルは言った。

「それに乗った動物たちも」

フィル。確固たる意見を持つ青年。


披露宴のあと、トミーの両親は帰宅した。

ふたりは号泣したと思う。

フリークスたちは110ノースメインに行った。

ぼくたちは音量をあげてステレオをかけた。ぼくはグレイトフルデッドのレコードを見つけた。

デッドがきらいだ。〝ジェリー・ガルシアの〟とぼくは呼んでいた。

「うれしいな《グレイトフル》、かれが死んだ《デッド》ら！」

（結局そんな気分にはならなかった）

ああ、でも、トミーはそのロック・バンドが好きだった。

（それにまた、かんべんしてくれよ、ケニー・ロジャースも）

ぼくたちは〈ジグザグ〉で巻いたマリファナを吸った。

ぼくたちはウィンストンやポールモールを吸った。

ぼくたちはビールを飲んでスクランブルエッグを食べた。

ぼくたちはトミーについてだべった。

とても楽しかった。

ワイルド＝スタイン・クラブ――八人全員――がやってきたとき、ぼくたちは入れてやった。

それというのも、トミーはゲイで、ときどきダリルのケープをはおっていたから。

ぼくたちは、かれの親族はかれに道義的に立派なことをしたという点で意見が一致した。

トミーは自分の望みを書き留めていて、親族はそのほとんどをかなえてやった。

かれは一番いい服を着て自分の新築の細長いアパートメントに横たわっていた。

ベルボトムのジーンズにお気に入りのタイダイTシャツを着ていた。

（メリッサ・ビッグ・ガール・フリークがそのシャツを作った。

ぼくは彼女になにが起きたのか知らない。

彼女はある日そこにいて、ロスト・ハイウエイを下った。

彼女は雪解けと関係があったのではないか。

オロノの大通りはとても濡れてきらめき輝くので目を傷める。

それは冬だった。レモンパイパーズが歌ったように。「グリーン・タンバリン」と）

かれの髪はシャンプーの匂いがした。肩まで伸びていた。

なんとまあ、清潔だったこと！

葬儀屋が洗髪したのにちがいない。

ヘッドバンドをしていた。

ホワイトシルクにピースサインの刺繍がある。


「しゃれ者みたいに見えるな」フィルが言った。かれは酔っていた。

(フィルはいつも酔っぱらっている)

ジェリー・ガルシアが「トラッキン」を歌っていた。実にアホらしい歌だ。

「くそったれ《ファッキン》トミー」とフィル。「マザーファッカーに乾杯!」

ぼくたちはマザーファッカーに乾杯した。


「かれはスペシャルボタンをつけてなかったね」インディアン・スコントラスが言った。

インディアンはワイルド＝スタイン・クラブのひとりだ。

当時、かれはすべてのダンスを知っていた。

最近はブルーアーで保険を販売している。

「かれは母親に言った、ボタンをつけて埋葬してほしいと。

それはばかげてる」

ぼくは言った。「母親はそれをかれのベストの裏につけたんだ。見たよ」


それは銀のボタンがついた革のベストだった。

トミーはそれをフリーフェアーで購入した。

ぼくはその日、かれといっしょだった。虹が出ていて、

ラウドスピーカーからキャンドヒートの「レッツ・ワーク・トゥゲザー」が流れていた。

〝ここにいるよ、ぼくはクィアーさ〟かれの母親がベストの裏につけたボタンに書いてあった。

「母親はつけかえたりしなくてもよかったのに」インディアン・スコントラスは言った。

「トミーはすごく誇りに思っていた。クィアーであることに」

インディアン・スコントラスは泣いていた。

現在のかれは生命保険証書を売っていて、娘が三人いる。

たいしてゲイではなかったわけだが、

保険を売るなんてかなり変わっている《クィアー》、ぼく個人の意見では。

「彼女はトミーの母親だったし」ぼくは言った。「かれが幼いころは擦り傷にキスをしてやったんだ」

「それってなんの関係がある？」インディアン・スコントラスはきいた。

「くそったれ《ファッキン》トミー！」フィルが言って、手に持ったビールを高く掲げた。

「あのマザーファッカーに乾杯しよう！」

ぼくたちはあのマザーファッカーに祝杯をあげた。

それは四十年前のこと。

今晩、ぼくは思っている。そうしたサンシャイン・イヤーの年月にヒッピーがどのぐらい亡

くなったのだろうかと。

かなりの数にちがいない。それはただの統計値だ。
ぼくはそんなことを語っているわけじゃない。
‼戦争だ‼
車で激突。
ドラッグの過剰摂取。
　おまけにアルコール
　　バーでの喧嘩
　　　ときたまの自殺
　　　　それに白血病をくわえよう。

あらゆるおなじみの疑惑のことを言ってるのだ。
いったいい何人がヒッピーの恰好のまま埋葬されただろうか？
この疑問は夜の囁きの中で生じた。
かなり多かったのにちがいない、けれど
それは束の間の、フリークスの時代だった。
かれらのフリーフェアーはいまやアンダーグラウンドで、
そこではいまもベルボトムにヘッドバンドといったいでたちで、

しかもサイケデリックなシャツの長袖にはカビが生えている。

そうした細長い部屋では長髪は厄介だ。いまだに伸びている。

〝男性の〟理容師は四十年も髪に触れなかった。

霜が降りたようにはなっていない髪。

「嫌なこった、行くもんか」のプラカードを握って行進した人たちはどうなった？

額に星々をつけた少女はどうなった？

（いまや星々は彼女のシワシワカサカサになった皮膚から剝がれ落ちてしまった、とぼくは想像する）


保険を売らなかった愛の兵士たち。

けっして流行遅れにならなかったファッション野郎たち。

ときどき、夜に、ぼくは地中に眠るヒッピーたちのことを考える。

トミーに乾杯。

あのマザーファッカーに祝杯をあげる。

D.F.へ

（*Tommy*）

苦悶の小さき緑色の神

著者の言葉

一九九九年、自宅付近を散歩中にヴァンに激突された。運転していた男は六十キロ以上のスピードを出していた。その衝撃ときたら、死なななかったのが不思議なくらいだ。ぶつかる瞬間に中途半端に避けたのにちがいない。そんなことをした覚えはないが。よく覚えているのは余波だ。メイン州の田舎道の脇で二、三秒のうちに起こった出来事は、二、三年の理学療法と時間のかかるリハビリテーションをもたらした。右脚の可動範囲を取り戻し、ついでふたたび歩行を学んだ長い歳月のあいだ、わたしには哲学者たちが〝苦痛の問題〟と呼んできたものをじっくり考える時間がたっぷりあった。

これはそのことに関するストーリーであり、事故から数年後に書いた。自身の苦痛が最悪な状態からたえまない小さな呟きていどに減少したころに。本書に収録されている他のいくつかのストーリーのように、「苦悶の小さき緑色の神」は結末を探索する過程だ。しかし、本書所収のすべてのストーリーのように、本作品の主目的は読者を楽しませることにある。人生経験がすべてのストーリーの土台となっているが、わたしは告白小説を執筆しているつもりはない。

「事故にあった」ニューサムが言った。

キャサリン・マクドナルドはベッドに腰かけて、四つの経皮的抹消神経電気刺激《TENS》ユニットのひとつをニューサムの痩せこけた大腿部に、いまではかれがいつもはいているバスケットボールショーツのちょうど下に装着しているところだったので、顔をあげなかった。その顔からはいっさいの感情が入念に排除されている。彼女は、いまや勤務時間のほとんどを過ごしているこの大きな寝室の人間家具の一点であり、そうふるまうのが好きだった。ミスター・ニューサムの注意を惹くことは通常はよくない。それはかれの従業員全員が承知していること。だがそんなことにはおかまいなく、彼女の意識はとめどなく流れる。

さあ言うわよ、実際には自分が事故の原因だったって。というのも、あんたは責任を負うことで自分を英雄に見せたいから。

「実際には」ニューサムは言った。「わたしが事故の原因だった。きつくしないでくれ、キャット、頼む」

キャサリンはその気があれば、最初に指摘することもできた。ＴＥＮＳユニットは痛みを緩和させる局所にきつく装着しないと効果が発揮できないということを。だが、彼女は要領がいい。だからジッパーを少し緩めながら、いぜんとして意識の流れを遮断させない。

パイロットはあなたに言ったのよね、オマハ領域は雷雨だって。

「パイロットはわたしに、世界のその領域は雷雨だと言った」ニューサムはつづけた。ふたりの男が傾聴していた。もちろん個人秘書のジャンセンはすでに話をすべて聞いて知っていたが、人はいつだって耳を傾けるものだ。話をしている相手が六番目の大金持ち、それもアメリカ国内ではなく世界ランクでの富豪なら。他の五人の超絶金持ちのうちの三人は浅黒い肌でローブを着て、武装したメルセデスベンツで砂漠の国々を走行している男たちだ。

けれど、わたしは言ったんだ、わたし主催のどうしても中止にできない会合があったと。

「けれど、わたしは言ったんだ、わたし主催のどうしても中止にできない会合があったと」

ニューサムの個人秘書の隣にすわっている男にキャサリンは惹かれた――人間学的な点で。名前はリドー。長身痩軀で、たぶん六十歳、ありふれた灰色のズボンをはき、白シャツを着ているが、ボタンを瘦せぎすの首のところまで留めていて、その首は髭の剃りすぎで皮膚が赤くなっている。キャサリンは推測した。かれは世界で六番目に金持ちの男と会う前にきれいさっぱりと剃りあげようと思ったのだと。かれの椅子の下には、この面会に携えてきた唯一のものがあった。横長の黒いランチボックスで、上半分が丸屋根のようになっているのは保温のためだ。肉体労働者向けランチボックス。かれは聖職者だと言い張るけれど。これまでのところミスター・リドーは一言も発していなかったが、キャサリンはかれが何者であるのかを見極めるのに聴覚を働かせる必要はなかった。つけているアフターシェイブから山師臭さが強烈に匂った。患者の痛み専門看護師として勤務して十五年、これまでキャサリンは自分の職を奪おうとする相手と出会ってきた。少なくともこの男は、水晶球は携帯していなかったが。

いまさら明かす新たな事実、キャサリンは自分のスツールをベッドの反対側に持っていきながら思った。スツールにはキャスターが付いていたが、ニューサムは彼女がそれを押して移動させるときにたてる音がきらいだった。相手がほかの患者だったら、彼女はこう言ったかもしれない。スツールを抱えて運ぶのはわたしの勤務契約に入っていません。だが、基本的な介護サービスに週給五千ドルもらっていたら、減らず口はたたかない。患者のおまるをからにしてきれいに洗うことも自分の仕事ではない、なんてことも口にしない。しかし最近の彼女の無言の追従はいささかすりきれかけていた。そのことを彼女は自分でも感じていた。何度も洗濯して着古したシャツの生地のように。

ニューサムは、都会に出てきた田舎者のような変な身なりの男におもに話しかけていた。

「千四百万ドルの飛行機の燃え盛る残骸のあいだで雨に打たれながら滑走路に横たわっていたとき、着ていた服はほとんどが千切れ剝がれてなくなっていたが――舗道に打ちつけられて二十メートル近く転がったさいに、そういうことが起こる――わたしは啓示を受けた」

実際には、啓示をふたつ、とキャサリンは思いながら、ふたつ目のTENSユニットをかれのもういっぽうの役に立たない、力の入らない、傷だらけの脚に装着した。

「実のところ、ふたつの啓示だ」ニューサムは言った。「ひとつは、生きてるのはすごくいいってことだ。わかっていたけれど――この二年間、つきまとって離れない痛みが緩衝装置を摩滅させはじめる以前からでさえ――すでに自分はかなりガタがきていたってことは。ふたつ目は、〝必要不可欠〟という言葉をほとんどの人間は、以前のわたしも含めていいかげんに使っているってことだ。人間が存在するうえでの必須事項はふたつしかない。ひとつは生きることそれ自体、もうひとつは苦痛からの解放だ。異論はないだろ、リドー牧師？」リドーがうなずかないうちに（どうせかれはうなずく以外なにひとつしないにきまっている）、ニューサムは気難しくて威圧的な年老いた男の声で言った。「そんなにきつくするな、キャット！　何回言えばいいんだ？」

「すいません」キャサリンはもごもご言って、ストラップをゆるめた。

家政婦のメリッサが白いブラウスにハイウエストの白いスラックスといったきちんとした身なりで、コーヒー・トレイを持って入室してきた。ジャンセンはカップを人工甘味料二袋といっしょにとった。新顔、牧師と呼ばれる底辺層の人物は、単に首を横にふっただけだった。かれは自分の保温ランチボックスにすばらしい聖なるコーヒーを持参しているのだろう。

キャサリンはことわった。コーヒーを飲むなら、キッチンで同僚といただく。あるいはサマーハウスで……ただし、いまは夏ではない。十一月で、横殴りの雨が窓を打っている。

「刺激しましょうか、ミスター・ニューサム、それともいまは席をはずしたほうがいいですか？」

キャサリンは退室したくなかった。すでに話はこれまで何度も聞いている――オマハでの重要な会合、飛行機の墜落、アンドリュー・ニューサムは燃え盛る飛行機から放り出され、骨折し、脊椎を損傷し、大腿骨を脱臼し、その結果、二十四か月のあいだ救いのない苦しみを味わっている――ので退屈だ。しかし、リドーは興味深い。いまや信用のおける救いの手立ては万策がつきてしまったので、まちがいなくこれからは詐欺師や偽医者たちが列をなして押し寄せるだろう。リドーはその一番手だったので、キャサリンは観察したかった。この田舎者じみた男がどのようにしてアンディ・ニューサムに多額の金を手放させているのかを。あるいは、どのようにそうさせようとしているのかを。ニューサムは資産を散財するような愚か者ではなかったが、もちろん、もはや昔のかれ自身ではなかった。かれの苦痛がどれほど現実的なものなのか、その件に関してキャサリンは個人的な見解を持っていたが、いまの仕事はこれまでで最高によかった。少なくともお金の面では。だから、ニューサムが苦しみつづけたいのなら、それはそれでよいのでは?

「かまわんよ、ハニー、刺激してくれ」ニューサムはキャサリンに眉をピクピクとあげてみせた。かつてはそんな淫らな行為が実際に行われたのかもしれない(キャサリンは、その件に関する情報をメリッサが持っているかもしれないと思った)が、いまはただモジャモジャ眉毛の上下運動が筋肉の動きを脳に記憶させているだけだ。

キャサリンはコードをコントロール・ユニットに差し込んでスイッチを入れた。きちんと装着されていれば、TENSユニットはニューサムの筋肉に弱い電流を、なんらかの改善効果があると思われる癒しの力を送る……けれど、だれにも正確には理由がわからない。あるいはプラセボ効果の一種なのかどうかも。いずれにせよ、今晩はニューサムには効き目がないだろう。言われたとおり緩く装着したので、TENSユニットは高価ないたずら電気ショック玩具に成り果てた。

「では、これでわたしは——?」

「いくな!」かれは言った。「治療!」

戦闘で負傷した王が命令を下し、わたしは従う。

キャサリンはかがんでベッドの下から自分の小物入れチェストを引っ張り出した。中は彼女の過去の多くの患者たちが拷問器具と呼んだ道具でいっぱいだ。秘書のジャンセンとリドー牧師は彼女に関心を示さなかった。ふたりはニューサムを見つづけている。そのかれは人生に対する優先順位と見方を変えた啓示を受けたかもしれない（もしくは、受けていないかもしれない）が、あいかわらず注目されてちやほやされることを楽しんでいる。

ニューサムはふたりに金網ケージで目覚めることについて語った。つまり、〝およそ百本〟のスティールピン（実際には十七本――キャサリンはレントゲン写真で見た）で治療された関節が動かないようにするために、創外固定器と呼ばれるスティールガントリーを両脚と片腕に装着された状態のことだ。固定器は激しく損壊している大腿骨、脛骨《けいこつ》、腓骨《ひこつ》、上腕骨、橈骨《とうこつ》、尺骨《しゃっこつ》に定着された。背中は腰から首まで鎖かたびらのようなガードルで包まれた。かれは何時間どころか何年もつづくかと思われる眠れぬ夜について話をした。押しつぶされるような頭痛について語った。つま先をピクッと動かしただけでも痛みが顎まで走る状態を、そして医師に両脚や固定器などを動かすように言われてそうすると、脳天をつんざくような激痛に襲われる顛末を語った。つまり機能を完全に失ったわけではないのだ。床擦れ《とこずれ》について、そして傷口を消毒するために看護師たちに横向きにされるときの痛みによるわめき声や憤怒をどのように噛み殺しているかについて語った。

「この二年間で新たに一ダースもの手術を受けた」ニューサムはいささか怒りまじりの自慢話をした。

実際には、キャサリンは知っていたが、手術をしたのは五回で、そのうちの二回は骨がしっかりと治癒したので創外固定器を取りはずすためだった。骨折した指を整形するための小さな手続きを勘定にいれないとしたら、の話だが。ならば手術を六回したと言ってもいいだろうが、彼女の考えでは、局部麻酔ぐらいしか外科的要素を必要としないものは〝手術〟とみなされない。そのていどのものが手術なら、彼女自身が一ダース受けている。それらのほとんどがモーツアルトを聴きながら歯科医の椅子で行われた。

さあ、嘘の約束の箇所にきた、キャサリンはそう思いながら、ニューサムの右膝関節のねじれた部分にジェルパッドを貼り付け、右大腿部裏側のたるんだ筋肉の上で両手を組み合わせた。おつぎはその話。

「医師は、痛みはしだいに弱まると約束した」ニューサムは言った。その目はリドーに固定されている。「六週間以内には、ここにいる〈苦痛の女王〉による理学療法の前後に必要なのは麻酔薬だけになるだろう。二〇一〇年の夏までにはふたたび歩いているだろう。去年の夏までには」ニューサムは効果を高めるために一拍置いた。「リドー牧師、いま話したことがらが嘘の約束だ。膝はほとんどまがらないし、尻と背中の痛みは筆舌につくしがたい。医師は――あっ！　ああっ！　よせ、キャット、やめろ！」

キャサリンはニューサムの右脚を十度の角度に持ちあげていた。たぶんもう少し高く。クッションパッドをその下に置くことさえできない角度。

「さげろ！　おろせ、バカタレ！」

キャサリンはかれの膝関節を支えていた力をゆるめて、脚を病院のベッドに戻した。十度。

たぶん十二度。まあ、そんなところ。十五度まで上げることもある――それに左脚はいくぶんましなので二十度まで――保健室の先生の手にしている注射針を目にした腰抜け小僧のように泣き叫びださないうちに。医師がついた嘘の約束の罪は誇大広告のそれとはちがう。医師は痛みが生じると告げていた。キャサリンはそうした数度の診察のあいだ静かに立ち会った。医師はニューサムに言った。重要な腱が事故で短くなったのを引き伸ばして、固定器で適切な箇所に固定したが、ふたたびしなやかになるまでは苦痛の海でのたうちまわるでしょう。膝を九十度まげられるまではたっぷり苦痛を味わうでしょう。つまり、椅子にすわるとか車を運転するとかができるようになるまではということです。背中や首にも同じことが言えます。回復へ至る道は〈苦痛の国〉を通り抜けた先にある。そういうことです。

偽りのない約束もあったが、アンドリュー・ニューサムは聞く耳を持たなかった。それはかれの信念――けっして露骨には口にせず、簡単な言葉だが、まちがいなくかれの進路を定める星々のひとつ――で、すなわち世界で六番目の金持ちは、どのような状況であれ、〈苦痛の国〉を訪れる必要はなく、〈完治〉の楽園《コスタ・デル・ソル》だけを目指すのだ。だから医師を非難したのは当然のことで、昼のあとには夜が来るようなもの。そしてもちろん、運命も責めた。こうしたことは自分のような人物には起こってはならない、というわけだ。

メリッサがトレイにクッキーをのせて戻ってきた。ニューサムは手――事故でねじまがり傷跡の残っている――を彼女に苛立たしげにふった。「だれも焼き菓子なんぞ食べたい気分ではない、メリッサ」

キャサリン・マクドナルドは、通常の理解のおよばない主張を蓄積してきた、この種の子供じみた金持ちに関して新たな発見をした。すなわち、室内にいるみんなの代弁をすることに関して自信満々だということである。

メリッサは軽くモナ・リザの微笑みを浮かべてから、踵《きびす》を返すと（ほとんどつま先旋回《ピルエット》）、部屋を立ち去った。部屋から滑るようにして出た。彼女は少なくとも四十五歳のはずだか、それより若々しく見える。セクシーではない。みだらなところはひとつもない。

むしろ氷の女王的な魅惑があって、キャサリンはイングリッド・バーグマンを想起した。冷ややかであろうとなかろうと、メリッサの長い栗色の髪はヘアークリップできちんと留められているが、その長い髪を解き放ったらどんなふうに見えるのだろうと男たちは想像するだろう、とキャサリンは思った。メリッサのサンゴ色のリップスティックが歯についたり片頬にはみだしたりしたらどんな感じだろう。キャサリンは、自分のことをずんぐりむっくりだとみなしていたが、日に一度は自分にこんなふうに言い聞かせている——わたしはメリッサのつややかで素敵な顔に嫉妬していない。あるいは、あのひきしまったハート型のお尻にも。

キャサリンはベッドの向こう側に戻り、ニューサムの左脚を、やめろ、バカタレ、おれを殺す気か？　ともう一度わめかれるまで持ちあげる準備にかかった。あんたが別の患者だったら、人生の現実を教えてあげるのに、と彼女は思った。近道を探すのをやめにしな、と言ってあげるのに。だってそんなものは世界で六番目に金持ちの人にさえないから。わたしのすることに口を挟まなければ助けてあげるけど、そのベッドから離れられる道を購入する方法を探しているかぎり、自力でどうにかするしかないのよ。

キャサリンはニューサムの膝の裏側にパッドを置いた。そして、本来ならいまごろはふたたび引き締まっているはずの垂れ下がった肉の袋をつかんだ。脚を曲げはじめる。やめろ、と金切り声をあげる余裕を与える。そう言われれば、やめる。なぜなら、週給五千ドルは年収に換算すれば大枚二十五万ドルになるから。ニューサムは、わたしに支払われている給料の一部が自分の回復を遅延させるための共謀費にあてられていることを知っているのだろうか？　知らないわけがない。

　さあ、かれらに医師のことを語りなさいよ。ジュネーヴ、ロンドン、マドリード、メキシコ・シティー。

「世界中の医師に診てもらった」ニューサムはリドーに語った。牧師はあいかわらず一言も口にせず、ただすわっている。髭剃りをしすぎて皮膚が赤くなっている顎の何重にもたるんだ肉が田舎の聖職者用シャツのカラーからはみ出ている。大きな黄色いワークブーツをはいていた。片方のヒールが持参した黒いランチボックスに触れそうになっている。「遠隔会議装置《テレカンファレンス》を通しての診察は便利でいいが、もちろんわたしのような容態の場合はうまくいかん。そこで実際に出かけた。激痛をこらえて。いたるところに行った、そうじゃないか、キャット？」

「ええ、出かけました」キャサリンはきわめてゆっくりと脚をまげつづけながら言った。その脚でいまごろ歩けていただろう、痛みに対して子どもっぽくなかったら。甘やかされて育った幼児でなければ。松葉づえで、そう、歩ける。そしてもう一年もすれば、松葉づえの世話にならなくてもすむだろう。もう一年まだここにいれば、この二十万ドルする最新式の病院ベッドに留まってさえいれば。それにまだわたしが付き添っていれば。しかも共謀に対する口止め料を支払ってもらっていれば。いくらあればいい？　二百万ドル？　いまはそうだ。ちょっとまえには五十万ドルでじゅうぶんだと自分に言い聞かせていたが、宗旨を変えた。金はそのように人でなしなのだ。

「行ったよ、メキシコ、ジュネーヴ、ロンドン、ローマ、パリ……ほかにどこだっけ、キャット？」

「ウィーン」キャサリンは言った。「もちろんサンフランシスコも」

ニューサムは軽蔑して鼻を鳴らした。「そこの医師はぬかしおったわ、わしが自分の痛みを操作していると。変換症だそうだ。辛いリハビリを避けつづけるために脳がでっちあげている方便らしい。だが、その医師はパキスタン人でオカマだった。オカマのパキスタン人、とんでもない取り合わせだろ？」かれはつかのま笑い声を放ってから、リドーをじっと見た。「わしはあんたの機嫌をそこねていないよな、牧師さん？」

リドーは首を左右にふることで、自分は気分を害していないことを表明した。その身振りを二度。ものすごくゆっくりと。

「よし、いい。やめろ、キャット、もうじゅうぶんだ」

「もう少し」キャスリンはなだめすかした。

「やめるんだ、もういい」

キャスリンはニューサムの脚を元に戻し、今度は左腕の整骨にとりかかった。それに対しては文句を言われなかった。ニューサムは、両腕も骨折したと人に語ることもあるが、それは真実ではない。左腕は捻挫しただけだ。こんな話をすることもある。自分は車椅子の世話にならずにラッキーだったと。だが、なにからなにまで装備されている病院ベッドはあることを強く物語っていた。すなわち、近い将来にかれが車椅子を利用するつもりが毛頭なくて幸いだった。なにからなにまで装備されている病院ベッドはかれの車椅子となったからだ。かれはそれに乗って世界中のどこへでも出かけた。

神経因性疼痛。大いなる神秘。おそらく解決できない。薬はもはや効かない。

「意見の一致しているのは、わたしは神経因性疼痛に苦しんでいるということだ」

それと臆病だということ。

「大いなる神秘」

うまい口実。

「おそらく解決できない」

とくにあんたがその気にならないとね。

「薬はもはや効かないし、医師は助けにならない。というわけで、あんたにここに来てもらったのだ、リドー牧師。あんたに関する……そのう……癒しの……評判は、聞いたかぎりでは、じつに説得力がある」

リドーは立ちあがった。キャサリンはこれまでかれが長身だということに気づいていなかった。かれの背後の壁に不気味に現れた影はさらに高かった。ほとんど天井に届きそうだ。眼窩に深く沈んでいる両目がニューサムを厳《おごそ》かに注視した。リドーにはカリスマ性がある。疑いようもない。別に不思議ではない。世界の山師はそれなしではやっていけない。しかしキャサリンはそれがどのぐらいあってどれほど強烈なのかは、かれが椅子から身を起こして、みんなのまえに聳《そび》え立つまで気づかなかった。ジャンセンは実際のところ首を伸ばして食いいるようにリドーを見つめた。キャサリンは目の片隅に動きをとらえた。見ると、メリッサが戸口に立っているのが目に映った。いまやここに全員がそろったことになる。ただしトーニャを除いて。料理人だ。

外で風が金切り声をあげた。窓ガラスがカタカタ鳴った。

「わたしは治療はしない」リドーが言った。かれはアーカンソー出身だ、とキャサリンは確信していた——ニューサムの新型ガルフストリームⅣがかれを拾いあげたのはその地だった、少なくとも——が、かれの声音には訛りがなかった。抑揚も。

「しない？」ニューサムの表情が曇った。癇癪玉《かんしゃくだま》を破裂させそう。たぶん、そう思って、キャサリンは少しおびえた。「わたしは調査チームを派遣した。そしてかれらはいろいろな面でわたしに確信をさせ——」

「追い払います」

もじゃもじゃ眉が吊りあがった。「なんだって？」

リドーはベッドにやって来て、指の長い両手を自分の股間のあたりで軽く組み合わせて立ち止まった。奥目がベッドに横たわっている男を真剣に見た。「厄介者を駆逐します、そいつが蝕《むしば》んでいる傷ついた身体から。ちょうど害虫駆除業者が家を侵食しているシロアリを根絶するように」

ありふれてる、キャサリンは思った、すべて聞いたことのある話。しかし、ニューサムは惹きこまれていた。路上のカードマジックを見ている子どものように。

「あなたは憑依されているのです、サー」

「そのとおり」ニューサムは言った。「それこそがわたしの感じていることだ。とくに夜に。夜が……とても長い」

「痛みに苦しんでいるすべての男性や女性は憑依されているのです、言うまでもなく。しかし、なかには不幸な人――あなたはそのひとりです――がいて、問題をより深刻にしている。憑依は一過性のものではなく永続的な症状です。しかも悪化する。医師は信じません。科学者ですから。けれど、あなたは信じる、そうでしょ？　苦しんでいる当人ですから」

「そのとおりだ」ニューサムはひと息ついた。キャサリンはかれの脇でスツールに腰かけながら、目玉をぐるりとまわさないように自分を抑えるのに必死だった。

「そうした不幸な人たちのなかには、痛みが邪神のための道を切り拓いているのです。そいつは小さいけれど、危険です。そいつは特別な人だけが生み出す特別な痛みを常食としています」

天才だ、とキャサリンは思った、このリドーという詐欺師はニューサムの大のお気に入りとなるだろう。

「ひとたび邪神が進入路を見つけると、痛みは苦悶になります。そいつはあなたがすっかり消耗して死ぬまで食らいつづけるでしょう。それからあなたを放り出して、次の餌を探して移動するのです」

キャサリンは、自分でも驚いたことに口を挟んだ。「いったいどんな神です？　あなたがふだん説いている神じゃないことは確実ですよね。あなたが伝道しているのは愛の神ですから。あるいは、わたしはそう信じて育ちました」

ジャンセンがキャサリンに向かって眉を顰《ひそ》め、かぶりをふった。あきらかにボスの怒りの爆発を期待していた……が、ニューサムは口の端に笑みを浮かべていた。「なんと答えるかね、牧師？」

「こう応じましょう。数多くの神々がいると。我らが主、万軍の神なる主が他のすべての神々を統治している――そして最後の審判の日にかれらをすべて滅ぼすことになっている――事実は変わりません。それら小さき神々はこれまで古代でも現代でも崇拝されています。かれらはそれぞれ独自の力を持っていて、ときに我らが主なる神はそうした力が発揮されることを許すのです」

試練として、とキャサリンは思った。

「われわれの力と信仰の試練として」それからリドーはニューサムに向くと、彼女を驚かせることを言った。「あなたは多くの力とわずかな信仰の持ち主です」

ニューサムは批判されることになれていなかったが、にもかかわらず微笑んだ。「わたしはクリスチャンとしては信心深くない、それはほんとうだが、自身に対する信念はある。同様に金も信じている。あんたはいくらほしい？」

リドーは微笑み返しながら歯並びを見せたが、それは侵食されて小さくなった墓石の列と大差なかった。歯科医にかかったことがあるとしたら、大昔にちがいない。それに嚙みタバコ愛好家だ。キャサリンの父親は口腔ガンで亡くなったが、同じような変色した歯だった。

「痛みからの解放の代金としてどのぐらい支払う気があります？」

「一千万ドル」ニューサムは即答した。

キャサリンはメリッサが思わず息を飲むのを耳にした。

「だが、わたしがいまこの地位にあるのはお人よしだからではない。おまえがすること――追放、駆除、悪魔祓《ばら》い、呼び方はなんでもいい――が功を奏すれば、おまえは金を得る。現金で、一晩待ってもらえれば。失敗した場合、報酬はない。ただし、おまえの最初にして最後の専用ジェットでの往復旅行。それはタダにしてやる。なんといっても、わたしがおまえをここに呼んだのだから」

「だめです」

リドーは穏やかに言いながら、ベッド脇に立った。キャサリンにだいぶ近かったので、彼女は、最近までしまいこまれていたズボン（たぶん一着しかないのだろう、説教用のそれがある場合は別だが）のナフタリンの匂いを嗅ぐことができた。それときつい石鹸の匂い。

「だめ？」ニューサムはあからさまに驚いた顔をした。「わたしに向かってだめだと？」ついでふたたび微笑んだ。今回は、内密かつ不快そうな笑みで、電話をして取引をするさいに浮かべるやつだ。「なるほど。変化球ときたか。がっかりだな、リドー牧師。おまえは誠実な人物だと思っていた」かれはキャサリンに向いたので、彼女は少し体を引いた。「キャット、おまえはもちろん、わたしの頭がおかしいと思ってる。しかし、わたしは調査員の報告書をおまえには見せていない。そうだな？」

「ええ」とキャサリン。

「策略をめぐらしているわけではありません」リドーは言った。「この五年、わたしは除霊をしていません。調査員から聞いているのでは？」

ニューサムは返事をしなかった。痩せて高くそびえる男を不安げに見上げていた。

ジャンセンが言った。「パワーを喪失したからか？　だとしたら、なんで来た？」

「神のパワーです、サー、わたしのではない、だから失ったわけではない。けれど、除霊はとてつもないエネルギーとたいへんな体力がいるのです。五年前、わたしは重度の心臓発作を起こしました。ひどい自動車事故のせいで長年苦しんでいた少女の除霊をしたすぐあとのことです。邪神を退散させることに成功しましたが、循環器専門医は、ジョーンズボロで診てもらったのですが、こう言いました。ふたたびそのようなことをしたら、また発作を起こすかもしれません。今度は致命的です」

ニューサムはふしくれだった手をあげて——努力なしではなしえない——口の端に持っていき、キャサリンとメリッサにおどけた調子で聞えよがしの私語を発した。「やつは二千万ドルほしいらしい」

「わたしがいただきたいのは、サー、七十五万ドルです」

ニューサムは相手を見つめるばかり。問いただしたのはメリッサだった。「どうして？」

「わたしはタイタスヴィルの教会の牧師です。〈聖なる信仰の教会〉と呼ばれています。ただし、もう教会はないのです。日照りつづきの夏でした。キャンプに来て酔った人の不始末が原因の野火がありました。わたしの教会はコンクリートの痕と数本の炭化した梁だけの姿となり果てました。これまでわたしと教区民はジョーンズボロ・パイクの見捨てられたコンビニ——ガソリンスタンドで礼拝をしていました。そのような場所は冬の時期に適しているとは言えませんし、みんなでお祈りができるほど大きな個人の家もありません。信者は多いけれどみな貧しいのです」

キャサリンは興味深く聞いた。詐欺師の作り話としては優れていた。同情心を巧みに引っか

ける釣り針を備えている。

ジャンセンは、いまだに大学の運動選手の肉体だけでなくハーバード大ＭＢＡの知性も有していたので、当然の質問をした。「保険は？」

リドーはいま一度、思慮深い様子でゆっくり首を横に振った。左、右、左、右、そして正面に戻した。あいかわらずかれはニューサムの横たわる最新技術の粋を結集させたベッド脇にそびえ立っていた。さながら、いいケツをした守護天使のように。「わたしたちは神を信頼しているのです」

「オールステート保険に入っていたほうがよかったかもしれないわね」メリッサが言った。

ニューサムは微笑んでいた。キャサリンにはかれの身体がかなり不快な状態にあるのが、筋肉のこわばり具合からわかった――薬を飲む時間が三十分すぎているからだ――が、かれは痛みを無視していた。興味のほうが勝ったからだ。かれが痛みを無視できることを、彼女はだいぶまえから知っていた。その気になれば、痛みを制御できるのだ。ニューサムには莫大な資産があった。キャサリンは単にそれが腹立たしかったと思っていたのだが、いまは、おそらくアーカンソー州からやってきた山師の出現に苛立っていた。実際には激怒していた。ものすごい無駄づかいだ。

「地元の建築業者と相談しました――信者ではないのですが、評判のよい男で、一度修理してもらったこともあるので見積もりを出してもらいました。それで建て直し費用がおよそ七十五万ドルかかるというわけです」

なるほど、キャサリンは思った。

「わたしたちにそんな財源はありませんし、言うまでもなく。ところが、ミスター・キアナンと話をして一週間もしないうちに、あなたの手紙が届きました。ヴィデオディスクが添えられていました。それをとても興味深く拝見しましたよ」

でしょうね、とキャサリンは思った。とりわけ、サンフランシスコの医師が傷と関係している痛みは理学療法でかなり軽減されると言っている箇所は。厳しい理学療法がいい、と言う箇所は。

実際、ＤＶＤに映っている一ダースほどの他の医師はみな困ってそう自己弁護したが、腹を割って忌憚なく言ったのはドクター・ディラーワルただひとりだ、とキャサリンは確信している。彼女は、ニューサムが医師たちとの面接の入っているディスクが外部に出るのを許可したことに驚いたが、つまりはあの事故のせいで、世界で六番目に金持ちの男はヘマをしでかしたのだ。

「教会の再建費用を払っていただけますか？」

ニューサムは相手を観察した。後退した額の生え際に小さな汗の滴が噴き出している。すぐにでも薬を与えよう、とキャサリンは思った。要求されようとされまいと。痛みがマジできつくなっている、かれがひと芝居を打っているとかふりをしているだけだとかいうのではなく、それはただただ……

「それ以上は要求しないと同意するか？　わたしは紳士協定のことを言ってるのだ、契約書は必要ない」

「ええ」リドーはためらうことなく返答した。

「痛みを取り除く――追い払う――ことができたらだが、かなりの寄付をするかもしれんよ。多額のものを。あんたら信者が愛の献金と称しているものを」

「あなたの好きにしてください、サー。始めますか？」

「いますぐにな。みんなに退室してもらいたいか？」

リドーはふたたび首を横にふった。左から右、右から左、そして正面に。「手伝いが必要です」

奇術師はいつだってそう、とキャサリンは思った。アシスタントの協力はショーの一部。

外では、風が金切り声を発し、ひと息つき、それからふたたび声をあげた。明かりが明滅した。家の裏側で、発電機（やはり最新技術の最高峰）が作動し、ついで静かになった。

リドーはベッドの端に腰かけた。「ミスター・ジャンセンにお願いしましょう。見た感じ、頑丈で機敏のようだ」

「そのとおりだ」ニューサムが言った。「かれは大学時代に野球とアメフトの両方をやっていた。いまでも現役時代と変わらん」

「まあ……それほどでも」ジャンセンは謙遜して言った。

リドーはニューサムに前かがみになった。かれの暗い、眼窩の奥深くに沈んでいる目が億万長者の傷痕のある顔を落ち着いたようすで観察した。「質問に答えてください。あなたの痛みは何色ですか？」

「緑色」ニューサムは答えた。魅入られた表情で聖職者を見返している。「わたしの痛みは緑色だ」

リドーはうなずいた。上、下、上、下、そして正面。アイコンタクトをつづけたままで。キャサリンは確信した。かれは重々しく威厳に満ちた確証の表情でまったく同じようにうなずいただろう。ニューサムが自分の痛みは青、ないしは伝説の一つ目一角の人食いモンスターと同じ紫だと言ったとしても。彼女は、度を失いつつも心底楽しみながら思った。わたしはその気になればここでキレることだってできる。マジで爆発してやる。人生で最高に高くつく癇癪玉になるだろうけど、それでも――破裂させてやる。

「で、その色はどこにあります？」

「いたるところだ」ほとんどうめき声になっていた。メリッサが一歩前に進み出ながら、ジャンセンに懸念のまなざしを送った。かれはちょっとかぶりをふって、メリッサに戸口までさがるようにうながした。

「そうです、それはそうした印象をあたえるのです」リドーは言った。「けれど、それは嘘です。目を閉じて、意識を集中してください。痛みを見つめるのです。そいつが与えている虚偽の叫びを見て見ぬふりをして――安っぽい腹話術を無視して――その居場所を見つけましょう。あなたにはできる。見つけなければならない。成功を収めるには」

ニューサムは目を閉じた。九十秒のあいだ、ひとつかみのちいさな砂利を窓にふりかけているような風と雨の音だけが聞こえていた。キャサリンの腕時計は旧式のねじ巻きタイプだった。何年も前に看護学校の卒業祝いに父親から贈られたもので、風が凪《な》いだとき、室内はその秒針が偉そうに時を刻む音が聞こえるほど静まっていた。ほかにも聞こえた。広大な屋敷の奥の方で、初老のトーニャ・マースデンがその日の終わりにキッチンのあとかたづけをしながらそっと口ずさむ歌声が。カエルさんがプロポーズしに出かけたよ、馬に乗ってね、うんうん。

ついにニューサムが言った。「胸だ。胸部の上のほう。あるいは咽喉の底、気管の下だ」

「見えますか？　意識を集中して！」

縦皺がニューサムの額に現れた。事故で剝がれた皮膚にできた傷痕が集中力の波動を通して揺れた。「見える。わたしの鼓動と調子を合わせて脈打っている」そして下唇を引き下げて不快な表情をした。「胸糞悪い」

リドーはさらに前かがみになった。「それは玉ですか？　そうですね？　緑色の玉」

「そう、そうだ！　小さな緑色の玉、息をしている！」

どうせそれらしく偽装したテニスボールを袖の中かそのあんたの大きなランチボックスに隠し持っているんでしょうよ、とキャサリンは思った。

すると、まるで彼女が精神力で操っている（この茶番劇のつぎなる展開を推測しているというのではない）かのように、リドーが言った。「ミスター・ジャンセン、わたしがすわっていた椅子の下にランチボックスがある。それを取り出して開き、わたしの横に立ってください。いまはそれ以外のことはしてはいけません。ただ――」

キャサリン・マクドナルドは指をパチンと鳴らした。それは実際には、彼女が自分の頭の中で聞いた音だ。ロジャー・ミラーが「キング・オブ・ザ・ロード」のイントロのあいだじゅう鳴らしている指パッチンのような音。

キャサリンはリドーのかたわらに歩み寄り、肩で横に押しのけた。簡単だった。かれは長身だが、彼女は強かった。患者を寝返りうたせたり持ち上げたりして、ほぼ人生の半分を過ごしてきたからだ。「目を開けて、アンディ。いますぐ。わたしを見て」

驚いて、ニューサムは言われたとおりにした。メリッサとジャンセン（かれはランチボックスを手にしていた）は不安げな表情をした。かれらふたりの職業人生の事実のひとつ――そしてキャサリン自身のだが、少なくともたった今までは――ボスに命令をしないということだった。ボスは命令をした。わたしをぜったいに驚かすんじゃないぞ、と。

ところがキャサリンは大いに驚かした。いまから二十分後には、暴風雨のなかを自分はヘッドライトを頼りにのろのろと近所のモーテルへ向かうことになるかもしれないが、そんなことはどうでもよかった。たんにもうこれ以上こんな茶番劇はつづけていられなかった。

「ばかげています、アンディ」キャサリンは言った。「聞いてますか？　ばかげています」

「邪魔をするのはやめたほうがいいんじゃないか、いますぐ」ニューサムは言いながら微笑みだした――かれにはいくつかの笑みがあって、いまのそれはいい部類ではない。「職を失いたくなければ、そうしろ。バーモント州には疼痛治療専門の看護師はたくさんいる」

キャサリンはそこで口出しをやめたかもしれなかったが、リドーが言った。「彼女に言わせてやってください」その穏やかな口調が彼女に一線を越えさせた。

キャサリンは横たわっているニューサムにのしかかるようにして、堰《せき》を切ったようにまくしたてた。

「この十六か月のあいだ――あなたの呼吸器系が改善されて有意義な物理療法を受けられるようになってからというもの――わたしは、あなたがべらぼうに高価なベッドに横たわって自分の身体に悪態をつくのを見守ってきました。もううんざりです。あなたは自分が生きていることがどんなにラッキーなのかわかっていますか、他の乗員がみな亡くなったのに？　脊椎が切断されなかったり、頭蓋骨が脳みそをつぶさなかったり、あるいは身体が頭のてっぺんからつま先まで燃えなかった――いや、こんがり焼けなかった、リンゴのように焼けなかった――この奇跡をわかっていますか？　あなたは四日生きたかもしれない、二週間かもしれない、地獄の苦しみのなかで。けれど、機内から放り出されただけだった。あなたは植物状態ではない。四肢麻痺になっていない。そのようにふるまっていますが。あなたにはリハビリをする気がない。楽な道を探している。お金で現状から逃れたいと思っている。死んで地獄に落ちたら、真っ先にあなたはサタンに賄賂《わいろ》を握らせようとするでしょうね」

ジャンセンとメリッサは怖気をふるってキャサリンを凝視していた。ニューサムは口をあんぐりと開けていた。かれがそのように人から非難されたことがあったとしたら、はるか昔のことだった。リドー牧師だけがのんびりとした表情だった。いまやかれは笑みを浮かべている。父親がわがままな四歳児に微笑んでいるような感じだ。それでキャサリンはさらに逆上した。

「いまごろは歩けるはずなのよ。わたしはそのことをわからせようとしてきたし、言ってきた――何度も繰り返し――リハビリはベッドから離れて自分の脚で立てるようになるためだと。サンフランシスコのドクター・ディラーワルは歯に衣を着せずにあなたに言った――ただひとりの人だった――のに、あなたはお返しにかれのことをホモ呼ばわりした」

「やつはホモだった」ニューサムは言った。傷痕のある両手は握りこぶしになっている。

「そうね、あなたは痛くて苦しんでいる。当然です。処理できるんですけどね。わたしはなんとかなるのを見てきました、一度ならず何度も。でも、昔ながらの簡単な徹底したリハビリや快方に向かうための努力と涙のかわりに金と権力を使うだけの富豪には無理。あなたは拒否している。そのこともわたしは見てきましたし、いつだって次にどういうことになるかも知っていました。偽医者や詐欺師の登場です。蛭《ひる》が寄ってくるのは、脚を切断した人が四苦八苦してよどんだ池を渡っているときです。ときどき偽医者は魔法の軟膏を使います。魔法の錠剤を持っていることもあります。信仰療法を行う人は神についてのいいかげんな作り話を携えてやってきます、今回のようにね。たいていカモにされた人は、不完全ながら苦痛が除去されたと思います。どうせでっちあげるなら、いっそのこと、痛みの半分はたんなる妄想なので、良くなるためには痛みがともなうということを怠惰な精神が理解しさえすればいい、と言ってくればいいのに？」

キャサリンは声を震わせ、子どものように甲高くして、ニューサムの近くに身を寄せた。

「おとうちゃん、いたあああああいよ！　そう、痛みの軽減は一時のもの。だって、筋肉は正常な状態じゃないし、腱はあいかわらずたるんでるし、骨は体重を支えられるほどしっかりしていないから。で、あなたはそこのマッチョ男に電話をかけさせて痛みが戻ってきたと偽牧師に伝えると――もしあなたにできたらですが――この人がなんと答えるかわかる？　あなたには信仰心がたりなかった、と言うわよ。あなたが計画をでっちあげたり様々な出資をしたりしたときと同じように頭を使えば、自分の咽喉の奥に鎮座ましましている生きた小さなテニスボールなんて存在しないってわかるでしょうに。あなたはサンタクロースを信じちゃうほど耄碌《もうろく》しているのよ、アンディ」

トーニャが戸口にやってきて、いまはメリッサの横に立ちすくんで、両目を大きく見開き、片手に布巾をだらりとぶら下げて持っている。

「おまえはクビだ」ニューサムは告げた。陽気ともとれる口調だった。

「はい」キャサリンは言った。「当然です。言わせてもらいますが、この一年ほどそれが一番いいと感じていました」

「彼女を解雇するなら」リドーが言った。「わたしはおいとましなければなりません」

ニューサムのまなざしが聖職者に向けられた。眉が当惑して寄せられている。両手がいまや腰と大腿骨をもみはじめていた。痛み止めの薬が切れるといつもそうする。

「彼女には教育の必要があります、神の聖なる御名を讃えることを」リドーはニューサムに体を傾けた。両手は組んで腰にまわされている。その姿はキャサリンにかつて見たことのあるワシントン・アーヴィングの創造した田舎教師イカボド・クレーンを思い出させた。「彼女は思いのたけを吐露しました。今度はわたしが語ってもよろしいでしょうか？」

ニューサムは激しく汗をかいていたが、ふたたび微笑んだ。「彼女を攻撃してくれ。こてんぱんにしろ。それを聞きたい」

キャサリンはリドーと向きあった。暗くて、眼窩の奥深くにある目は平静さを失わせるが、彼女はしっかりと見つめた。「ほんと、わたしも聞きたいわ」

両手は腰の背後で組んだまま、ピンク色の頭蓋骨が薄い髪を通して鈍く輝いている、まじめくさった面長の顔で、リドーは彼女を考察した。やがて口を開いた。「あなたは一度も痛みに苦しんだことがないのですね？」

キャサリンは逃げ出したい、あるいは視線をそらしたい、もしくはその両方の衝動にかられた。しかし、その気持ちをぐっと抑えた。「十一歳のときに木から落ちて腕を骨折したわ」

リドーは薄い唇をすぼめて口笛を吹いた。調子はずれの単調な音。「腕を折った、十一歳のときに。うん、それは耐えがたい痛みだったにちがいない」

キャサリンは赤面した。自分でもそれを感じたし、慚愧の念に堪えなかったが、どうしようもなかった。「あなたはわたしをけなしたいだけ。わたしが言ったことは、疼痛患者と前向きに取り組んできた長年の経験に基づいている。医学的な意見よ」

さあ、この男はこう言うわよ。自分は悪霊を、もしくは小さき緑色の神々を、あるいはなんであれ、追い払ってきた、おまえが園児服を着ていたころから。

しかし、リドー牧師は言わなかった。

「たしかに」リドーはなだめすかすように言った。「それにきっとあなたはこの仕事が得意なのでしょう。また、あなたの領分に食いこんでくるイカサマ師や目立ちたがり屋を見てきたことと確信しています。あなたはかれらの流儀を知っている。そしてわたしはあなたの流儀を知っているのですよ、ミス。というのも、これまで何度も目にしてきたからです。たいていの看護師たちはあなたほど美しくはありません」──ようやく訛りの痕跡が、〝うつくし〟を〝うっくし〟と発音したことで現れた──「が、看護師たちの痛みに対する横柄な態度は、自分たちではけっして味わったことがなく、考えたことさえないがゆえに、常に同じです。かれらは病室で勤務し、軽いものから重いものまでいろいろな度合いの機能不全や焼けつくような痛みに苦しんでいる患者たちの相手をしている。そしてしばらくすると、患者の痛みは誇張か、まったくの嘘かのいずれかだと見なしはじめる、そうじゃないですか？」

「まったくそんなことはない」キャサリンは言った。自分の声に何が起こったの？　突如、小声になっていた。

「そうですか？　あなたが患者の脚にかがみこむと、かれらが十五度（二オクターブ）――あるいは十度でさえ――の悲鳴をあげると、思いませんか、最初は心の奥で、ついでしだいに表の方で、こいつらは怠けてると？　きついリハビリをしたがらないと？　同情をかおうとさえしていると？　あなたが病室に入ると患者の顔が青ざめるのを見て、思いませんか、『ああ、またこの怠け者どもの相手をしなければならないのか』と？　あなた――かつて木から落ちて腕を骨折したんですよね――は、患者がベッドに戻してくれとかモルヒネや鎮痛剤ならなんでもいいからもっとくれとか懇願すると、ますますうんざりしてきたんじゃないですか？」

「そんな言いぐさはすごくずるい」キャサリンは言った……が、その声は囁きに近かった。

「むかしむかし、あなたはこの仕事についたばかりのとき、苦痛は見ればそれとわかりました」リドーは語った。「むかしむかしのあなたなら、これからほんの数分のうちに目にすることを信じたでしょう。なぜなら、悪質な山師は自分の心の中にいるということを知っていたからです。あなたにはここにいてもらいたい、そうすればわたしがあなたの記憶を……そして失われて久しい思いやりの気持ちをよみがえらせることができるからです」

「患者のなかには不平不満たらたらの泣き虫がいる」キャサリンはそう言って、ニューサムを挑むように見すえた。「残酷に聞こえるでしょうが、ときに真実は残酷なもの。仮病を使っている人もいる。それがわからないとしたら、かなり目が悪い。あるいは、とろい。あなたはそのどちらでもなさそう」

リドーは自分が称賛されたかのように一礼をした——まあ、ある意味、褒めたことになるか、とキャサリンは思った。

「もちろん、知っています。しかしいま、あなたは心のなかでひそかに信じています。患者のすべてが仮病を使っていると。長いあいだ戦場で過ごした兵士のように、あなたは慣れてしまったのです。ミスター・ニューサムは侵略されています、ほんとうです。感染しているのです。かれのなかにいる悪霊はひじょうに強いので神になったのです。そいつが出て来るところをあなたに見てほしいのです。その結果、あなたの抱えている問題はかなり改善されると思います。確実に、痛みに対するあなたの見方は変わるでしょう」

「わたしがこの場から立ち去ることにしたら?」

リドーは微笑んだ。「だれも引き止めませんよ、看護師さん。神が創造したありとあらゆる生き物同様に、あなたには自由意志がある。わたしは自由意志を他人に対して、あるいは自分に対しても束縛したりしません。しかし、わたしはあなたが意気地なしだとは思わないし、たんに心が麻痺しているのだとも思いません。冷淡な人だとは」

「あんたは詐欺師よ」キャサリンは言った。腹が立って、いまにも泣きだしそうだった。

「いいえ」リドーは言った、いま一度穏やかな声音で。「わたしたちがこの部屋から去るとき——あなたといっしょであってもなくとも——ミスター・ニューサムはこれまで蝕まれていた苦悶から解放されているでしょう。まだ痛みはあるかもしれませんが、苦悶は消えているので、ただの痛みには対処できるでしょう。あなたの行うリハビリにさえ耐えられるでしょう。それはあなたが謙虚さに関する必要なレッスンを受けたらの話ですが。それでもここから去るつもりですか？」

「とどまるわ」キャサリンは言った。そして言いたした。「そのランチボックスをこっちにちょうだい」

「でも――」ジャンセンが言いかけた。

「わたしてあげなさい」リドーは言った。「調べてください、どうぞどうぞ。しかし、もうおしゃべりはなしです。わたしが除霊をするのなら、そろそろ始める潮時です」

ジャンセンはケイトに縦長の黒いランチボックスを手わたした。キャサリンはそれを開けた。妻が労働作業員の夫に作ったサンドイッチやフルーツを入れた小さなタッパーを詰めると思われるところに、彼女は広口の空のガラス瓶があるのを見た。魔法瓶を固定するためのワイヤークランプのあるドーム型の蓋の内側にはエアゾール缶があった。ほかにはなにも見当たらない。キャサリンはリドーに向き直った。牧師はうなずいた。彼女はエアゾール缶を取り出すと、ラベルを読んでとほうにくれた。「トウガラシスプレー？」

「トウガラシスプレーです」リドーは認めた。「バーモント州で合法なのかどうか知りません――わたしの勝手な推測ではありません――が、わたしの地元ではほとんどの金物店に置いてあります」そこでトーニャに向いた。「あなたは――？」

「トーニャ・マースデン。ミスター・ニューサムの料理人です」

「お目にかかれて光栄です、奥さま。とりかかるまえにもうひとつ必要なものがあるのです。こん棒のようなものがありますか？　野球のバットとか？」

トーニャはかぶりをふった。突風がふたたび吹いた。もう一度明かりがチカチカして、発電機が家の裏側で音をたてた。

「箒《ほうき》は？」

「ああ、はい、あります」

「持ってきてください」

トーニャは出て行った。風以外はなんの音もしない。キャサリンはなにか言おうとして考えたが、だめだった。澄んだ汗の滴がニューサムの痩せこけた頬を伝い落ちていく。事故による傷痕のある頬を。雨の中、ガルフストリーム社の飛行機の残骸が背後で燃え盛っているあいだ、かれは放り出されてころげまわっていたのだ。

かれは痛くなかったとは、わたしはぜんぜん言ってない。自分の帝国を築きあげるのに費やした歳月のあいだに見せた意志の半分でも奮い立たせれば、痛みに対処できただろうと述べただけ。

でも、わたしの考えがまちがっていたら？

だとしても、ニューサムの体内に生きてるテニスボールのようなものがいて、吸血鬼のようにかれの苦痛を吸っていることにはならない。

吸血鬼は存在しない、そして苦悶の神はいない……けれど、風が大きな家の骨組みを震わせるほど強く吹くときには、そのような考えはもっともらしく思われる。

トーニャが箒を携えてもどってきた。それは床の少量の塵さえ掃きとったことのないようなしろものだった。毛ブラシはあざやかな青色のナイロン製。柄は塗装木材で百二十センチほどの長さ。彼女はその箒を疑わしげに掲げた。「これでいいですか？」

「役に立つでしょう」リドーはそう言ったが、キャサリンには自信のある声音には聞こえなかった。彼女は、この部屋で最近ドジを踏んだのはニューサムひとりではないのかもしれない、と思った。「その箒を猜疑心旺盛なそこの看護師にわたしたほうがいいでしょう。悪気はないのですよ、ミセス・トーニャ・マースデン、でも、若い人は反射神経がいいので」

怒っているようには少しも見えない──実際には、安堵しているように見える──トーニャが箒を差し出した。それをメリッサが受け取ってキャサリンに手わたした。

「これでどうしてほしいの？」キャサリンはきいた。「乗るの？」

リドーは微笑み、薄汚れて侵食されている歯並びをちょっと見せた。「そのときになればわかるでしょう。あなたがこれまでコウモリとかアライグマに家に侵入されたことがあれば。ただ、覚えておいてください。最初に毛ブラシ。ついで柄です」

「そいつをやっつけるために、ってことね。それからあなたがそいつを閉じこめる、その標本ビンに」

「おっしゃるとおり」

「で、それをあなたの他の死んだ神々といっしょにどこかの棚に置いておくってわけ？」

リドーはそれには答えなかった。「スプレー缶をミスター・ジャンセンにわたしてください」

キャサリンはそうした。メリッサがたずねた。「わたしはどうしましょう？」

「見守っていてください。そして祈っていて。やり方をご存知なら。わたしのかわりに。同時にミスター・ニューサムにかわって。わたしの心臓が強くあれと」

キャサリンは虚偽の心臓発作を見たことがあったが、黙っていた。彼女は単に、箒の柄を両手で握りながらベッドから離れた。リドーはニューサムのかたわらに顔を歪めて腰をおろした。両膝がポンと銃声のような音をたてた。

「聞いてください、ミスター・ジャンセン」

「はい？」

「時間はあります――そいつは気絶するでしょうから――が、それでも急いでください。フットボールの試合をしているときと同じように、いいですね？」

「わたしが催涙ガスをふっかけるのか？」

リドーはいま一度笑みをかすかに浮かべたが、キャサリンはマジでこの男は邪悪に見えると思った。「それは催涙ガスではありません――催涙ガスはわたしの地元でさえ違法です――が、あなたはだいたいどうすればよいのかわかっているようですね。さて、みなさん静かにしてください」

「ちょっと待って」キャサリンは箒をベッドに立てかけると、両手をまずはリドーの左腕に走らせ、ついで右腕にも同じことをした。内側にはただの綿布と肉付きの悪い腕があるばかりだった。

「袖の中にはなにもありませんよ、ミス・キャサリン、約束します」

「早くしろ」ニューサムが言った。「こいつはヤバい。ずっとそうだったが、いまいましい嵐がさらに悪化させている」

「シーッ」リドーは言った。「みなさん、お静かに」

一同は黙った。リドーが両目を閉じた。唇が声をださずに動く。二十秒がキャサリンの腕時計でチクタクと経過し、ついで三十秒になった。両手が汗で湿った。その両手を自分のセーターで一度に拭いてから、ふたたび箒の柄を握った。わたしたちは死の床に集まっている親族みたい、と彼女は思った。

外では、風が屋根の樋《とい》伝いに唸った。

リドーが両目を開いて、ニューサムの近くに身をかがめた。

「神よ、この男の内部には邪悪なる異端者がいます。この男の肉と骨を餌にしています。そいつを追い払う手助けをしてください、あなたの息子がガラリヤの取り憑かれた男から悪魔を追放したときのように。アンドリュー・ニューサムの体内にいる苦悶の緑色の小さき神に御身《おんみ》の命令によりてわたしが語りかける手助けをしてください」

リドー牧師はさらに前かがみになった。そして関節炎で腫れた手の長い指をニューサムの喉元にからませた。まるで首を絞めようとするかのように。身を乗り出したまま、もう一方の手の人差し指と中指を億万長者の口に挿入した。そしてそれらの指を丸くまげて顎を引きおろした。

「出でよ」リドーは言った。命令口調だったが、声はやわらかくなめらかだった。絹のように。甘い囁きにも近い。そのせいでキャサリンの背中と両腕に鳥肌がたった。「出でよ、イエスの名において。出でよ、すべての聖人と殉教者の名において。出でよ、神の名において、おまえに入ることを赦したが、今度は立ち去ることを命じる。光の中に出でよ。大食をやめて出でよ」

なにも起こらなかった。

「出でよ、イエスの名において。出でよ、すべての聖人と殉教者の名において」リドーの手がわずかにまがり、ニューサムの息使いが耳障りな音を発しはじめた。「よせ、奥に引き下がるな。隠れられないぞ、小さき邪神よ。光の中に出でよ、イエスが命じる。聖人たちと殉教者たちが命じる。神が命じる、この男を食することをやめて出でよ」

ひやりとした手に上腕をつかまれたので、キャサリンはあやうく叫びそうになった。メリッサだった。目が見開かれていた。口はポカンとあいている。キャサリンの耳には、家政婦の囁き声は紙やすりのようにざらついて聞こえた。「見て」

甲状腺腫のようなふくらみがニューサムの喉に出現した。ちょうどリドーの手がゆるく握っている箇所の上あたりだ。その腫物は口の方に向かってゆっくりと移動しはじめた。キャサリンはそんなものをこれまで一度も見たことがなかった。

「そうだ」リドーは低く口ずさむように言った。顔を汗が流れ落ちた。シャツのカラーはだらしなく垂れて黒ずんでいる。「出でよ。光の中に出でよ。給食時間は終わりだ、闇の小さきものよ」

風が悲鳴にまで高まった。いまや霙《みぞれ》まじりになった雨が榴散弾さながらに窓を撃っている。明かりが点滅し、家がきしんだ。

「おまえの侵入を許した神が立ち去れと命じる。イエスが立ち去れと命じる。すべての聖人たちと殉教者たちが——」

リドーは、なにやら熱いものに触れたときのように手をひっこめながら、ニューサムの口を放した。しかし、口は開かれたままだ。しかも広がりはじめ、初めはあくびていどだったのが、やがて声なき大笑いほどになった。両目は頭の奥に後退し、脚が小刻みに震えだした。尿が漏れ、股間を包んでいるシーツがリドーの汗ばんだカラーと同じぐらいに黒ずんだ。

「やめて」キャサリンが前に進み出ながら言った。「発作を起こしている。やめないと――」

ジャンセンがキャサリンの背中を強く引っぱった。振り向くと、普段は血色のよいかれの顔がリネンのナプキンのように真っ白になっているのが目に入った。

ニューサムの顎が胸骨まで落ちていた。顔の下半分が大あくびとなって消えていた。キャサリンは、苦しい理学療法を行っているあいだに膝蓋腱が立てるようなきしみ音を顎関節が発するのを聞いた。錆びついた蝶番のような音。室内の明かりが点滅した。オフ、オン、オフ、そしてふたたびオン。

「出でよ！」リドーが叫んだ。「出でよ！」

ニューサムの歯の裏の闇の中で、嚢胞《のうほう》じみたものが浮きあがった。それは脈打っていた。

天地を揺るがし、崩壊させるほどの激突音がして、部屋の向こう側の窓がこなごなになった。コーヒーカップが床に落ちて割れた。いつのまにか、室内に枝が横たわっている。明かりが消えた。発電機がふたたび作動する。今回は下品な破裂音ではなく間断ないうなり音を発している。明かりが戻ると、リドーがニューサムと添い寝をしていた。両腕をぐっと伸ばし、シーツの濡れた部分に顔を伏せている。なにかがニューサムの大きく開いた口から無理やり押し出されるようにして現れた。そのせいで、不定形の物体には歯の轍《わだち》が掘られた。しかもその得体の知れないものには太くて短い緑色の棘が点在していた。

テニスボールなんてもんじゃない、とキャサリンは思った。おもちゃのクッシュボールのほうが似ている。

料理人のトーニャはそれを見ると、頭を前に突き出し、両手をうなじで組み、前腕で耳を覆った格好で廊下に逃げ出した。

緑色の物体はニューサムの胸の上でころげまわった。

「吹きかけて！」キャサリンはジャンセンに鋭い声で叫んだ。「逃げないうちにスプレーを！」そうよ。そしてそいつを標本ビンに入れたら蓋をしっかりする。ものすごくきつく。

ジャンセンの両目は見開かれ、どんより曇っていた。夢遊病者のようだ。風が室内に吹き込んできた。かれの髪が渦巻く。絵が壁から落ちた。ジャンセンはトウガラシスプレー缶を持った手を突き出して、プラスチックの突起を押した。シューッと音がして、かれは悲鳴を発しながら飛びあがった。そして振り向き、おそらくはトーニャのあとを追うつもりだったのだろうが、つまずいて両膝をついた。キャサリンはびっくりしすぎて動けなかった――手をあげることさえできなかった――けれど、脳の一部はまだ動いていたのにちがいない。なにが起こったのかわかったからだ。ジャンセンは缶を逆向きにかまえていた。いまや意識のないリドー牧師の髪からじわじわと出てきている得体の知れない物にトウガラシをスプレーするかわりに、ジャンセンは自分に向けて噴射してしまったのだ。

「こっちに来させるな！」ジャンセンは金切り声をあげた。そして方向もわからないまま四つん這いでベッドから離れだした。「目が見えない、そいつをどっかにやってくれ！」

突風が吹いた。窓を打ち破って部屋に侵入した枝から枯葉が散り、渦を巻いて舞う。緑色の物体はリドーの皺がよって日焼けしているうなじから床に落下した。水中にいるような感じと思いながら、キャサリンは箒のブラシの先でそいつに思い切り殴りかかった。が、空振り。そいつはベッドの下に消えた。ころがって逃げたのではなく、ずるずる滑っていった。

ジャンセンは戸口脇の壁に向かってがむしゃらに這っていった。「ここはどこだ？　見えない！」

ニューサムが当惑した様子で上体を起こした。「どうなってる？　なにがあった？」と言って、リドーの頭を押しのけた。牧師はベッドから床にだらりと滑り落ちた。

メリッサが牧師にかがみこんだ。

「離れて！」キャサリンが叫んだが、遅すぎた。

物体がほんとうに神なのか単なるおぞましい吸血鬼のたぐいなのかわからなかったが、ともあれそいつは素早かった。ベッドの下から飛び出すと、リドーの肩に沿ってころがり、メリッサの手に乗って腕を登った。メリッサはそいつを振り落とそうとしたが、できなかった。太くて短いスパイクがねばねばしているんだ、キャサリンのまだ機能している脳の一部があいかわらず働こうとしない脳の他の部分――それが大部分だが――に語った。蠅の脚についている接着剤のように。

メリッサは物体がどこから出現したか目撃していたので、パニックに陥っていても、両手で自分の口を覆う賢明さは持ちあわせていた。そいつは彼女の首を素早く走り抜け、頬を越えて、左目に居座った。風が甲高い音を立て、メリッサがいっしょに金切り声を発した。それは病院の十段階のペインスケール表ではぜったいに測れない種類の痛みに巻き込まれた女性の叫び声だった。メリッサの苦悶はゆうに百のレベルを超えていた――生きたままゆでられている人の苦悶。彼女はうしろによろめきながら、片目に貼り付いている物体をかきむしった。いまやそいつは先ほどより早く脈打っている。キャサリンは、液体の流れる低くくぐもった音を聞いた。そいつが栄養摂取を再開したのだ。シャーベット状の飲み物をストローで啜る音。

　そいつは餌がだれだろうと気にしない、とキャサリンは思った。そして、悲鳴をあげながらじたばたしている女性に向かって歩いている自分に気づいた。

「じっとして！　メリッサ、動かないで！」

　メリッサはそれどころではなかった。あとずさりをしつづけた。そして太い枝に突き当たった。その枝は先ほど部屋を訪問し、いまや我が物顔に床に横たわっている。キャサリンは彼女のかたわらに片膝をつき、箒の柄をメリッサの顔面に思い切り打ちおろした。メリッサの左目を餌にしている物体めがけて。

　ベチャッという音がして、不意に物体は粘液の痕跡を残しながら家政婦の頬をだらりと滑り落ちた。そいつは枯葉の散在している床を横切って、先ほどベッドの下に隠れたように、今度は枝の下にもぐりこもうとしていた。キャサリンは素早く立ちあがると、そいつを踏みつけた。がんじょうな〈ニューバランス〉のウォーキングシューズの下でグシャっとつぶれる感触があった。緑色の物がふたつの方向に飛び出た。まるで鼻汁で満杯の風船を踏んづけたように。

　キャサリンはもう一度ひざまずいた。今度は両膝で。そしてメリッサを両腕で抱えた。最初、メリッサは逃れようとしてあがき、キャサリンは拳が耳をかすめるのを感じた。やがてメリッサはへたばり、息があがった。「いなくなった？　キャット、あれは行ってしまったの？」

「気分がいい」ニューサムが彼女たちの背後から、別世界にいるかのように不思議そうに言った。

「ええ、いなくなったわ」キャサリンは言った。そして目を凝らしてメリッサの顔を見た。物体が取り憑いた左目は充血していたが、そのほかは異常なさそうだ。「見える？」

「ええ、ぼやけているけど、はっきりしてきている。キャット……あの痛み……この世の終わりのようだった」

「だれか、おれの目を洗え！」ジャンセンがわめいた。腹を立てているように聞こえた。

「自分で洗え」ニューサムがうれしそうに言った。「立派なたくましい脚が二本あるんじゃないのか？　またキャットが関節の調子をよくしてくれれば、わたしの脚だってまんざらでもないかもな。だれかリドーの様子を調べろ。その気の毒な野郎は死んだのかもしれん」

メリッサはキャサリンを見あげている。右目はブルーだが、左目は真っ赤で涙を流している。

「痛み……キャット、あなたは痛みについてなにも知らない」

「そうね」キャサリンは言った。「実際、そのとおり。いまは」そして、枝の脇にすわっているメリッサから離れてリドー牧師のところに行った。脈拍を調べたが、どこにも見つからず、まだ最善をつくそうとしている乱れて弱々しい鼓動さえ聞こえない。リドーの痛みは、どうやら終わったらしい。

発電機が停止して真っ暗になった。

「くそっ」ニューサムは言ったが、あいかわらずうれしそうな声だった。「この日本製のクズは七万ドルもしたんだぞ」

「だれかおれの目を洗え！」ジャンセンが怒鳴った。「キャット！」

キャサリンは返事をしようとしたが、口を開けられなかった。新たに出来《しゅったい》した闇の中、なにかが手の甲を這っていたからだ。

ラス・ドーアへ

(*The Little Green God of Agony*)

異世界バス

著者の言葉

　公の場に姿を見せるのは好きではない。観衆の前に立つと、いつも詐欺師になったような気分になる。わたしは孤独な人ではない。少なからずその気《け》はあるけれど。メイン州からフロリダへひとりで車を走らせるときなど、大いに満足感を味わう。人前であがる質《たち》ではない。とはいえ、二、三千人の面前に進み出るときは、さすがに緊張する。だが、ほとんどの作家にとってそんなことは異常事態だ。三ダースほどの熱心な読書家たちの面前に登壇することのほうがなじみぶかい。まちがった場所で不適切な人物を演じているという感覚は、観衆のお目当てがだれであれ――もしくはなんであれ――この場には現れないという知識に主として由来する。ストーリーを創造するわたしの部分は孤独のなかにのみ存在する。個人的な逸話を披露したり質問に答えたりするために姿を現すわたしの部分は、物語制作者《ストーリーメーカー》のみすぼらしい代理人である。

　二〇一一年十一月、わたしはパリの観客収容数二千八百人のル・グラン・レックス劇場で一世一代の顔見せをするために車で運ばれていた。緊張していて場違いな気分だった。わたしは大きな黒いＳＵＶの後部座席にいた。道路は狭くて混雑していた。膝に置かれたフォルダーには何枚かの原稿――手短な所見や朗読用の文章など――が入っていた。わたしを乗せた車は、赤信号でバスの横に停止した。二台の大きなバスがピッタリ連なっていて、接触寸前の状態だった。一台のバスの窓を覗き込むと、会社からの帰宅途中と思われるビジネススーツを着込んだ女性が見えた。彼女の横にすわって我が家に向かい、帰宅後に明るい照明の下で心地よい椅子にすわって二時間ほど読書をしてから夕食をとるなんて生活はいいな、と一瞬考えた。しかし現実は、自分がしゃべれない言語の国のファンたちで満員御礼の会場に車で運ばれていた。

おそらく女性《ララアム》はわたしの視線を感じたのだろう。あるいは読みかけの新聞に飽きたほうが可能性は高い。とにかく、彼女は顔をあげて、こちらを見た。ほんの三十センチの距離を隔てて、わたしたちの目は合った。わたしが彼女の目の中に見たと想像したものは、素敵なSUVに乗って照明と笑い声とエンターテインメントのある場所に出かけたいという憧れに満ちた望みだが、現実はアパートメントに帰宅すれば、貧しい夕食が待っているだけで、たぶんそれも冷凍食品にすぎず、そのあとは夜のニュースと十年一日のTVドラマを見ることになる。わたしたちが互いの立場を換えることができたなら、双方共に幸せだったかもしれない。

やがて彼女は自分の新聞に視線を戻し、わたしは膝のフォルダーに目を落とした。バスとSUVはそれぞれ別の道を進んだ。しかし一瞬、互いの世界を覗き見ることができるほど接近したのだ。わたしがこの物語を考えたのは、海外旅行から帰宅したときで、机に向かって一気呵成《かせい》に書きあげた。

ウィルソンの母親は、世界に燦然《さんぜん》と輝く幸福な人々のひとりではなかった。そんな彼女には、ある格言があった。「事態が悪くなるときは、涙が出るまで悪化させなさい」

ウィルソンはこれを心に銘記した。母親の民衆の知恵（〝オレンジは朝には黄金、夜には鉛〟はもうひとつの至言）に師事していたからだ。今かれは旅行保険――それをバンパーとみなしていた――を重大なことが起こった場合に備えて取り出した。かれの成人期には今回のニューヨーク旅行より重要なことはなかったのだが、これからその地でマーケット《M》・フォワード《F》の上層部にポートフォリオのプレゼンと売り込みをすることになっていた。

ＭＦはインターネット時代の最重要の広告代理店である。ウィルソンの会社、サウスランド・コンセプトは、アラバマ州バーミンガムを拠点にひとりですべてをこなさなければならない超絶零細企業だった。こんなチャンスは二度とやってこないので、バンパーは不可欠（きわめて重要）だった。というわけで、かれは午前六時発の直行便に乗るためにバーミンガム・シャトルズワース空港に午前四時に来た。ラガーディア空港には九時二十分に到着する予定。ミーティング――実際にはオーディション――は二時半に設定されていた。五時間のバンパーは旅行保険としてじゅうぶんだった。

初めは万事順調だった。セキュリティー・ゲートで検査を受け、ファーストクラスのクロゼットにポートフォリオを保管してもらう承認を得た。ウィルソン自身は言うまでもなくエコノミークラスだったが。そのようなことを聞き入れてもらう秘訣《ひけつ》は早めに頼み込むにかぎる。忙しいのに煩《わずら》わしいやつだと思われないうちに。イライラしている人はあなたのポートフォリオがどれほどたいせつかといった話に耳をかしたがらない。それがあなたの未来へのチケットかもしれないといった話には関心がない。

ウィルソンはスーツケースをひとつ預けなければならなかった。結果的にグリーンセンチュリーの委託業務の最終候補だとなったら（そうしたことは起こりうる、実際かれはかなりいい立場にあった）、ニューヨークに十日は滞在するかもしれないからだ。精査にどのぐらいの時間を要するのか皆目わからなかったし、ホテルのランドリーサービスを利用するのはルームサービスで食事をとるのと同じぐらいいやだった。どの大都市でもホテルの別料金は高価だが、ビッグアップルではぼったくりにも等しい。

状況は飛行機が時間通りに出発してニューヨークに到達するまでは悪くならなかった。パイロットが賢明にもゴミ溜め《ラガベージ》と呼ぶ着陸地点の上空で交通渋滞にはまり、灰色の空を旋回したり上昇下降したりした。くだらない冗談やあからさまな不平不満が飛びかったが、ウィルソンは穏やかだった。旅行保険があったからだ。そのバンパーは頑丈だった。

飛行機は十時半に着陸した。わずか一時間の遅延。ウィルソンは手荷物引き渡し用コンベアに進んだ。が、自分のバッグが出てこない。待てど暮らせども現れなかった。最後には、かれと黒いベレー帽をかぶって髭をはやした老人のふたりだけが残った。ベルトコンベアに引き取り手不在で取り残されているのはスノーシューズと旅の疲れから葉のしおれた大きな植物だけ。

「ウソだろ、ありえない」ウィルソンは老人に言った。「直行便だったのに」

老人は肩をすくめた。「バーミンガムでタグをつけまちがえたのにちがいない。いまごろわしたちのモノはホノルルに向かってる、なんてとこだろうな。ロストバゲージ・カウンターにぼちぼち行くか。いっしょに来る？」

ウィルソンは母親の格言を考えながら老人にしたがった。そしてポートフォリオは機内に持ち込んでいたので手元にあることを神に感謝した。

ロストバゲージ・カウンターを目指していると、背後から荷物係が声をかけてきた。「この荷物はあなたたちどちらかのじゃないですか？」

ウィルソンがふり向くと、自分のタータンチェックのスーツケースが目に入った。濡れているようだった。

「バゲージトレインのうしろに落ちてました」荷物係は言いながら、ウィルソンのチケットフォルダーに留められているクレームタグとスーツケースに貼られているそれとを見くらべていた。「たまにあるんです。なにか破損していたら、損害賠償を請求したほうがいいですよ」

「わしのはどこだ？」ベレー帽の老人がたずねた。

「わかりません」荷物係は言った。「でも最後には、わたしたちはいつもたいてい探し出しますよ」

「なるほど」老人は言った。「いまはまだその最後とやらではないということか」

ウィルソンがスーツケースとポートフォリオ、キャリーバッグを携えてターミナルを出るときには、十一時半近くになっていた。そのあいだに何機もの飛行機が到着して、タクシー乗り場には長い列ができていた。

おれにはバンパーがある、と言い聞かせて自分をなだめた。あと三時間もあれば余裕だ。雨に降られたが、おれは軒先にいてずぶ濡れになったわけじゃない。恵まれている点を数えあげて、落ち着け。

列を少しずつ前に進むあいだ、かれはポートフォリオの中の特大の広告ビラを思い浮かべ、冷静沈着であれと言い聞かせながら、プレゼンのリハーサルを頭の中で行った。魅力的な広報活動をしかけろ、そしてパークアベニュー245番地に足を踏み入れたらすぐに、将来における潜在的な大変化のことは念頭から閉め出せ、と言い聞かせた。

グリーンセンチュリーは多国籍石油会社だが、その環境にやさしい楽天的な名前は、アラバマ州のリゾート地ガルフショアアーズからさほど遠くない沖合で海底油井掘削機のひとつが爆発したときにマイナスに転じた。原油流出はその後に起こった〈ディープウォーター・ホライゾン〉大惨事、つまり二〇一〇年メキシコ湾原油流出事件ほど破滅的ではなかったが、ダメージは申し分なかった。それにしてもその社名。深夜トーク番組のコメディアンたちはそれを格好のネタにした（デヴィッド・レターマン「嘘と糞でかためたオーガニック・チョコレート《グリーン・アンド・ブラック》ってなーんだ?」）グリーンセンチュリーの最高経営責任者が最初に公にした泣き言めいた対応――「われわれは油田を掘削しなければならないのです。そのことをご理解いただきたく存じます」――は役に立たなかった。インターネット・カートゥーンがCEOのケツから油井が突き出ているところを描き、その下にキャプションとして引用されたかれの言葉はあっというまに広がった。

グリーンセンチュリーのPRチームはかれらの長年の代理店であるマーケット・フォワードに足を運んだ。妙案だと信じたものを携えて。かれらはダメージ・コントロール・キャンペーンを南部の小さな広告代理店に肩代わりさせたかった。自分たちはアメリカの人々をなだめすかすためにお決まりのニューヨークの抜け目のない連中を雇ってはいないという事実の有効活用だ。それにかれらは、派手なカクテル・パーティーでニューヨークの抜け目ない連中にメイソン＝ディクソン線の下のほうに住むアホどもとして笑いものにされるアメリカの南部人の意見に関心があった。

タクシーを待つ列がじわりと前進した。ウィルソンは腕時計を見た。十二時五分前。心配ない、とかれは自分に言ったが、心配しはじめていた。

ようやくタクシーに乗ったのは十二時過ぎだった。みっともない濡れたスーツケースを引きずってマンハッタンのビジネスビルディング内の高級オフィスに入っていくのはいやだった――いなかっぺ丸出しと思われる――が、スーツケースを預けるためにホテルに立ち寄るのは見合わせたほうがいいと思いはじめた。

タクシーはあざやかな黄色のミニバンだった。運転手はオレンジ色のとてつもなく大きなターバンを着用して暮らしている物憂げなシーク教徒だった。妻と子どもたちが写っている透明アクリルプレート写真がルームミラーに吊り下げられて揺れていた。ラジオは１０１０　ＷＩＮＳ局に合わせてあって、四分かそこいらごとに例のおなじみのシロフォンの連打音が流れた。

「スゲー混んでるよ、今日は」シーク教徒は空港出口に向かいノロノロと車を進めながら言った。かれの会話範囲はそこまでのようだ。「スゲー、スゲー混んでるよ、今日は」

這うようにしてマンハッタンに向かうあいだに雨が激しくなった。ウィルソンは、車が停止したり大腸の蠕動《ぜんどう》運動さながらに前進したりするたびに、自分のバンパーがどんどん薄くなっていく気がした。かれの売り込み時間は三十分だった、たったの三十分。遅刻しても自分の時間枠を取っておいてもらえるだろうか？「みなさん、本日は晴れの舞台――スター誕生とかなんとか――をめぐって十四の南部の小さな代理店のオーディションを行います。そして環境災害を起こして苦境に立たされた企業と仕事をした実績があるのは一社だけで、それはサウスランド・コンセプトです。ですから、ミスター・ジェイムズ・ウィルソンを除外するのはよしましょう、ちょっと遅刻したからといって」

　そう言ってくれるかもしれない、しかしたいていの場合、とウィルソンは思った……言わない。かれらがもっとも望んでいることは、すべての深夜のトーク番組でジョークのネタにされないようにすることだ、それも一刻も早く《ASAP》。だからこそプレゼンが最重要なのだが、もちろん、どのアホタレにも売り文句がある（かれの父親の金言のひとつだ）。だからかれは時間どおりに行かなければならない。

　一時十五分。物事は悪くなるときは悪くなりつづける、とウィルソンは思った。そんなことは考えたくなかったが、考えた。悪くなる、涙が出るまで。

　ミッドタウン・トンネルに近づくと、ウィルソンは前のめりになってシーク教徒に到着予定時刻《ETA》をたずねた。オレンジ色のターバンが悲し気に左右に揺れた。「わかんないです、混んでる、スゲー、スゲー」

「三十分？」

長い間があってから、シーク教徒は言った。「たぶん」その慎重に選ばれた慰めの言葉は、ウィルソンに自分の置かれた状況は壊滅的だとたっぷり理解させた。

自分のみすぼらしいスーツケースをマーケット・フォワードの受付に置かせてもらおう、と考えた。そうすれば、少なくともそれを会議室に引きずっていかずにすむ。

ウィルソンは身をのりだして言った。「ホテルはいい。パーク245番地に直行してくれ」

トンネルは閉所恐怖症の人間には悪夢だった。動いては止まり、動いては止まりのくりかえし。反対車線、つまり町を横断する三十四番ストリートの混雑具合も同じだった。ミニバン・タクシーはけっこうな高さがあったので、ウィルソンは前方の暗澹たる気分にさせる障害物を見わたすことができた。それでもマディソンスクエアに到着したときには、少し安堵しはじめた。もうすぐだ、思ったより近づいている。遅刻を伝える不面目なことわりの電話をしなくてもすむ。ホテルに寄らなかったのは正解だった。

そのときになって〝水道管の破裂、車両進入禁止〟のバリケードが行く手に現れ、シーク教徒は迂回を余儀なくされた。「オバマが来たときよりひどい」とかれは言い、そのいっぽうで、1010 WINSがこう請け合った。ウィルソンがかれらに二十二分くれたら、かれらはかれに世界をくれてやると。そしてシロフォンが例のごとくけたたましく連打された。

世界なんかほしくない、とウィルソンは思った。二時十五分までにパーク245番地にたどり着きたいだけだ。遅くとも二十分過ぎまでには。

タクシーは結局、マディソンスクエアに戻った。三十四番ストリートへ全力疾走してから、急停止した。ウィルソンは、フットボールの中継アナウンサーが、「見かけ倒しの華麗なランプレイで、得点には結びつきませんでした」と観客に告げている場面を想像した。フロントガラスのワイパーがビビり音を立てた。リポーターが電子タバコについて語った。ついで小売りマットレスチェーンの〈スリーピーズ〉の広告が流れた。

ウィルソンは思った。落ち着くんだ。必要とあらば、ここから歩いてだって行ける。十一ブロック、それだけだ。ただし雨に濡れ、厄介なスーツケースを引きずりながらだが。

〈ピーターパン〉バスがタクシーの横にやってきて、エアブレーキのシュッという音とともに止まった。ウィルソンは窓越しにバスの車内を覗き込めるほどの高さにいた。かれから一・五メートルかそこらしか離れていないところで美しい女性が雑誌を読んでいた。彼女の隣、通路側の席には、黒いレインコートの男が膝の上でバランスをとったブリーフケースの中身をくまなく探していた。

シーク教徒がホーンを鳴らしてから、手のひらを外側に向けて両手をあげた。まるでこう言っているようだ。いったいおれがなにをしたってんだ。

ウィルソンは美しい女性が口元に触れるのを見た。おそらく口紅がまだとれていないかどうか調べているのだろう。隣の男性はいまやブリーフケースの内ポケットを引っかきまわしていた。そして黒いスカーフを取り出すと、鼻にあててかいだ。

どうしてあんなことを？　ウィルソンは不思議に思った。妻の香水かパウダーの香りか？

ウィルソンはバーミンガムで飛行機に搭乗してから初めて、グリーンセンチュリーやマーケット・フォワード、そしてあと三十分もしないうちに始まる会議がうまくいった場合にもたらされるかもしれない自分の環境の根源的な改善のことを忘れた。少しの間、興味をかきたてられた――いや、そんな生易しいものではなく、すっかり魅了された――繊細な感じで口元を探る女性の指とスカーフを鼻にあてている男性に。自分は別世界を覗き見ている、とふと思った。そう。あのバスは別世界だ。あの男女は、それぞれまちがいなく希望の風船が付いている約束事があるんだ。かれらには支払わなければならない請求書がある。兄弟姉妹や忘れられずに残っている幼児期の玩具がある。女性は大学時代に堕胎をしているかもしれない。男性はペニス・リングをしているかもしれない。かれらはペットを飼っていて、もしそうなら、ペットには名前がついているだろう。

ウィルソンは一瞬、イメージを抱いた――ぼんやりしていて形をなしていなかったが、とてつもなくすごい――時計仕掛けの銀河系だ。そこでは個々の車と歯車が、おそらくカルマ的な終焉まで、たぶんなんの理由もなく、神秘的な動きに参加していた。こちらは〈ジョリー・ディングル〉タクシーの世界で、一・五メートルほど離れたところは〈ピーターパン〉バスの世界。双方の間には一・五メートルの隔たりと二枚のガラスの層があるだけ。ウィルソンはこの自明の事実に驚嘆した。

「こんな渋滞は」シーク教徒が言った。「オバマのときよりひどい、さっき言ったけど」

男性は黒いスカーフを鼻から離した。それを片手に持ち、もう一方の手をレインコートのポケットに入れた。窓側の席にすわっている女性は雑誌に目をとおしている。男性が女性のほうを向いた。ウィルソンはかれの唇が動くのを見た。女性が顔をあげると、傍目にも驚いているのがわかるほど両目を見開いていた。男性が体をすり寄せた。まるで内緒話でもするかのように。ウィルソンにはわからなかった。男性がレインコートのポケットから取り出したのがナイフであり、それで女性の咽喉を切り裂くまで。

　彼女の両目がさらに大きく見開かれた。唇が開かれた。彼女は片手を首のほうにあげた。レインコートの男はナイフを握っている手でやさしく、だがしっかりと彼女の手を押し戻した。同時に、もう一方の手で黒いスカーフを女性の咽喉に当て、そのまま押しつけた。ついでかれは女性のこめかみにキスをしながら、彼女の髪越しに窓の外を見た。そしてウィルソンと目が合うと、唇を開いて笑みを浮かべ、歯としてはかなり小粒な上下二列の連なりを見せた。男はウィルソンにうなずいた。まるで〝素敵な一日を〟とか〝内緒だぜ〟とか言っているようだった。女性側の窓に血が飛び散った。そしてふくらんでガラスを滴り落ちた。女性の咽喉にスカーフを押し当てたまま、レインコートの男は指を女性のだらりと開かれた口に入れた。あいかわらず男はウィルソンに笑いかけていた。

「やっとだ！」シーク教徒が言うと、〈ジョリー・ディングル〉タクシーは動きはじめた。

「見たか？」ウィルソンはきいた。動揺していない平坦な声だった。「あの男。バスの乗客。女性の隣にすわっていた男」

「なんですか？」シーク教徒はきいた。角の信号が黄色に変わったので、シーク教徒は車を突進させ、クラクションの嵐を無視して車線変更をした。〈ピーターパン〉バスは置き去りにされた。前方にグランドセントラル駅が雨模様のなかにぼんやり浮かびあがった。まるで刑務所のようだ。

　タクシーがふたたび動き出したときに初めて、ウィルソンは携帯電話のことを思った。それをコートのポケットから取り出して見つめた。頭の回転が速ければ（それは母親によれば、兄貴の専門分野だった）、ウィルソンは携帯電話でレインコートの男の写真を撮ることができただろう。それはもう間に合わないが、９１１に電話をかけるのには遅すぎない。もちろん、そのような通報は匿名ではできない。電話がつながったとたんに名前と電話番号が警察署の画面にパッと現れる。そして警察は折り返し電話をかけてくる。通報者がニューヨークの雨模様の午後に暇つぶしをしているイタズラ者でないかどうか確認するためだ。ついでかれらは情報をほしがるだろう。となれば、かれは応じなければならず——選択の余地はない——最寄りの警察署に行くことになる。そこで繰り返し何度も同じ話をさせられる。署の職員たちはかれのプレゼンや売り込みは聞きたくない。

　宣伝文句は決まっていた。〈三年いただければ証明してみせます〉。プレゼンの手順は考えてあった。非難の矢面《やおもて》に立っている幹部や集められた広報係に語りかけることから始めるつもりだった。こんな具合に——まだボランティアがオイルまみれの鳥たちをドーン洗剤で洗っています、それは隠しようもない事実です。しかし、罪滅ぼしは見苦しいものである必要はありませんし、ときに真実は美しいものでもあります。人々はあなたがたを信じたいのです。結局はあなたがたを必要としているのです。かれらはあなたがたがひとつの地点から別の地点へ到達することを必要としています。そのため、かれらは自身を環境略奪のアクセサリーとはみなしたくないのです。ここまで話をしたところで、ウィルソンは自分のポートフォリオを開き、最初のカードを提示する。少年と少女がカメラに背を向けて、汚れていない浜辺に立ちながら、目が痛くなるほど真っ青な海を眺めている写真だ。〈エネルギーと美はともに歩むことができ

る。三年いただければ証明してみせます〉

　９１１への通報はとても簡単なので子どもでもできる。実際、子どもがしている。自宅にだれかが侵入した場合。幼い妹が階段から落下した場合。あるいは、パパがママにのしかかってうめき声をあげさせている場合。

　つぎに絵コンテを取り出して、テレビＣＭの制作を提案する。それを全米の湾岸地方全域で放送するようにする。ことにローカルニュースで、またＦＯＸやＭＳＮＢＣのようなケーブル局で流す。オイル臭い汚い浜辺がふたたびきれいになっていく低速度撮影の映像。「わたしたちには自ら犯したあやまちを修復する義務があります」そうナレーターが語る（いささか南部の鼻声訛りを感じさせながら）。「それをビジネスにおいて、そして隣人たちへの真摯な対応で行っていきます。三年いただければ証明してみせます」

　次は印刷物の広告。ラジオ広告。そして、第二段階は――

「はい？　なにか言いました？」

　通報しようと思えばできたが、おそらくあの男はバスを降りて、警察官が到着するまでにはとっくに行方をくらましているだろう。おそらく？　ほぼ確実だ。

　ウィルソンはふり返った。バスは後方にいる。女性は悲鳴をあげただろう。きっと他の乗客たちがすでに群がってあの男を取り押さえている、航空機の乗客たちが同乗していたテロリスト〈靴の爆撃機《シュー・ボマー》〉のもくろみを察知して取り押さえたように。

　ついでウィルソンはレインコートの男が自分に笑いかけたことを考えた。また、かれが指を女性のだらしなく開かれた口に入れた様子を。

ウィルソンは考えた。あれは自分が思ったようなものではなかったのかもしれない。イタズラだ。悪ふざけ。かれらはいつもやっているのだ。フラッシュモブみたいなもの。

そう考えれば考えるほど、そうだったような気がますますしてきた。男が女の咽喉を切り裂くのは裏通りやTVショーで、真昼間の〈ピーターパン〉バスの中ではない。かれ自身に関しては、素晴らしいキャンペーンの段取りをまとめあげていた。かれは適切な時期に適所にいる適材だった。この世で好機が二度あることはまれだ。それは母親の名言のひとつではない。だが事実である。

「なんですか？」

「次の信号で降ろしてくれ」ウィルソンは言った。「そこから歩く」

ヘシュ・ケスティンへ

(*That Bus Is Another World*)

死亡記事

著者の言葉

わたしが数多くのホラー映画を見たのは子どものころだった（ご推察のとおり）。わたしは格好の標的で、ほとんどの作品が死ぬほどこわかった。暗くて、映像は自分より何倍も大きく、音響は耳が痛くなるほどだったから、恐怖は目を閉じても消えなかった。テレビでは、恐怖の度合いは低下しがちだった。途中で挿入されるコマーシャルが恐怖のリズムをだいなしにするし、最悪なのは、ひょっとして見ているかもしれないおチビちゃんたちに気を使って、トラウマになりそうな箇所をときにはカットしてしまうことだ（悲しいかな、わたしには時すでに遅し、フランス映画『悪魔のような女』（一九五五）で浴槽から起きあがる死んだ女を見てしまった）。最後の手段として、キッチンに行き、冷蔵庫からルートビアを取り出し、こわい音楽が地元のコマーシャルに変わるまでそこにぐずぐずしていればいい。「車、車、車！　信用調査なし！　だれにでもお売りいたします！」

とはいえ、ある映画はテレビで放映されたにもかかわらず、その役割をみごとに果たしていた。上映時間七十七分のうち少なくとも最初の六十分かそこらは。大団円がすべてをご破算にしていた。今日《こんにち》、だれかがリメイクして身の毛もよだつ前提を最後まで持続させてくればいいのにと思う。作品のタイトルは、おそらくホラー映画史上最高のものだろう。『Bury the Living（邦題『デス・プラン　呪いの地図』）』（一九五八）。

その映画を念頭に置きながら、この物語を執筆した。

明晰かつ端的に。

それがバーン・ヒギンスの絶対の真理《ゴスペル》だった。かれはロードアイランド大学のジャーナリズム学科の主任で、わたしはそこで学位を取得した。講義のおおかたは片方の耳からもう一方の耳へ素通りしていったが、冒頭のゴスペルはちがった。ヒギンス教授に叩き込まれたからだ。教授によれば、人は物事を理解するにあたって明晰さと簡潔さとを必要とする。

ヒギンス教授は講義でこう語った。ジャーナリストとしてのほんとうの仕事は事実を伝え、人々に決断を迫り前進させることだ。だから、個人的な創造的空想力はいらない。お上品でとりすました、気取ったマネはするな。始め・中・終わり、序・破・急、それぞれの事実は論理的に次の事実にきちんと連なり、そして最終結論にいたる。教授が常に強調したのは、〝目下・さしあたり〟の結論だ。人はいかにして信じるとか一般的な意見とかいった陳腐なたわごとには耳をかすな。それぞれの事実の情報源、それが法則だ。そしてそれを飾らない、簡素で平明な文章で書く。レトリックのほとばしりは署名入り記事にまかせておけ。

これから綴られる記事を信じる人がいるかどうかはあやしい。なにしろわたしの〈ネオン・サーカス〉でのキャリアは優れた書き手とはほぼ無縁だったからだ。しかし、ベストをつくそう。それぞれの出来事の事実が次の事実に連なる。そして始め・中・終わり。

さしあたっての結末、まがりなりにも。

優れた報道は常に五つのWで始まる。だれが（Who）、なにを（What）、いつ（When）、どこで（Where）、そしてなぜ（Why）を、読者は知ることができる。わたしの場合、〝なぜ〟がキツい。

〝だれが〟は簡単だ。怖いもの知らずというわけではない語り手の名はマイケル・アンダースン。わたしが二十七歳のときに、これから語る出来事が起きた。わたしはジャーナリズム学科の文学士号を取得してロードアイランド大学を卒業した。その後の二年間、両親といっしょにブルックリンで暮らし、広告とクーポンのすきまを埋めるニュースワイヤーの原稿の手直しをしながら、〈デイリー・ショッパー〉で働いた。つかいまわし用に保存してある自分の履歴書（のようなもの）を各社に送信していたが、ニューヨークやコネチカット、あるいはニュージャージーの新聞社のどこもわたしをほしがらなかった。だからといって両親もわたしも別に驚かなかったのは、わたしの学業成績がひどかった（そんなことはない）とか、クリップフォルダーの中身——ほとんどがロードアイランド大学の学生新聞〈安くて良質なタバコ〉に載った記事——がひどい出来（それらの二つ、三つは賞をもらっている）だったからではなく、新聞社が社員を募集していなかったからだ。とんでもない、実は正反対。

（ヒギンス教授にこうした丸括弧《かっこ》・挿入句のある文章を見られたら、わたしは殺される）

両親はほかの仕事を探したらどうだとわたしに——もの柔らかく、やさしく——うながしはじめた。「関連分野で」父親が最高にそつのない声音で言った。「広告業界とか」「広告はニュースじゃない。反ニュースだよ」とはいえ、わたしは父親の言いたいことはわかっていた。父は、四十にもなってまだ親の冷蔵庫から夜食をかすめとるわたしの姿を思い描いていた。いい年をして親のすねをかじっているニート。

しかたなくわたしは、才能はあるが経験のない若いコピーライターを雇いそうな見込みのある広告会社のリスト作りをはじめた。やがて、その候補リストの各社に履歴書のコピーを送信する予定の前夜、わたしは突拍子もないことを思いついた。いまでもときには——実は頻繁に——夜、目をさましたままベッドに横になり、あんなことを思いつかなければ、いまどんなにちがう人生を送っているだろうかと考えることがある。

当時、〈ネオン・サーカス〉はお気に入りウェブサイトのひとつだった。棘のある皮肉な笑いが大好きで他人の不幸は蜜の味と思う人にはおなじみのサイトだろう。筆のたつ書き手のいるＴＭＺといった感じだ。ほとんどが地元の〈セレブ・シーン〉を取り扱った記事だが、ニューヨークやニュージャージーの政治上の恥部を探訪することもある。そのサイトの世界相手の奮闘ぶりを要約しなければならないとしたら、わたしはそこで働いた半年間の写真を見せるだろう。高級クラブ〈パチャ〉の表にいるロッド・ピーターソン（常に〈サーカス〉内ではかれの世代のバリー・マニロウと称されている）が写っている。かれのデート相手は前かがみになって側溝に吐いている。かれはいやらしい薄笑いを浮かべ、ドレス姿の彼女の背中に手をあてている。そのキャプション。〈ロッド・ピーターソン、彼の世代のバリー・マニロウ、ニューヨーク・ロウアー・イーストサイドを探訪〉。

〈サーカス〉は基本的にオンラインマガジンで、クリックしたくなる数多くの分野がある。〈セレブの〝ウォーク・オブ・シェイム〟〉、〈不快な消耗〉、〈見なければよかった〉、〈今週のワーストTV〉、〈このクズを書くやつ〉。もっとあるが、だいたいどんなものかわかっただろう。

その夜、大量の履歴書を実際には勤めたくない会社に送信する用意をしていたが、気分転換のために〈ネオン・サーカス〉のホームページに行き、人気の若手俳優ジャック・ブリッグスが薬物の過剰摂取で亡くなったことを知った。その記事には一週間前にダウンタウンの人気の店からよろめきながら出て来るところを撮られた一枚が貼られていた。〈ネオン・サーカス〉の十八番《おはこ》は悪趣味だが、ニュース記事はびっくりするほどまっとうで、〈サーカス〉らしさが微塵もなかった。そこで素晴らしいことを思いついた。インターネットでちょっと調べまわって、というか単なる時間の無駄づかいをして、迅速で不愉快な死亡記事をでっちあげたのだ。

「ジャック・ブリッグスは、昨年公開の『ホーリー・ローラーズ』でジェニファー・ローレンスに恋をしている物言う本棚役のひどい演技で注目されたが、宿泊先のホテルの一室で亡くなっているところを発見された。手元にはかれの大好きな粉末状のお菓子が置かれていた。これでかれも晴れて〈二十七歳クラブ〉のメンバーだ。そこの著名な中毒者たちには、ロバート・ジョンソン、ジミ・ヘンドリックス、ジャニス・ジョプリン、カート・コバーン、そしてエイミー・ワインハウスなどがいる。ブリッグスが俳優業界におぼつかない足取りで登場したのは二〇〇五年のことで……」

まあ、そんな調子。子どもじみていて、不遜《ふそん》、実に胸糞悪い。その夜のわたしが思慮深かったら、完成した死亡記事をゴミ箱に押し込んだだろう。〈ネオン・サーカス〉のふだんのイヤミったらしい口調でさえそこまでは言わないほど徹底的に残酷だったからだ。しかし、わたしはそのとき頭がハチャメチャだった（以来、どのぐらいの職業がハチャメチャな状態で始まったのだろうかと思うようになった）ので、その原稿を送信した。

二日後――インターネットはあらゆることをスピードアップする――ジェロウマ・ホイットフィールドと名乗る人物からメールを受け取った。例の死亡記事の掲載希望の旨だけでなく、同じような不快な口調でもっと書いてもらうことができるかどうか話し合いたいとも記されてあった。街までご足労願い、ランチをとりながら話せないでしょうか？

ネクタイにジャケットといった格好で出かけたのだが、マジにおめかししすぎだったということが判明した。サード・アヴェニューにある〈サーカス〉のオフィスは、むしろ少年少女に見える大人の男女でいっぱいで、ロックバンドのTシャツを着て走りまわっていた。二、三人の女性はショーツをはいていたし、色とりどりに染めたモヒカン刈りにカーペンター・オーバーオール姿の野郎も見かけた。そいつはスポーツ部門の長で、「ニューヨーク・ジャイアンツ《JINTS》がレッドゾーンでまたクソをたれた」というタイトルの忘れられない記事を担当した男だということがわかった。別に驚くほどのことではなかったと思う。それがインターネット時代のジャーナリズムだった（現在も）。その日、オフィスにいたすべての人にとっても、他の五、六人の自宅勤務特派員人にとっても。その業界の寒すぎる賃金については、付け加えるまでもない。

聞いた話では、むかしむかし金ぴか時代、ニューヨークの霞がかった神話時代のこと、出版社が〈フォー・シーズンズ〉や〈ルー・シルク〉、〈ロシアン・ティー・ルーム〉のような高級レストランでランチを接待してくれることがあった。しかし、その日のぼくのランチは、たぶんジェロウマ・ホイットフィールド占有のちらかったオフィスでおこなわれた。メニューは宅配サンドイッチと〈ドクター・ブラウン〉のクリームソーダ。ジェロウマは、〈サーカス〉の基準では古代人（四十代初め）だった。わたしは最初から彼女の高圧的で不愛想な態度が気にくわなかったが、彼女はわたしを雇って週間死亡記事コラムを執筆させたいと考えていたので、女神様に思えた。彼女はすでにその新たな呼び物記事にタイトルを考えていた。「死者に鞭打つ」。

　できるだろうか？　できた。

目腐れ金のために？　そうだ。少なくとも最初は。

　そのコラム・ページの閲覧数が〈ネオン・サーカス〉サイト内でもっとも多くなり、それにともなって自分の名前が知られるようになると、わたしはもっと金をくれと交渉した。市内にアパートメントを借りて引っ越したかったし、広告収入を一番もたらしているページをひとりで書いているのにスズメの涙ほどの賃金にうんざりしていたこともある。

　最初の賃金値上げ交渉はそこそこの成果をあげて終わったが、たぶんそれは、わたしの要求が暫定的《ざんていてき》要望として言われたからで、しかもその要望額はチャンチャラおかしいほど控えめだった。四か月後、ある大手の企業が実際にありあまっている金を誇示するために〈ネオン・サーカス〉を買収しようとしているという噂が出まわり始めたとき、わたしはジェロウマのオフィスを訪ねて、より高額の賃金値上げを要求したが、今回はいささか謙虚さに欠けていた。

「申し訳ないけど、マイク」ジェロウマは言った。「ホール＆オーツの忘れられないヒット曲ね、それはできない《アイ・キャント・ゴー・フォー・ザット》、だめだね《ノー・キャン・ドゥー》。ヨークをどうぞ」

ジェロウマの乱雑なデスク上に一番デカい顔をして鎮座ましましているのは大きなガラスボウルで、メンソール風味のユーカリ・ドロップであふれかえっていた。包み紙はいろいろな熱い文句で覆われていた。そのうちのひとつに、〝内なる鬨《とき》の声を聞け〟、というのがあった。ほかにはこんな忠告がある（これを記すと、わたしの内なる文法学者が嫌な顔をするのだが）。

〝できることができたことになる〟

「けっこうです。あなたがだめだというまえにきちんと述べさせてください」

　わたしはこちらの言い分を整理して、こうまくしたてた。わたしはできることをできたことに変えようとしている、とあなたは言うかもしれない。要するに、〈死者に鞭打つ〉の広告収入により見合った賃金が支払われて当然だという信念が芽生えてきているのです。ことに〈ネオン・サーカス〉が大企業に買収されようとしているのなら。

　こちらがようやく黙ると、ジェロウマはヨークの包み紙を開けて、プラム色した上下の唇のあいだにキャンディをポイと放り込んでから言った。「わかった！　上出来！　あなた、胸のつかえを吐き出したところで、バンプ・デヴォーの一件にとりかかったらどうかしら。かれは魅力的な人物よ」

　かれは実際のところ興味をそそられる相手だった。バンプは、ラクーンズのリードシンガーだが、ハンプトンにあるガールフレンドの家の寝室の窓から侵入しようとして彼女に射殺された。たぶんバンプにしてみれば冗談だったんだろう。しかし彼女は押し込み強盗とまちがえた。この話をホームラン確実の甘い球にしているのは彼女が撃った銃だ。ゴミ屑バンプ自身から彼女へ贈られた誕生日プレゼントだった。いまやかれは〈二十七歳クラブ〉の新メンバーで、おそらくブライアン・ジョーンズのチョップ奏法と比べられることになるのだろう。

「じゃあ応じる気はないんですね」わたしは言った。「つまり少しも評価していないわけだ」

彼女は身を乗りだしながら、小さな白い歯の先端がちょうど見えるていどの笑みを浮かべた。メンソールの匂いがした。あるいはユーカリ。その両方か。「率直に言うわよ、いい？ いまだにブルックリンに両親と同居している男のくせに、世の中の仕組みにおける自分の重要性について異常に思いあがった考えを持ってるわよ。盛りあがって勝手に死んじまう底なしのアホタレの墓に唾を吐く人間がほかにいないと思ってるの？ 考え直しなさい。あなたの代わりのできる自宅特派員が半ダースはいるし、たぶんもっとおもしろいものを書けるわよ」

「じゃあ、やめる、そうすればあんたの言ったことがほんとうかどうかわかる」わたしはかなり頭にきていた。

ジェロウマはニヤリとして、ユーカリ・ドロップを歯に当ててカタカタ音をたてた。「どうぞご自由に。でも、やめるとしても、〈死者に鞭打つ〉を道連れにはできない。わたしの子どもだから、ここ〈サーカス〉に残るのが当然。もちろん、いまやあなたにはあるていどの実績がある、それは認める。だから選択肢をあげる、坊や。コンピューターの前に戻ってバンプをこきおろすか、それともニューヨーク・ポストの面接を受けにいくか。たぶん雇ってもらえるわよ。で、結局、〈ページ・シックス〉でくだらない風刺記事を無記名で執筆することになる。そういうことに関心があるのなら、移籍してかまわないわ」

「死亡記事を書く。だけど、この件についてはは、また時間を改めて話し合うことになるよ、ジエリィ」

「わたしの腕時計にはその時間はないわね、話し合いはなし。それにわたしのことをジェリーなんて呼ばないで。よくわかってるはず」

立ち去るために席を立った。顔が真っ赤だった。たぶん、赤信号さながらだったろう。

「それと、ヨークをとっていきなさい」ジェロウマは言った。「ふたつ食べなさいよ。気分が落ち着くから」

わたしはボウルに軽蔑したまなざしを投げかけて立ち去りながら、ドアを思いきり強く閉めてやるといった子どもじみた衝動をぐっと抑えた（かろうじて）。

ＣＮＮのウルフ・ブリッツァーの背後にあるような、あるいはニクソンを追い詰めたウッドワードとバーンスタインの活躍についての古い映画に登場するような活気に満ちたニュース編集室を思い描いているのなら、考えを改めてほしい。すでに述べたように、〈サーカス〉のほとんどの書き手は自宅で執筆している。わたしたちのささやかなニュース提供元（〈サーカス〉の行っていることを威厳をつけてニュースと呼びたければ）は、おおよそダブルワイド・トレーラーほどの広さだ。そこに二十台のスクールデスクが詰め込まれていて、壁に連なっている音声の消されたＴＶと向かい合っている。デスクにはラップトップが据え置かれていて、それぞれに笑えるステッカーが貼られている。〈これらのマシーンに敬意を払ってください〉
その日の午前中はほとんど人気《ひとけ》がなかった。わたしは壁際の最後尾のデスクにすわっていた。目の前には、便器に入った感謝祭のディナーのポスターが貼ってあった。その魅惑的なイメージの下には標語が書かれてある。〈どんなごちそうも糞になる〉。ぼくはラップトップを点け、バンプ・デヴォーの短くて平凡な経歴に関するプリントアウトをブリーフケースから取り出し、それをコンピューターが起動するあいだパラパラめくっていた。ワードを開き、〈バンプ・デヴォー死亡記事〉と新しいフォルダーにタイプしてから、真っ白なドキュメントを見つめた。死なんて他人事だと感じている二十代のために死に直面することを笑い種《ぐさ》にして金をもらっているのだが、腹が立ってムカついているのに愉快な気分になるのはむずかしい。

「書き出しで行き詰ってる？」

ケイティ・カランだった。長身でほっそりとしたブロンド娘。わたしは、ほぼ確実に報われることのない強力な欲望を感じた。彼女はいつだってわたしに親切で、常に変わらず優しい。わたしのジョークを笑ってくれる。そのような個性の持ち主がわたしに色気を見せることはめったにない。ぼくは驚いたか？　とんでもない。彼女は魅力のかたまりだ。こっちは無力のかたまり。率直に言えば、十代の女の子たちにバカにされるださいオタクだ。〈サーカス〉で働いて三か月目には、わたしは完璧なオタク装備品さえ身に着けていた。テープで修繕されたメガネだ。

「ちょっとね」わたしは言った。香水の匂いがした。フルーツ系の香り。もぎたての西洋ナシかも。とにかく新鮮ななにか。

ケイティは隣のデスクにすわった。色あせたジーンズに包まれたすらりとした脚。「自分がそうなったときには、〝敏速な茶色いキツネが怠惰なイヌを飛び越えた〟って三回タイプするのよ、ものすごく早くね。すると創造の水門が開かれるの」彼女は両腕を広げながら、水門が開くようすを見せたが、それとともに黒のタンクトップにぴっちりと包まれていた乳房のハッと息を飲むほど素晴らしい景観をも披露してくれた。

「今回は効果がないと思う」わたしは言った。

ケイティは自身の呼び物記事を書いていて、〈死者に鞭打つ〉ほど人気はないが、広く読まれている。ツイッターでは五十万人ものフォロワーがいる（当時の自分にはどのぐらいのフォロワーがいたかは慎み深く口にしないが、七桁あたりを想像してくれれば、まちがいない）。彼女の受け持つ記事のタイトルは、〈ケイティと酔っぱらおう〉。これまで〈サーカス〉で悪口を言わなかったセレブ――驚いたことに、取り引きをしたことのある相手でさえも――と飲みに行き、かれらがアル中街道を漸進中の人間としてインタビューするといったコンセプト。その結果はびっくり仰天。ケイティは収穫をすべてかわいい小さなピンク色のｉＰｈｏｎｅに収めている。

ケイティはいっしょに酔っぱらっていることになっているが、一杯しか注文せず、しかも二軒目の酒場に移動してからは四分の一しか飲んでいない。セレブたちはほとんどそれに気づかない。かれらの目に入っているのは、彼女の完璧な卵型の顔、豊かな小麦色がかったブロンドの髪、そして大きな灰色の瞳で、その目は常に同じメッセージを放っている。あら、どうしましょう、あなたにとっても興味があるの。かれらは断頭台に列をなして並ぶ。彼女はわたしより十八か月かそこら早く〈サーカス〉の仲間になったのだが、そのとき以来半ダースほどのセレブのキャリアに終止符を打っているにもかかわらずだ。彼女のもっとも有名なインタビューは、マイケル・ジャクソンについて意見を表明した家族向けコメディアンを相手に行われた。

かれはこう言った、「白パンになりたい臆病者は死んじまったほうがいい」

「賃上げ交渉はだめだった、ね？」ケイティはジェロウマのオフィスに向かってうなずいた。

「給料をあげてもらおうと思ってるって、なんで知ってる？　きみに話したっけ？」霞がかったように淡い眼球にうっとりして、わたしは彼女になにやら口走ったのかもしれない。

「ううん、でも、みんなが知ってるよ、あなたがそうしようと思っていて、彼女がことわるだろうってことは。彼女が承諾したら、みんながあなたと同じことをする。給料をあげてもらうのがもっともふさわしい人にノーと言うことで、他のみんなに昇給の道を閉ざしてるってわけ」

もっともふさわしい人。その言葉がうれしくて、ちょっと身震いがした。とりわけケイティの口から発せられたので。

「で、やめないの？」

「いまのところは」わたしは口の端だけ動かして言った。昔の映画でいつもボギーがやっていたしゃべりかただが、ケイティは立ちあがりながら、魅力的な形のタンクトップの腹のあたりでありもしない糸くずを払った。

「記事を書かないといけなかったの。ヴィク・アルビニ。ああ、かれならかたづけられたのに」

「ゲイのアクション・ヒーローだね」わたしは言った。

「ニュース速報――ゲイじゃないわ」ケイティは謎めいた笑みを浮かべて離れて行った。いったいどういう意味だろう。だが、その答えをほんとうに知りたいわけではなかった。

〈バンプ・デヴォー〉と題した白紙状態の文書と十分間向き合い、さあ、とりかかるぞといったふりをしつつ、それを削除した。ジェロウマの視線を感じて、彼女がにやにや笑っているのがわかった。顔には出さずに内心でほくそ笑んでいるだけだとしても。そんなふうに見つめられていたら仕事ができない。それが自分の妄想にすぎないとしても。〈デヴォー〉の記事を自宅に戻って書くことに決めた。地下鉄に乗っているあいだになにかアイデアが浮かぶかもしれない。いつだってそこは物を考えるにはいい場所だった。ラップトップを閉じ始めると、ふたたび霊感を得た。さながら、一流レストランからよろめき出て来るジャック・ブリッグスに関する記事を空に見た、あの日の夜のように。よし、やめてやる、あとはどうなろうと知ったこっちゃない、だけどおとなしく出ては行かないぞ。

〈デヴォー〉のドキュメントをゴミ箱に捨てて新規作成した。今度のタイトルは、〈ジェロウマ・ホイットフィールド死亡記事〉。一気呵成に書きあげた。指先で紡がれた言葉の毒ガスが画面に充満していった。

ジェロウマ・ホイットフィールドは、親しい友人たち（情報筋によれば、就学前には二、三人いた）のあいだではジェリィでとおっていたが、今日亡くなった。時刻は――

ぼくは時計を見た。

――午前十時四十分。職場の同僚によれば、かんしゃく玉をのどにつまらせて窒息したとされる。ヴァッサー大学を優等で卒業したが、ジェリィは晩年の三年間はサード・アヴェニユーで女衒《ぜげん》をしていて、およそ二ダースほどの遊女を監督していたが、みな彼女より有能だった。彼女は自分の亭主のおかげでかろうじて生きながらえていたが、その旦那は〈ネオン・サーカス〉のスタッフのひとりで、玉無しのヒキガエルとして知られている。この夫婦には子どもがひとりいて、その小さな醜いバカたれは、スタッフに親しみをこめてポル・ポトと呼ばれている。ジェリィには才能の痕跡さえうかがえないが、傲慢で無慈悲な人格はその欠如を補ってあまりある、というのが同僚たちの見解の一致するところである。彼女の騒々しい声は脳内出血の原因として知られ、ユーモア感覚のなさは伝説的である。ヒキガエルとポル・ポトは、故人を知っていた人たちは彼女の逝去に対する喜びを表明するのに花を贈るかわりにアフリカの飢えた子どもたちにユーカリのドロップを贈ってほしいと望んでいる。告別式は〈ネオン・サーカス〉のオフィスで行われる。そこで喜びあふれる生存者たちは貴重な思い出を交換し、「ディン、ドン、魔女は死んだ」と合唱しよう。

この痛烈な非難を書き始めたさいには、一ダースほどプリントアウトして、そこいらじゅうに——トイレやエレベーターにも——貼りだし、じゃあな、〈ネオン・サーカス〉のオフィスと〈のど飴女王〉とはこれで永遠におさらばさ、と言うつもりだった。実際にそうしていただろう。読み直してみたらつまらないことがわからなかったら。くすりともしない。子どもが怒って駄々をこねているだけのしろもの。その結果、これまで自分の執筆した死亡記事も同じようにおもしろくなくバカらしいものだったのではなかろうか、と思った。

初めて（信じてもらえないかもしれないが、誓ってほんとうだ）気がついた。バンプ・デヴォーは実際に生きていた人間で、亡くなったことでどこかのだれかさんが泣いているかもしれないと。同じことはたぶんジャック・ブリッグスにも……フランク・フォード（著名な「トゥナイト・ショー」の金玉潰し、とぼくは表現した）にも……トレヴァー・ウィルスにも言える。最後にあげた人物はリアリティー・ショーのスターで、義理の弟とベッドインしているところを写真に撮られたあとで自殺した。問題の写真は、〈サーカス〉が喜び勇んでネット公開したのだが、義理の弟のおぞましいナニにはモザイクがかけられていた（ウィルスのそれは隠れていて見えなかったが、〝どこに〟隠れていたかは察しがつくだろう）。

またこんなことにも気づいた。自分の人生でもっとも創造力に富んだ時期をくだらない仕事に費やしてしまったと。実際の話、恥さらしという言葉はジェロウマ・ホイットフィールドの辞書にはない。

ドキュメントをプリントアウトするかわりに閉じてゴミ箱に入れて、ラップトップをシャットダウンした。ジェロウマのオフィスに勇んで戻って、おれはよちよち歩きの子どもが壁にウンチを投げつけるのにも等しいことを書かされてきた、と言ってやろうと思ったが、胸の奥の用心深い部分で——そこにおおかたの人は交通巡査を立たせている——赤信号が灯った。考え直せ、ぜったいに確実だと思うまで。

二十四時間、と交通巡査は布告する。午後は映画に行き、一晩じっくり考えろ。朝起きて、まだ同じ気分だったら、神と共に歩め。

「もう帰るの？」ケイティが自分のラップトップから顔をあげてきいた。〈サーカス〉に勤めだして初めて、わたしは彼女のつぶらな灰色の瞳に足を止めなかった。ただ手をふって立ち去った。

フィルム・フォーラムで昼の部の『博士の異常な愛情』を鑑賞しているときに、マナーモードにしていたケイタイが震えだした。リビングほどの広さの劇場には、ぼくのほかに鼾をかいている酔っ払いが二人、うしろのほうの席で掃除機のような音を立てているティーンエイジャーのカップルだけだったので、思いきって画面を見ると、ケイティ・カランからのメールが目に入った。いましていることをやめて、電話をください、すぐに！

映画の途中でも残念だとは思わずに（スリム・ピケンズが水爆にまたがって降下していくシーンはいつだって好きだが）ロビーに出て、ケイティに電話をかけた。これは誇張でもなんでもなく、彼女が発した最初の二語がぼくの人生を変えた。

「ジェロウマが死んだ」

「なに？」わたしは思わず叫びそうになった。

ポップコーン売り場の女の子が読みかけの雑誌から顔をのぞかせると、こちらをちらっと見て驚いた表情をした。

「死んだのよ、マイク！　亡くなったの！　いつもなめているユーカリのドロップをのどに詰まらせて」

今日亡くなった、午前十時四十分に。とわたしはすでに書いていた。かんしゃく玉をのどにつまらせて窒息したらしい、と。

偶然の一致にすぎない、あたりまえだ。でも、すぐにはそれ以上に不吉なものを思いつけなかった。神は因業《いんごう》ババアに引導をわたしたもうた。

「マイク？　聞こえてる？」

「うん」

「ジェロウマには後任になりそうな人がいなかったのよ、知ってたでしょ？」

「ああ、うん」そのときのわたしは、ジェロウマが〈ヨーク〉をとるように勧めながら、口に含んでいるそのドロップを歯にあてて音を立てているところを考えていた。

「だから、明日十時にスタッフ・ミーティングを開くために、わたしが自分で招集してるのよ。だれかがしなければいけないから。あなた、来るでしょ？」

「わからない。いかないかも」わたしはヒューストン・ストリートにつづくドアに向かって歩いた。そこに着く前に、劇場の座席にブリーフケースを置いたままだったことを思い出し、あいているほうの手で髪をぐいと引っ張りながら取りに戻った。ポップコーン売り場の女の子はいまやあからさまな疑惑のまなざしでこっちを見ていた。「今朝、もうやめることにきめたんだ」

「知ってた。あなたが会社を出て行くとき顔にそう書いてあったから」

ケイティがぼくの顔を見ていると思ったら舌がもつれてしまっただろうが、そのときはちがった。「オフィスで亡くなったのか？」

「ええ。二時までそのままだった。職場にいたのはわたしたち四人だけで、実際には働いていたわけではなく、ただたむろってネタや噂話を交換しあっていた。わかるよね」

わかる。そうした井戸端会議があるので、わたしはブルックリンの自宅でではなくオフィスで仕事をしていたのだ。それにもうひとつ、当然のことながら、眼福もののケイティを見る機会を得るためでもあった。

「オフィスのドアは閉まっていたけど、ブラインドは開いていた」ふだんからその状態だった。重要人物と見なされる相手と会談をするのでもなければ、ブラインドは閉じられることはない。ジェロウマは従業員たちに目を光らせておくのが好きなのだ。「わたしが異変に最初にきづいたのは、ピンキーがこう言ったから。〝どうかしたのかな、ボスは？〈江南スタイル〉がずっと流れてる〟。

　で、室内を覗いてみると、ジェロウマがオフィスの椅子にすわったまま、首をつかみながら体を前後に激しく揺らしていたの。ついで椅子から落下したので、わたしにはじたばたしている脚しか見えなくなった。ロバータがどうしたらいいのときいた。そんなことに答えている暇なんてなかったわよ」

　かれらは室内に押し入った。ロバータ・ヒルとチン・パク・スーとがジェロウマの両脇に手を差し込んで起こした。ケイティが彼女の背後にまわってハイムリック法をおこなった。ピンキーは戸口に突っ立って両手をふっていた。横隔膜下部を突きあげるようにして圧迫したが、無駄だった。ケイティはピンキーに９１１に連絡をするように叫ぶと、もう一度ハイムリック法を試みた。その結果、ユーカリ・ドロップが口から部屋の向こう側にまで飛び出た。ジェロウマはひとつ深呼吸をして、両目を大きく見開き、次の臨終の言葉を放った（実にふさわしい言葉だ、私見《IMHO》によれば）。「嘘でしょ？」ついで彼女はふたたび身震いをしはじめて、呼吸を止めた。チンが彼女に人工呼吸を施しつづけたが、救急医療士が到着したときには手遅れだった。

「ジェロウマが息をするのをやめたあと、わたしはオフィスの壁時計を見たの」ケイティは言った。「知ってるよね、例のものすごくレトロな『珍犬ハックル』時計を？　思ったのよ……よくわからないけど、そんな気がしたの、だれかに死亡時刻をきかれるかもしれない、刑事・法廷ドラマ〈ロー・アンド・オーダー〉みたいに。そんな状況のときにはバカみたいなことが念頭をよぎるのよ。三時十分前だった。一時間もたっていないのに、もっと長いような気がする」

「じゃあ、彼女がのど飴で窒息したのは二時四十分だったのにちがいない」ぼくは言った。十時四十分ではなく二時四十分だ。単なる偶然の一致だったのだ。ちょうどリンカーンとケネディとのシンクロニシティのようなもの。かれら大統領の名前は同じ文字数（アルファベットで）。四十分は一日に二十四回めぐってくる。それでもやはり気になった。

「ねえ、窒息した時間がわかっても意味ないと思うの」ケイティは困惑した口調で言った。「明日、来るの来ないの？　お願いだから来てよ、マイク。あなたが必要なの」

ケイティ・カランに必要とされている！　ヒャッホー！

「わかった。でも、ぼくのためにあることをしてもらえるかな？」

「まあね」

「ぼくが使っているコンピューターのごみ箱を空《から》にするのを忘れたんだ。〈感謝祭のディナー〉ポスターのところにあるやつ。やってくれる？」この要求はそのときでさえ自分にとって理にかなったものではなかった。死亡記事のひどい冗談を消してしまいたかっただけだ。

「頭おかしいわよ」ケイティは言った。「でも、母親の名前に誓って、明日の十時にかならず来るなら、してあげる。ねえ、マイク、これはわたしたちにとってチャンスよ。とどのつまりわたしたち、金鉱で働かされるかわりにそこの所有者になるかも」

「明日、行くよ」


ほぼ全員が集まった。来なかったのはコネチカット州やニュージャージー州の闇の奥で未開人たちにまぎれて仕事をしている特派員たちだけだ。卑劣なちびのアーヴィング・ラムスタインでさえ姿を見せた。やつは「政治的に正しくない臆病者」というタイトル（わたしには意味がわからないから、きかないでくれ）のジョークコラムを執筆している。ケイティが冷静に集会を進行させ、ショーはつづけられると告げた。

「それがジェロウマの遺志だと思う」ピンキーが言った。

「彼女の遺志なんてどうでもいいけど」ジョージナ・ブコウスキーが言った。「わたしは給与を払いつづけてもらいたいだけ。それと、万が一にも可能なら、分け前がほしい」

この要求は何人かの追従者を産んだ――利権！　分け前！　儲けを分配しろ！　しまいには昔日《せきじつ》の刑務所もの映画で描かれる食堂での騒動のようになった。ケイティは成り行きにまかせてから、みんなを静かにさせた。

「なんで窒息死したのかな？」チンがきいた。「ガムドロップはのどから出たのに」

「ガムドロップじゃなかった」ロバータが言った。「彼女がいつもなめている鼻にツンとくる匂いの咳止めドロップ。クラプトリプタスよ」

「なんだっていいけど、それはケイティが〈蘇生の抱擁〉をしたときに口から飛び出た。そこにいたみんなが見た」

「わたしは見なかった」ピンキーが言った。「電話をしていたし。しかもクソ保留で待たされていた」

ケイティは救急医療士に質問したのだが——まちがいなく、彼女の灰色のつぶらな瞳がいい効果を与えたにちがいない——咳き込むことで心臓発作を引き起こしたのかもしれないと言われたらしい。バーン・ヒギンス教授の専門的な見解に努めてしたがい、関連のあるすべての事実を一本のまっすぐな糸にきちんと順番につないで、単刀直入に結果を報告すると、われらの社主の死因はケイティが語ったとおりであったことを検死が証明した。ジェロウマ自身にふさわしい〈ネオン・サーカス〉のヘッドラインを与えるとしたら、たぶんこんな感じになっただろう。「ゴシップ界の女衒」

ミーティングは長くて騒々しかった。いつのまにか自然にジェロウマの後釜にすわるといった才能を示しながら、ケイティはみんなに思うぞんぶんに感情を爆発させたのち（狂気じみた、なかばヒステリックな笑いが大半をしめた）、仕事に戻るように言った。時間と潮の干満、そしてインターネットは待っていてくれないからだ。それに女性も。ケイティは、今週中に〈サーカス〉の主な投資家たちと話し合うつもりだと言ってから、ぼくをジェロウマのオフィスに招じ入れた。

「ふたりだけの内密な話し合い？」ドアが閉められると、ぼくは言った。「それともたがいの手の内の探り合いか、この場合は？」

ケイティは傷ついたような表情でぼくを見た。あるいは驚いただけなのかもしれない。「わたしが経営者になりたいと思ってるの？　わたしはコラムニストよ、マイク、あなたと同じようにね」

「そうは言っても、きみはうまくやれるよ。ぼくにはわかるし、みんなもそう思ってる」わたしは名ばかりのニュースルームの方へ頭をふり向けた。そこではみんながいまやネタを探したりキーボードをたたいたり、あるいは電話をかけたりしている。「ぼくに関しては、ただの不謹慎な死亡記事のライターだ。というか、そうだった。すでに名誉退職になることに決めたから」

「あなたがどうしてそんなふうに思っているのかわかってるつもり」ケイティは自分のジーンズのうしろポケットから一枚の紙を抜き出して開いた。わたしは手わたされる前にそれがなんだか知っていた。「好奇心はこの仕事につきもの。ごみ箱の中身を削除するまえに覗いたの。で、これを見つけた」

　紙を受け取ると、見ずに折りたたんで（目にしたくもなかったし、読み返すなんてもってのほかだ）、ポケットにしまった。「で、いまはもう削除してある？」

「ええ、それがゆいいつのハードコピー」ケイティは自分の顔にかかった髪を払いのけて、わたしを見た。トロイのヘレンのように千隻の船を戦いに駆り立てる顔ではないかもしれないが、確実に数十隻の船を戦闘に参加させることのできる美貌だった。その中には一、二隻の戦艦も含まれる。「あなたに頼まれることはわかっていた。一年半もいっしょに働いているから、あなたにはパラノイアの癖があるってわかっていたし」

「そりゃあ、どういたしまして」

「悪気はないのよ。ニューヨークでは、パラノイアは生き残るための技術だし。でも、近い将来にいまよりかなり金になりそうな仕事を辞めるのはバカよ。しかも、あのとっぴょうしもない偶然――わたしだってほんとうにゾッとする――はたんなる偶然にすぎないとわかっているのに。マイク、わたしはあなたが必要なの、辞めないで残ってよ」

〝わたしたち〟ではなく〝わたし〟。彼女は、ふたりだけの内密な話し合いではないと言った。わたしはそうだと思った。

「わかってないね。たとえこのままつづけたいとしても、もうできるとは思えない。おもしろいことは書けない、少なくとも。すっかり出つくして……」わたしは言葉を探し、子ども時代に口にしていた古い言い回しにたどりついた。「スッカラカンのカラッケツ」

ケイティは眉根を寄せて考えていた。「それはペニーが肩代わりできるかも」ペニー・ラングストンは非常勤通信員のひとりで、ケイティの推薦でジェロウマに採用された。わたしは、ケイティとペニーのふたりは大学時代の知り合いではないかとなんとなく思っている。もしそうなら、彼女たちは似た者同士だったのではないだろうか。ペニーはたまに来社するが、そのさいには古い野球帽をかぶりとおしていて、薄気味の悪い笑顔をたやさない。モヒカン刈りのスポーツ記者フランク・ジェサップは、彼女のことをあと二押しでブチギレて無差別殺人をやりそうだと始終言っている。

「でも、彼女はけっしてあなたほどおもしろくない」ケイティはつづけた。「死亡記事を書きたくないとして、じゃあほかになにを書きたい？　あなたが〈サーカス〉に留まるとしての話だけど、わたしはあなたにそうしてほしいと思ってるのよ」

「レビューかな。笑えるものを書ける、と思う」

「辛口批評？」かろうじてかすかな希望の光を見出したような声音だった。

「うーん……まあね。たぶん。いくつかは」わたしは、つまるところ、皮肉を言うのが得意だったので、たぶん風刺批評家のジョー・クィーナンよりよかったかもしれない。でも、少なくとも、相手が死者ではなくて言い返すことのできる生存者だと、メタクソ文句を言われそうだ。

ケイティは両手をわたしの肩に置いて爪先立ち、わたしの口元にそっと唇を寄せた。目を閉じれば、いまだにそのキスを感じられる。彼女は灰色のつぶらな瞳――曇った朝の海のごとし――でわたしを見つめた。ヒギンス教授はこの表現にあきれて目玉を反転させるだろうが、わたしのようなC評価の野郎が彼女のようなA評価の女性にキスしてもらえるのはまれなことである。

「死亡記事をつづけることを考えてくれない？」両手はわたしの肩に置かれたままだった。鼻孔をくすぐる彼女のほのかな香り。豊かな乳房はこっちの胸からわずかな距離にあり、彼女が大きく息を吸ったので、それが触れた。その感触もまた、いまだに覚えている。「それはあなたやわたしだけの問題じゃないの。これから六週間はサイトやスタッフにとって重要な時期になる、わかるでしょ？　死亡記事が来月もつづいていると助かるの。ペニーが――その仕事を引き継ぐのにいい猶予期間にもなるし、あなたの指導があれば。それに、そうよ、みんなの関心を惹くような人はだれも死なないかもしれないし」

ただし、つまらない人物の死でもおもしろおかしく記事にするのが常套手段であり、そのことをみながわきまえていた。

考えてみるよ、とたぶん言ったのだろう。よく覚えていない。そのときわたしが実際に考えていたのは、ジェロウマのオフィスでケイティにキスをすることだったので、こちらの様子をうかがっているかもしれない職場の連中を呪った。で、キスはしなかった。ロマンチック・コメディででもなければ、わたしのような輩が女性にキスをすることはめったにない。わたしはなにか適当なことを言って立ち去ったのにちがいない。というのも、通りに出ている自分にやがて気づいたからだ。呆然自失状態だった。

ひとつだけよく覚えている。三番街と五十番街の角にやってきたとき、もはや冗談ではなくなった悪辣な死亡記事をビリビリに破って、そこにあった実際のゴミ箱に捨てたことだ。

その晩、一家団欒《だんらん》の夕食をとってから自室――自分の所属していたリトルリーグのチームが試合に負けて、数日ふてくされていたときと同じ部屋だが、ほんとあのときは気が滅入った――に戻り、デスクに向かってすわった。不安をやりすごすのにもっとも安易な方法、と自分に思われたのは、存命している人の死亡記事を新たに書くことだった。振り落とされなければ、いますぐ馬に乗り直せとは言われないのでは？　あるいは、ジャックナイフダイビングがぶざまな腹打ち飛び込みに終わったあとで、いますぐ飛び込み台に戻れとは言われないのでは？　わたしに必要なのは、すでに自分の知っていることを証明することだけだ。われわれは合理的な世界に生きている。ブードゥー人形に針を刺しても人を殺せない。紙に敵の名前を書いてから、それを燃やしながら主の祈りを唱えたところで人を殺せない。同様に、悪ふざけの死亡記事は人を殺さない。

にもかかわらず、悪人であることが実証済みの人物だけからなる候補者リストを慎重に作成した。たとえば、ファヒーム・ダージィのような人間。そいつはマイアミのバス爆破事件で悪名を高めた。それとケネス・ワンダレイ。オクラホマで四件の強姦殺人を犯して有罪宣告を受けた電気技師だ。ワンダレイはわたしの作成した七名からなる短いリストの最有力候補のように思えたので、急いで記事をでっちあげようとしたところで、ピーター・ステファーノのことを思った。まさしく、生きてる価値のないクソ野郎だ。

ステファーノはレコードプロデューサーであり、ガールフレンドを絞殺したのだが、その理由は自分の書いた歌のレコーディングを拒絶したからだった。やつはいま、中程度の警戒の刑務所で服役している。本来なら、サウジアラビアのブラック・サイトに収監されていて、ゴキブリを食い、自分の小便を飲み、早朝にスラッシュ・メタルの雄アンスラックスを最大音量で聞かされているべきだ（もちろん、個人的な意見だが）。やつが殺した女性はアンディ・マッコイといい、たまたまマイ・オールタイム・ベスト女性シンガーのひとりだった。彼女が亡くなった時期に〈サーカス〉で不謹慎な死亡記事を書いていたとしても、ぜったいに彼女のことはとりあげなかっただろう。若き日のジョーン・バエズにも匹敵する彼女の澄んだ高音が傲慢なバカ野郎に沈黙させられたと思うと、五年たったいまでも腹が立つ。神は、あのような類稀なる声帯を選ばれし少数にしか与えないのに、ステファーノはドラッグに犯されて発作的にマッコイの黄金の声帯を破壊したのだ。

ラップトップを開くと、適当なテキストフィールドに「ピーター・ステファーノ死亡記事」と記入し、まっさらのドキュメントにカーソルを移動させた。今回もまた、言葉がよどみなくあふれ出てきた。壊れたパイプから噴き出る水のように。

　スタッフをこき使うばかりで無能なレコードプロデューサー、ピーター・ステファーノが昨日の朝、ゴウォンダ州立刑務所内の独房で死んでいるのが発見され、歓声が起こっている。死因は報告されていないが、刑務所内の情報筋はこう語っている。「糞をひりすぎて肛門に裂傷を生じ、そこから入った黴菌《ばいきん》に身体じゅうを犯された。平たく言えば、身から出たサビというやつだ」

　ステファーノは数多くのグループやソロアーティストの首根っこを押さえていたが、とりわけグレナディアーズやプレイフルママルズ、ジョー・ディーン（かれは自殺する前にステファーノに契約の再交渉をことわられていた）、そして言うまでもなくアンディ・マッコイのキャリアをだいなしにしたことで知られる。彼女のキャリアの息の根を止めただけでなく、ステファーノはメタンフェタミンでぶっ飛びながらランプコードで彼女を窒息死させた。これまでかれは、三人の義理堅い元妻たちや五人の元パートナー、そしてなんとか破産をまぬがれたふたつのレコード会社のおかげで存命していた。

　こんな調子でもう百語かそこらつづけた。出来がいいほうではなかった。べつにかまわなかった。正しいと感じたからだ。ピーター・ステファーノが悪人だったからではない。自分はライターとして正しいと感じたのだ。ただし悪文だったし、自分でもそれはよくないことだとわかっていたけれど。話が横道にそれているように思えるかもしれないが、わたしは思う（というか、実はわかっている)、これが話の本筋なのだと。書くことはむずかしい、だろ? 少なくともわたしにとっては。もちろん、おおかたの労働者が自分の仕事がどんなにたいへんか愚痴をこぼしているのを知っている。職種は関係ない。みなそうだ。死亡記事のライターも。ただし、きつくないときもある。ときには楽だったりする。そんなときには、ボウリング場で自分が投げたボールがヘッドピンに向かってレーンを勢いよくまっしぐらに転がっていくのを眺めながらストライクを決めたことを知ったような気分になる。

コンピューター内でのステファーノ殺しはストライクをとった感じだった。

その晩は赤ん坊のようにぐっすり眠った。その理由のいったんとして、殺害された哀れな娘——才能の無駄使い——に対する自身の憤りと落胆を表明するなにかをなしとげた気がしたことがあげられる。しかし、ジェロウマ・ホイットフィールドの死亡記事を書いているときも同じような気になった。彼女がしたことは、わたしの昇給を拒否したということだけだったが。この気分は書くことそれ自体から生じていたといっていい。パワーを感じ、そのパワーを感じることが気持ちよかったのだ。

翌日、朝食をとりながら最初に開いたサイトは〈ネオン・サーカス〉ではなくて〈ハフィントン・ポスト〉だった。ほぼいつものことだが。セレブな美女や横乳(率直に言うと、〈サーカス〉はそのどちらも頻繁に掲載する)をスクロールダウンすることはめったにないが、〈ハフィントン〉のヘッドラインは別だ。簡潔で明快、そして最新だから。最初の記事は、〈ハフィントン〉の予想どおりに〈ティーパーティー〉派の知事が法外なことを発言している件についてだった。次の記事で、コーヒーカップを唇に運ぶ手が止まった。同時に呼吸も。ヘッドラインにこう記されていた。「ピーター・ステファーノ、図書室で口論の果てに殺害される」

　コーヒーに口をつけずにカップを――慎重に、細心の注意を払って、一滴もこぼさないように――置いてから記事を読んだ。ステファーノと受託図書館員は、図書室のオーバーヘッドスピーカーからアンディ・マッコイの音楽が流れていたことで口論していた。ステファーノは図書館員に、おれにちょっかいを出すのをやめて、「そのクソを止めろ」と言った。受託者は拒絶し、自分はだれの気を惹こうともしていないし、ただ適当にCDを選んでかけただけだと言い放った。言い合いはエスカレートした。そのとき、だれかがステファーノの背後をふらりと通りかかり、監獄内手作りナイフのようなものでかれの議論と人生に終止符を打った。

　わたしに言えるのは、ステファーノが殺された時間は、まさにわたしがかれの死亡記事を書き終えたときだということだけだ。コーヒーを見た。カップを口に持っていき、すすった。冷えていた。洗面台に駆け寄って吐いた。それからケイティに電話をして、ミーティングには出席しないが、あとできみには会うと告げた。

「出席するって言ったじゃない」ケイティは言った。「約束を破るのね！」

「ちゃんとした理由があるんだ。今日の午後、コーヒーをつきあってくれ。理由を話すから」

　間をおいてから、ケイティは答えた。「また起こったとか」質問ではなかった。

　わたしは認めた。そして〈死んで当然なやつら〉のリストを作成しながら、ステファーノのことを思いついたと話した。「で、やつの死亡記事を書いた。ジェロウマの死と自分は関係がないことを証明するためだけに。すると、記事を書き終えた同時刻にかれは図書室で刺殺された。タイムスタンプ付きのプリントアウトを持っていくよ、見たければ」

「タイムスタンプはいらない、あなたの言葉を信じる。会いましょう、でも、喫茶店はだめ。家に来て。その死亡記事を持ってね」

「それをネットで公開するつもりなら――」

「とんでもない、気はたしか？　自分の目で確認したいだけ」

「いいよ」いいよ、どころの話ではない。彼女の家。「でもケイティ？」

「うん？」

「このことはだれにも話さないでくれ」

「もちろんよ。わたしをどんな人間だと思ってるの？」

美しい瞳に美脚、そして完璧なオッパイの持ち主さ、と通話を切りながら思った。自分は厄介な事態に陥っているとわきまえておくべきだったが、頭がまともに働かなかった。口元への温かいキスのことを考えていた。またしてもらいたかった。今度は口の端ではないところに。それにつづくもっとほかのことも。

ケイティの住居はウエストサイドにあるこぎれいな2LDKのアパートだった。ドアで出迎えた彼女は、ショーツに透け透けのトップスという恰好で、これはあきらかにヤバい《NSFW》。そして両腕をわたしの首にかけて言った。「あら、たいへん、マイク、具合悪そうよ。すごくかわいそう」

わたしはケイティを抱きしめた。彼女はわたしを抱きしめた。ロマンス小説にあるように、彼女の唇を探し、そこに自分の唇を押し当てた。五秒かそこらして——果てしなくかつあっけない時間——ケイティは顔を離すと、例のつぶらな灰色の瞳でわたしを見つめた。「話し合うことがたくさんあるわね」ケイティは微笑んだ。「でも、それはあとでもできるわ」

その後に起こったことは、わたしのようなオタクにはめったに体験できない出来事で、そんなことをさせてもらったときには、たいてい裏がある。だが、わたしのようなオタクはその瞬間、そのようなことは考えない。その瞬間、わたしたちオタクはこの世の普通の男とかわらない。自分の頭はお留守になり、亀の頭が我が物顔にふるまう。

ベッドで上半身を起こして。

ワインを飲んでいる。コーヒーの代わりに。

「去年か一昨年か、新聞で読んだことだけど」ケイティは言った。「その男は中西部の田舎——アイオワ州とかネブラスカ州とかそういったところ——に住んでいて、仕事帰りに宝くじを買った。例のその場でこすってアタリやハズレがわかるやつ。で、十万ドル当たった。一週間後、その男はほかの宝くじを買った。そして千四百万ドル当たった」

「つまり?」ケイティの言いたいことはわかったが、どうでもよかった。シーツがすべり落ちていて、彼女の乳房があらわになっていた。期待していたとおりの形と弾力性だった。

「二度はまだ偶然の可能性がある。もう一度やってみてほしい」

「それは賢いとは思えない」自分の耳にさえ弱々しく聞こえた。手の届く距離には可愛い女の子がいたが、突如、可愛いと思えなくなった。ボウリングのボールがダイヤモンドの形に並んだピンに向かって転がっていくところを想像していた。そして、たちまちのうちにピンが四方八方に飛散することを知りつつ、突っ立ってボールが突進するのを眺めているのはどんな気分だろうと思った。

ケイティは横向きになって、こちらをじっと見つめた。「もしほんとうに起こるなら、マイク、大変なことよ。これまでで最高にすごい。生と死をつかさどるパワー！」

「それをサイトのために使おうと思っているなら——」

ケイティは強くかぶりをふった。「だれも信じないわよ。たとえ信じたとしても、それで〈サーカス〉にどんなメリットがある？　調査を実施するとか？　削除に値する悪いやつの名前を送ってくれと世間に呼びかける？」

ケイティはまちがっている。人々は喜び勇んで参加する、〈２０１６　死の投票〉に。〈アメリカン・アイドル〉より大規模なものになるだろう。

ケイティはわたしの首に両手をまわして組み合わせた。「殺害予定者リストにはステファーノのほかにだれがいたの？」

わたしは表情をくもらせた。「そんなふうに呼んでほしくない」

「べつにいいじゃない、ねえ、教えてよ」

候補者の名前をあげはじめたが、ケネス・ワンダレイにいきついたとき、彼女に止められた。例の灰色の瞳はもはや曇り空のようではなかった。暗雲に覆われていた。「そいつ！　かれの死亡記事を書いて！　わたしがグーグルで経歴を調べるわ、最高にいい仕事をあなたにしてもらうためにね、そうすれば——」

不本意ながら、わたしはケイティの両腕から離れた。「なんでまた、ケイティ？　やつはすでに死刑囚監房に入っている。州に始末させればいい」

「でも、死刑は執行されないわよ！」ケイティはベッドから飛び降りて、床を行ったり来たりしだした。実に魅惑的なうっとりする光景だった。説明する必要はないだろう。なんという美脚、アイ・ヤイ・ヤイ。「されないの！　オクラホマのやつらはだれも処刑していないのよ、二年前の死刑執行の失敗以降！　ケネス・ワンダレイは四人の少女たちをレイプして殺害――拷問の果てに――したのに、あいかわらずわたしたちの税金でミートローフを食べながら生きつづけるのよ、六十五歳になっても！　そして、就寝中に安らかに死ぬんだわ！」

ケイティはベッドに戻って来ると、身を投げ出すようにしてひざまずいた。「わたしのためにやって、マイク！　お願い！」

「どうしてワンダレイにこだわるんだ？」

ケイティの顔に精彩がなくなった。正座にすわりなおして頭をさげたので髪が顔を隠した。十秒ほどそのままだったが、ふたたびこちらを見つめたとき、彼女の美しさは――失われていなかったが、損なわれていた。傷痕のせいで。それは頰を伝い流れる涙ではなかった。口からだらりと垂れたみっともない涎だった。

「だって、わたしはあれがどんな感じか知っているから。わたし、大学生のときにレイプされたの。社交パーティのあとの夜だった。そいつの死亡記事を書いてほしいけど、わたしにはだれだかわからない」ケイティは唇をふるわせながら息を深く吸い込んだ。「背後から襲われた。やられているあいだずっと、顔を床に押しつけられていた。だからワンダレイはそいつの身代わり。代理人として申し分ないわ」

ぼくはシーツをはねのけた。「コンピューターを立ち上げて」


意気地なしでハゲの強姦野郎ケネス・ワンダレイは、犠牲者が拘束されて身動きできない状態でないとナニが役に立たないやつだったが、多数の納税者たちに恩恵をもたらした。今朝早く、オクラホマ州刑務所の死刑囚房室で自殺したのだ。ワンダレイ（かれの顔写真はオンライン俗語辞書〈アーバン・ディクショナリー〉の〝生きていても無駄なクソ野郎〟の項目に掲載されている）が自分のズボンで作った間に合わせの絞首刑用の縄にぶらさがっているところを看守に発見された。ジョージ・ストケット刑務所長はただちに、明日の夜に一般囚の食堂でお祝いの特別料理のあとにダンスパーティーを開催すると宣言した。自殺に使用されたズボンは、刑務所の他のトロフィーといっしょに飾られるのかといった質問が出たとき、ストケット刑務所長は答えるのを拒否したが、急遽行われた会見に集まったマスコミ連中にウィンクを返した。

ワンダレイは、正常な胎児の姿を装って誕生した災厄だったが、この世に出現したのは一九七二年十月二十七日、コネチカット州ダンベリーの……


マイケル・アンダースンによる新たな悪趣味記事！

〈死者に鞭打つ〉死亡記事の最悪作はこれまで以上に愉快かつ痛烈だった（嘘だと思うなら、自分の目でたしかめればいい）が、それはどうでもよかった。またもや言葉が泉のごとく湧き出ると同時に、例の完全に均衡のとれたパワーを感じた。ある時点で、心の奥底では、これはボウリングのボールを転がすより槍を投げるときの感覚に近いと気づいていた。先端の研ぎ澄まされた槍。ケイティもまた、そう感じていた。彼女はわたしの横にすわって、まるで静電気を帯びているかのように小刻みに震えていた。

つづく場面は書きづらい。というのも、わたしたちのなかにはちいさなケネス・ワンダレイがいると思わせるからなのだが、真実を証明するにはそれを語るしかない。こういうことだ。ふたりは興奮した。わたしはケイティを荒々しくつかむと、死亡記事を書き終えると同時に変態じみてはいない抱擁をして、ベッドに連れ込んだ。ケイティは足首をわたしの腰にからませ、両手を首にまわした。第二ラウンドは五十秒しかつづかなかったと思うが、たがいに大満足。かなりよかった。人間はときにどうしようもないやつになる。

ケネス・ワンダレイは怪物だった、そうだろ？　それはわたし個人の意見ではない。死刑を逃れるためにすべてを白状したさいに、かれは自分のことを怪物と称していた。わたしはその言葉を自分が――わたしたちが――したことの弁明として使用したい。ただしひとつのことを除いて。

ワンダレイの死亡記事執筆は、そのあとでしたセックスよりもよかった。

だからもう一度やりたくなった。

翌朝、目覚めると、ケイティがパソコンを開いてカウチにすわっていた。こちらを神妙な顔つきで見ると、自分の横のクッションを軽くたたいた。わたしはそこに腰かけ、〈ネオン・サーカス〉のヘッドラインを読んだ。「またもやひとり問題児がおっちんだ、〝鬼畜なケネス〟が独房で自殺をした」ただ単に首を吊っただではなかった。固形石鹸をこっそり持ち込んで――なんとも不可思議なことに、刑務所には液体石鹸しか置いてないのに――咽喉に突っ込んだのだ。

「おいおい」ぼくは言った。「なんてひどい死に方だ」

「上出来！」ケイティは両手をあげて拳にして、左右のこめかみに当てた。「すばらしい！」

彼女に問いただしたくないことがいくつかあった。その筆頭は、わたしと寝たのは自分をレイプしたやつの代役としてふさわしいだれかを殺すためだったのかどうかということ。しかし、自分にこう問いかけた。そんなことをきいてなにかいいことがあるのか？　彼女が嘘偽りなく正直に答えたとしても、それでも信じないかもしれない。そんな状態においては、関係は完全に損なわれることはないかもしれないが、たぶんかなり不穏になるだろう。

「二度とやらない」

「いいわよ、わかった」（彼女はわかっていなかった）

「だから頼まないでくれ」

「もうお願いしない」（そんなことはなかった）

「それと、ぜったいにだれにも言わないで」

「そんなことしないって言ったじゃない」（すでに言っていた）

内心すでに分かっていたのだと思う。この会話は無駄なやりとりだと。しかし、わたしはオーケーと言って、それ以上つづけなかった。

「マイク、ここから早く出て行ってほしいわけじゃないけど、やらなければならないことが山ほどあって……」

「心配しないで、すぐに出ていく」

実際の話、帰りたかった。あてどなく歩きながら、これからどうなるか考えたかった。

ケイティはドアのところでわたしをつかむと、激しいキスをした。「怒って行かないで」

「怒ってない」自分がどんな様子で立ち去ろうとしていたのかわからなかったが。

「それに会社をやめようなんて思わないでよ。あなたが必要なの。ペニーが〈死者に鞭打つ〉にふさわしい書き手だとは思っていない。でも、それから足を洗いたいというあなたの気持ちはよくわかった。で、考えていたんだけど……ジョージナなんてどう？」

「いいかもね」ジョージナはスタッフのなかで最悪のライターだが、わたしにはもうどうでもよかった。そのとき念頭にこびりついていたのは、二度と新たな死亡記事を目にしない、ぜったいに書かないということだった。

「あなたに関しては、取りあげたい不愉快なレビューを書いていればいい。ダメだしをするジェロウマはいない、そうでしょ？」

「だね」

ケイティはわたしをゆさぶった。「そんなふうに言わないで、ガキみたい。もっとその気になってよ。あの旧〈ネオン・サーカス〉は勢いを増して、もうかるわよ。だからあなたは残ってね、と言ってるの」彼女は声を低めた。「それにわたしたちふたりで会議ができるわよ。プライベートなやつをね」彼女はわたしの視線が彼女のローブの前合わせに落ちたのを見て笑い声をあげて満足そうな顔をした。ついでわたしを押し放した。「さあ、行って。どこかよそでうろうろしていて」

一週間が過ぎたが、〈ネオン・サーカス〉のようなサイトで働いている場合、いつの週も三か月のような感じだ。セレブが酔っぱらった、セレブがリハビリを受けた、セレブがリハビリから戻ってすぐに酔っぱらった、セレブが逮捕された、セレブがリムジンから降りるときノーパンだった、セレブが踊り明かした、セレブが結婚した、セレブが離婚した、セレブ同士が相手に対して〝小休止期間〟をとった、あるセレブが自宅のプールに落ちて溺れた。ジョージナはびっくりするほどつまらない死亡記事を書いた。その結果、〝マイクはどこにいる〟ツイートやメールの嵐がその通夜に届いた。

ケイティのアパートには行かなかった。昔だったら、それでわたしはいい気分になっただろう。ケイティのアパートには行かなかったからだ。実際、彼女は明らかに不在だった。彼女は忙しすぎていちゃついているどころではなかったからだ。実際、彼女は明らかに不在だった。彼女は〝会議をしていた〟。ニューヨークで二回、シカゴで一回。彼女がいないとき、どういうわけかわたしが責任者になっていた。指名されたわけでも、根回しをしたわけでも、選ばれたわけでもなかった。気づけばたまたまそうなっていた。ケイティが帰ってきたら事態は確実に平常に戻っているだろうというのが、こっちとしては慰めだった。

ジェロウマのオフィスで過ごしたくなかった（幽霊が出るような気がした）が、トチ狂ったスタッフたちと比較的内密に会議をできる場所は男女共用のトイレ以外ではそこしかないのだ。なにしろスタッフたちは常に錯乱していた。電子出版といえども出版業であり、出版社のスタッフはだれもが昔ながらのコンプレックスやノイローゼをかこっている。ジェロウマならかれらに失せやがれと言っただろう（でもそのまえに、ヨークをひとつどうぞ）。わたしはそんなことはできなかった。気が変になりだしたら、壁際の慣れ親しんだ席にすぐに戻って皮肉をこめたレビューを執筆するんだ、と自分に言い聞かせていた。自分も精神科病院の入院患者のひとりにすぎない。

覚えている唯一の決断は、その一週間はジェロウマの椅子をなんとかしてしまおうということだった。彼女が死の咳止めドロップ《ドロップ・オブ・ドゥーム》で窒息したときに腰かけていた場所に自分の尻を置くなんて耐えられない。それを部屋の隅に片づけて、自分の椅子を持ってきた。〈どんなごちそうも糞になる〉と記された感謝祭ポスターの横の机にあったやつだ。ジェロウマのものとくらべるとはるかに快適ではない腰掛けだったが、少なくとも取り憑かれている感じはしなかった。さらには、どのみちそれほど多く執筆していたわけじゃなかったし。

このまえの金曜の午後、ケイティがオフィスにさっそうと現れた。チラチラ光る膝丈のドレス姿で、ジーンズとタンクトップといった普段のいでたちとは対照的だった。髪はいかにも美容室でカールしてきました風に巻かれていた。その見た目は、わたしにとって……まあ、そのう……ジェロウマの若くて可愛いヴァージョンのようだった。ジョージ・オーウェルの『動物農場』のなにげない一節を想起した。そして、「四つ足はいい、二本足は悪い」の詠唱がどのようにして、「四つ足はいいけど、二本足はもっといい」に変わってしまったかを。

ケイティはみんなを集めて報告した。わが社はシカゴのピラミッド・メディアに買収されたので、社員の賃金が――少額だが――アップするだろう。この発表が大歓声を引き起こした。拍手喝采がおさまると、彼女はこうつけ加えた。ジョージナ・ブコウスキーが〈死者に鞭打つ〉を完全に引き継ぎ、マイク・アンダースンが新たに文化批評を担当することになった。「つまり」ケイティは言った。「かれは翼を広げ、文化状況の上空を飛行しながら、好き勝手なところに糞をたれるということ」

さらなる大喝采。わたしは立ちあがると、陽気かつ邪悪に見えるようなお辞儀をした。その点に関しては、わたしは五割打者だった。ジェロウマの突然死以来、陽気ではなかったが、邪悪な気分なのはほんとうだったから。

「さあ、みんな、仕事に戻って！　後世に残るものを書くのよ！」艶やかな唇が開いて笑みを形作った。「マイク、話す時間あるかな、内密に？」

〝内密に〟とはつまり、ジェロウマのオフィス（ぼくたちはみなまだそのように理解していた）を意味する。ケイティはデスクの背後にある椅子を見て顔をしかめた。「この汚いもの、なんでここにあるの？」

「ジェロウマの椅子にはすわりたくなかった。戻すよ、気にいらなければ」

「そうして。でも、そのまえに……」ケイティはわたしに接近してきたが、ブラインドが閉まっていなかったので、みんなから丸見えだということに気づいた。そこで片手をぼくの胸に当てるだけにとどめた。「今夜、わたしの部屋にこられる？」

「もちろん」とはいえ、たいしてワクワクしたわけではなかった。下半身に行動の統括をまかしている状態でないときは、ケイティの誘惑の動機に対する疑惑は強固になりつづけていた。

それに認めざるをえないが、彼女がジェロウマの椅子を元あった場所に戻してほしがったことに、わたしはいささか動揺した。

ふたりきりなのに、ケイティは声を落として言った。「あなた、もう書いてないわよね……」その艶やかな唇がある単語を綴った。死亡記事。

「考えもしなかった」

まぎれもない嘘、大嘘だった。死亡記事の執筆が朝起きて最初に念頭に浮かぶこと。夜にはそのことを考えながら眠りにつく。言葉がただあふれ出てくる。ついでそれに感情がともなう。言うなれば、三角形の頂点めざして転がっていくボウリングのボール、バーディパットを決めた会心の一打、狙い通りの場所にストンと刺さったダーツの矢。大当たり、命中。

「ほかになにを書いていたの？　レビューはまだひとつも？　パラマウントがジャック・ブリッグスの最後の映画を公開するって噂だけど、聞くところによると、『ホーリー・ローラーズ』よりヒドいらしい。そそられる題材ね」

「正確にはなにも書いていなかった。ぼくはゴーストライターだった。他のみんなの仕事と同じように。でも、ぼくはけっして編集長の器じゃなかった。それはきみの仕事だ、ケイティ」

今回は、ケイティは異議を唱えなかった。

その日遅く、後方の列の座席でＣＤレビューを書こうと（して挫折）して、ふと顔をあげると、オフィスにいるケイティがパソコンにかがみこんでいるのが見えた。口が動いていた。最初、電話をしているのかと思ったが、電話は見えなかった。ある考え――たしかにバカげていたが、念頭からふりはらうのはかなり困難――が閃いた。つまり彼女は一番上の引き出しに隠してあったユーカリのドロップのあまりを見つけて、それをなめているのだ。

ケイティのアパートには、〈ファン・ジョイ〉で購入した中華料理の入った袋を持って、七時少し前についた。その夜は、ショーツも透け透けのトップも着ていなかった。プルオーバーにカーキー色のバギーパンツといったいでたち。しかも、彼女ひとりではない。ペニー・ラングストンがソファーの片端にすわっていた（実際には、しゃがんでいた）。いつもの野球帽はかぶっていないで、奇妙な笑みを浮かべていた。触ったらブッ殺す的な薄笑いで、それがすべてを表し、説明していた。

ケイティがわたしの頬にキスをした。「わたしがペニーを呼んだの」

そんなことは言われなくとも明らかだったが、わたしは声をかけた。「やあ、ペニー」

「ハイ、マイク」小声で口ごもっていて目を合わせないものの、笑みが少しでも不気味にならないように懸命に努力していた。

わたしはケイティを見やった。そして眉をあげた。

「あなたにどんなことをできるかだれにもしゃべってないって言ったでしょ」とケイティ。

「それは……まあ言ってみれば、嘘みたいなものだった」

「こっちも、まあ言ってみれば、うすうすわかっていたけど」わたしは点々と油の染み出ている紙袋をコーヒーテーブルの上に置いた。もう食欲はなかったし、この先数分は〈楽しい快楽《ファン・ジョイ》〉にありつけるとは思えなかった。「きみはこの件に関して釈明をしたいか？　自分が重大な約束を破ったことを糾弾され、ぼくが怒ってここから出ていかないうちに」

「帰らないで、お願い。聞いて。ペニーが〈ネオン・サーカス〉で働いているのは、わたしがジェロウマに彼女を雇うように口をきいたから。わたしが彼女と出会ったとき、まだ彼女はこの町で暮らしていた。わたしたちはいっしょのグループだったのよね、ペニー?」

「うん」ペニーは小声で口ごもった調子で言った。両手を見つめているが、それらは膝の上でしっかり握りしめられているので白い拳になっている。「聖なる御名マリアの会」

「それはいったいどんな、正確には、なにをするグループなんだ?」わたしは問いただすようにきいた。が、カチッという音が聞こえたような気がした。ピースが見事におさまったときの感じだ。

「レイプ被害者支援」ケイティは言った。「わたしは相手の顔をぜんぜん見なかったけど、ペニーはちがう。見てるのよね、ペニー?」

「うん。何度も」いまやペニーはこっちを見ていて、一言発するごとに声がしだいにはっきりしてきた。しまいには、ほとんど叫んでいるようになり、涙が頬を伝い落ちた。「叔父だから。わたしが九歳のときだった。姉さんは十一歳。叔父は姉さんもレイプした。ケイティが言うには、あなたは死亡記事で誰かを殺害することができるんでしょ。そいつのことを書いてほしい」


ペニーが語った話をここでするつもりはない。彼女はケイティの隣でしゃがみこむようにしてカウチにすわりながら、片腕で自分を抱きしめるようにし、もう一方の手でつぎからつぎへとクリネックスを引き出していた。ようするに、まだマルチメディアに対する十分な設備が整っていない地域に住んでいるのでなければ、だれもがすでに耳にしたことのあるような物語。

ペニーの両親は自動車事故で亡くなり、その結果、ペニーと姉はエイモス叔父さんとクローディア叔母さんのところに引きとられた、ということだけ知っておけばいい。クローディア叔母さんは夫に対する文句には耳を貸さなかった。自分でなんとかしなさい、というわけだ。

死亡記事を書いてやりたかった。ペニーの告白はほんとうにひどかったからだ、たしかに。エイモス叔父のようなやつは弱くてもっとも傷つきやすい者を餌食にするがゆえに罰を受けなくてはならないからだ、そうとも。ケイティがわたしにそれをしてほしがっているからだ、当然だ。だが最終的には、このときペニーの着ていた悲しい可憐なドレスに行きつく。それと靴。さらには不慣れな化粧のせいだ。数年ぶりに、おそらくいつもエイモス叔父さんが、「これはふたりだけのちょっとした秘密だよ」と言いながら、夜になると彼女の寝室を訪れ始めたとき以来だろう。当時、彼女は男性の目に見栄えがいいように努力したのだろう。そんな想いに胸を打たれた。ケイティはレイプ体験に傷ついたが、克服した。少女や女性のなかにはそれができるものがいる。が、多くの女性はできない。

ペニーが話を終えたとき、わたしはきいた。「ほんとうにきみの叔父がやったと神かけて誓う?」

「うん。何度も何度も何度も。赤ん坊ができる年齢になると、腹ばいにさせて、うしろから……」ペニーは最後まで言わなかった。「きっとジェシーとわたしだけじゃなかった」

「で、一度も捕まらなかった?」

ペニーはかぶりを猛烈にふったので、すてきな巻き毛が舞った。

「わかった」わたしは自分のブリーフケースからiPadを取り出した。「でも、その叔父の経歴やら人柄を話してもらわないと」

「話すよりこっちのほうがいい」ペニーはケイティの手をほどくと、リサイクルショップ以外ではお目にかかれないぐらいぶざまなハンドバッグをつかんだ。そのなかからくしゃくしゃの紙を取り出した。かなり汗染みがついているために、文字はかすれていまにも消えそうだ。エンピツで記されていた。その金釘流の文字はまるで子どもが書いたかのよう。冒頭はこう読めた。エイモス・カレン・ラングフォード：かれの死亡記事。


この惨めな男はことあるごとに小さな少女たちをレイプしてきたが、癌が身体じゅうにできたために猛烈に苦しみながら緩慢な死を迎えた。最後の週のあいだ、両目から膿を垂れ流しつづけた。享年六十三。死ぬ間際、かれは家中に響き渡るほど絶叫しながら、もっとモルヒネを打ってくれと懇願し……


その先も文章はつづいていた。さらに多く。ペニーの手書き文字は子どものようだったが、語彙はとてつもなく豊富で、彼女がこれまで〈ネオン・サーカス〉のために執筆したどんな文章よりも、その死亡記事はよくできていた。

「これでうまくいくかどうかわからない」わたしは、その紙きれを返却しようとして言った。

「ぼくが自分で書かないとダメなんじゃないかな」

ケイティが言った。「たいした手間じゃないでしょ、やってみたら？」

たぶん効果はないだろう、と思った。ぼくはペニーを見すえながら言った。「ぼくはそいつの顔さえ知らない。なのに殺してほしいのか？」

「ええ」と答えたペニーは、いまやわたしの目をまったく動じることなく見つめていた。「それがわたしの望んでいること」

「マジか」

ペニーはうなずいた。

わたしはケイティの小さなホームデスクに向かうと、自分のｉＰａｄの脇にペニーの手書きの死の酷評を置き、まっさらなドキュメント画面を立ちあげて、書き写しはじめた。すぐにこいつはうまくいくとわかった。パワーをこれまで以上に感じた。目標に向かっているという感覚。二番目の文章を写しおえたあとは紙から目を離し、ただひたすらキーボード画面をたたいて要点を書きとって、つぎのようなおことわりの文章でしめくくった。「葬儀の参列者は――かれらを哀悼者と呼ぶ者はひとりもいない、言葉にするのもはばかられるミスター・ラングフォードの嗜好のせいだ――花束をたむけないように警告されているが、棺に唾を吐きかけることは奨励されている」。

二人の女性はわたしをじっと見つめた。目を大きく見開いて。

「うまくいく？」ペニーはきいたが、すぐに自分で答えた。「いくわね、感じる」

「たぶんもう結果はでてると思う」わたしはケイティに注意を向けた。「もう一度こんなことを頼んでごらん、ケイティ、そしたらつぎはきみの死亡記事を書きたくなるかもよ」

ケイティは微笑もうとしたが、ぼくにはこわがっているのが見てとれた。ぼくは本気で言ったわけじゃなかったので（少なくともそうだったと思う）、彼女の手をとった。ケイティは飛びあがり、手をふりほどこうとしたが、すぐにそのままわたしに握らせておいた。冷たくてべとついた気持ちの悪い肌触りだった。

「冗談だよ、たちのわるいジョーク、でも、ほんとうだからね。もうこれで終わりにしないと」

「ええ」ケイティは言って、マンガの擬音さながらにゴクリと音を立てて唾を飲み込んだ。

「もちろんよ」

「それと口外しないこと。相手がだれであろうと」

もう一度、彼女たちは同意した。立ちあがりかけると、ペニーが飛びついてきたので、椅子に勢いよく戻され、あやうく二人いっしょにひっくり返りそうになった。愛情のこもった優しい抱擁ではなかった。溺れる者は藁をもつかむ的ながむしゃらな体当たりで、汗で体がギトついていた。

「ありがとう」ペニーはひび割れた声で囁いた。「感謝してる、マイク」

わたしは、どういたしまして、も言わずに立ち去った。退室したくてたまらなかったのだ。わたしの持参した食料を彼女たちが食べたかどうかわからない。食べなかったと思う。〈ファン・ジョイ〉を、ドブに捨てたようなもんだ。


その晩は眠れなかった。エイモス・ラングフォードのことを考えて目がさえていたわけじゃない。心配事はほかにいくつかあった。

ひとつは、永遠の問題である依存症。ケイティのアパートを出たときには、二度とこの忌まわしい力を使うものかと決心していたが、以前にもそう心に誓ったし、自分で守りつづけることのできるものではなかった。というのも、〝生者の死亡記事〟を執筆するたびに、それをもう一度やりたいという気持ちが高まってくるからだ。ヘロインのようなもの。一度や二度なら、やめられるかもしれない。ところがしばらくすると、やらずにはいられない。自分はまだそのレベルには達していないかもしれないが、とば口にいるのはわかっている。ケイティに言ったことは嘘と背中合わせのぎりぎりの真実だった――終わりにしなければいけない、まだやめることができるうちに。時すでに遅しというのでなければ。

もうひとつは、ひどくはないが、かなり悪い。ブルックリンに戻る地下鉄の車中で、だしぬけにベン・フランクリンの格言が心に浮かんだ。ふたりなら秘密を守れる、かたほうが死ねば。すでに三人が秘密を知っている。死亡記事を書いてケイティとペニーを殺すつもりはなかったので、ようするにほんとうに厄介な秘密は彼女たちが握っていたわけだ。

彼女たちはしばらく内密にしていた、それは確実だ。ことにペニーは必死に秘密を守ろうとしただろう。エイモス叔父が亡くなったという知らせを朝に電話で受けたとしたら。しかし、時が経てば禁制は弱まる。同様に他の要因もあった。彼女たちふたりは、たんなる物書きではなく、〈ネオン・サーカス〉の書き手だった。つまり、秘密を暴露するのが仕事だ。秘密の暴露は死亡記事で人を殺すことほど中毒性はないかもしれないが、それなりに牽引力があることは自分でもわかっていた。遅かれ早かれ、酒場に行き、飲み過ぎて、そして……

ねえ、マジでぶっ飛んでる話を聞きたくない？　だけど、ぜったいにだれにもしゃべっちゃだめだよ。

感謝祭のポスターわきのニュースルームにすわり、皮肉をこめた最新のレビューにとりかかっている自分を想い描いた。フランク・ジェサップがやってきてすわりこみ、こうたずねる。きみはこれまでにこういうやつの死亡記事を書こうと考えたことないか、シリアの独裁者でちっこい頭のバッシャール・アル・アサドだよ、あるいは——おい、こいつのほうがもっといい！——北朝鮮の丸ポチャ男、金正恩《キム・ジョンウン》。ひょっとすると、ジェサップはニューヨーク・ニックスの新任ヘッドコーチを消してほしいのかもしれない。

そんなのはバカらしい話だと自分に言いきかせようとしたが、だめだった。モヒカン刈りのスポーツ少年は熱狂的なニックス・ファンだったから。

もっと恐ろしい可能性すらあった（それは午前三時に思いついた）。ぼくの言葉に対する特別な才能のことが悪徳政治家の耳に入ったら？　そんなことはありえないだろう。しかし、五〇年代に政府は何も知らされていない被験者にＬＳＤやマインドコントロールの実験をしていたという記事を、なにかで読んだことがないか？　そういうことができる連中はなんだってやるかもしれない。ＮＳＡの連中が〈サーカス〉かここブルックリンの実家に現れて、わたしは自家用ジェット機に乗せられて政府機関の基地への片道旅行をし、到着したら個室（ぜいたくな居住空間だが、ドアには見張りがついている）をあてがわれ、アルカイーダと〈イスラム国〉の指導者たちのリスト、および詳細を極めた死亡記事を書くための完備をきわめたファイルをわたされるのではないか？　わたしはロケット砲を搭載したドローンを時代遅れの産物にすることができるだろう。

頭がいかれてる？　まあね。でも、午前四時には、なんだってありえそうな気がするもんだ。五時ごろ、ちょうど曙光が寝室に射し込むとき、そもそもどうしてこの歓迎されざるべき才能が身に着いたのだろうとまたもや考えていた。もちろん、いつからなのかも。わかりようがない。普通は、生きている人の死亡記事を書くことはないから。ニューヨーク・タイムズはそんなことはしない。著名人が亡くなったときにすぐに掲載できるように必要な情報を手元に置いておくだけだ。わたしは生まれつきこの才能を持っていたのかもしれない。ジェロウマを対象にたちの悪い冗談を書かなければ、〈ネオン・サーカス〉に執筆することになったのかを考えた。頼まれもしない追悼記事によってだ。すでに亡くなった人物についての事実どおりの内容で辛辣だが、ただの死亡記事にかわりはない。しかし才能はただひとつのことしか望まない、そうだろ？　スポットライトを浴びたいのだ。タキシードを着て舞台狭しとばかりにタップダンスを踊りたがっている。

そう考えたところで眠りに落ちた。

電話に起こされた。あと十五分でお昼。ケイティだった。動揺していた。「オフィスに来なきゃだめ。いますぐ」

わたしはベッドから上体を起こした。「どうした？」

「ここに来たら話すけど、いまはほかのことをきくわ。あなた、あれは二度とやらないのよね」

「ああ。すでに言ったと思うけど。一度ならず」

ケイティは聞いているとしても、聞き流し、頭から蒸気をだしているだけだ。「二度としないのよね。たとえ相手がヒトラーでもやらない。あなたのおとうさんがおかあさんの咽喉をナイフでかき切ったとしてもやらないのよね」

こちらが質問するまえに電話が切られた。どうしてその〈厳戒警報〉会議を彼女のアパートでしないのだろうと不思議に思った。そこでなら狭くて人が多い〈ネオン・サーカス〉よりはるかに秘密が守れるだろうに。ついで唯一無二の答えが閃いた。ケイティはふたりきりになりたくないのだ。わたしが危険人物だから。わたしはふたりのレイプ被害者――ケイティと彼女の同僚ペニーの願いを聞きいれてやっただけだったが、事実は変わらない。

いまやわたしは危険人物だった。

ケイティはわたしを笑顔で迎えて抱きしめた。それは、昼食後の〈レッドブル〉を痛飲していたり、ヤル気なさそうにパソコンに向かったりしている近くのスタッフたちへの当てつけとしてなのだが、今日はオフィスのブラインドは降ろされていて外部から見られないとわかると、すぐに彼女の笑みは消えた。

「死ぬのがこわい」彼女は言った。「昨晩のことだけどね。でも、あなたが実際にあれをしているときは――」

「気分がいい。うん、自覚してる」

「でも、いまはもっとこわい。あなたの両手と前腕を鍛えるためのバネ仕掛けの道具のことを考えつづけているのよ」

「いったいいなんの話だ？」

ケイティは答えなかった。そのときは。「はしょって途中から話すけど、ケネス・ワンダレイの子ども、そして諸刃の剣について――」

「悪党ケネスに子どもがいたのか？」

「うん、息子が。話をさえぎらないで。話を途中からしなければならなかったのは、息子に関する記事を最初に思いついたから。今朝のタイムズ紙に〝死亡報告〟記事があった。めったにないことだけど、ウエブをだしぬいたのよ。〈ハフィントン・ポスト〉か〈デイリー・ビースト〉のだれかが拷問部屋にでも連れて行かれたのかも。だって、ほんの少しまえに起こったことなのよ。家族は埋葬のあとで公表するつもりだったと思う」

「ケイティ――」

「黙って聞いて」彼女は前かがみになった。「まきぞえの被害があるのよ。それもどんどん悪くなってる」

「ぼくは――」

ケイティは手のひらでわたしの口をおおった。「口を、きいちゃ、ダメ」

わたしは黙った。彼女は手をどけた。

「ジェロウマ・ホイットフィールドが始まりだった。わたしがググった限りでは、彼女が唯一だった。もう過去形だけど。世の中にはジェローム・ホイットフィールドはたくさんいるから、あなたの最初の相手がジェロームだったのは神に感謝ね。とにかく、あれがほかのジェロウマたちにも影響をおよぼしたかもしれない。とにかく何人かに。もっとも近くにいた連中に」

「あれが、とは？」

ケイティはわたしをまるでアホであるかのように見た。「例のパワーよ。あなたの二番目の……」彼女は口を閉じた。たぶん即座に思いついた言葉が〝犠牲者〟だったからだろう。「あなたの二番目の対象はピーター・ステファーノだった。これまたこの世にもっともありふれた名前というわけではない。しかし、かなり風変わりでもなかった。というわけで、「これを見て」

ケイティは自分のデスクから数枚の紙を手にとった。そしてクリップで束ねられているそれらの一番上の紙を抜いて、こちらによこした。三つの死亡記事が記されていた。すべて小規模の地方紙のものだ――ひとつはペンシルベニア州、もうひとつはオハイオ州、そして最後にニューヨーク州北部。ペンシルベニアでピーター・ステファーノが心臓麻痺で亡くなった記事。オハイオのピーターは梯子から落下して死亡。ニューヨーク――ウッドストック――のピーターは脳卒中が原因で。全員同じ日に死亡している。気のふれたレコードプロデューサーと同姓同名だ。

わたしは倒れるようにして腰をおろした。「ありえない」

「でも、ほんとうなの。いいニュースもあるわよ。合衆国じゅうでほかにも二ダースほどのピーター・ステファーノを見つけたけど、みな健在。その人たちはゴーワンダ矯正施設から遠方に住んでいるからだと思う。そこが爆心地《グラウンド・ゼロ》だった。そこから爆弾の破片が飛び散ったのよ」

わたしはケイティを見た。開いた口がふさがらなかった。

「悪党ケネスがつぎの番。またもやありふれた名前じゃなかったことに神に感謝。ウィスコンシン州とミネソタ州はワンダレイたちの巣窟だけど、あまりに遠すぎたみたい。ただし……」

ケイティは二枚目の紙をよこした。最初はタイムズ紙のニュース記事だった。〈連続殺人鬼の息子が死亡〉。かれの妻によると、ケネス・ワンダレイ・ジュニアは銃の手入れをしているうちに誤って自分を撃ってしまったらしい。だが記事は、その〝不慮の事故〟はかれの父親の死から十二時間もたたずに起こったと指摘していた。それは、実際には自殺だった可能性を読者にほのめかしていた。

「自殺だったとは思わない」ケイティは言った。化粧の下の肌が蒼白になっていた。「事故だったとも思わない。あれは名前に誘導されるのよ、マイク。わかるでしょ？　しかも、綴りがわからないの。それが事態をさらに悪化させている」

悪党ケネスに関する記事の下の死亡記事（この言葉にしだいに吐き気を催してきた）は、ニュージャージー州パラマスのケネス・ワンダリーについてだった。ペンシルベニア州のピーター・ステファーノ（虫も殺さない善人だった）同様に、パラマスのワンダリーは心臓麻痺で亡くなっていた。

ちょうどジェロウマと同じように。

呼吸が早くなり、体じゅうに汗をかいていた。睾丸が引きあげられて桃の種ほどの大きさに感じられた。気絶しそうだったし、吐きそうでもあったが、かろうじてどちらにも耐えた。ただし、あとで盛大に吐いたが。そんな状態が一週間かそこらつづいて、体重が五キロ近く減った（心配した母親にはインフルエンザだと言った）。

「はい、仕上げはこちら」と言って、ケイティは最後の紙をよこした。十七人のエイモス・ラングフォードが並んでいた。一番大きな一団はニューヨーク＝ニュージャージー＝コネチカットの地域だったが、バルチモアでひとり、ヴァージニアでひとり、ウエスト・ヴァージニアでふたりくたばっていた。フロリダでは三人。

「嘘だ」

「ほんとうよ」ケイティは言った。「二番目の人物、アミティヴィルにある名前がペニーの悪い叔父。ありがたいことは、エイモスもまた、いまの時代では珍しい名前。もしそれがジェームスとかウィリアムだったら、何百人もの死者が出たでしょうね。たぶん、数千人はくだらない。まだ中西部より遠くへは影響がないから。でも、フロリダまでぐらいの千五百キロほどの範囲にはおよんでいる。AMラジオ電波より遠くまで。少なくとも昼間は」

紙が手からするりと離れ、ゆらゆら浮遊しながら床に落下した。

「さあこれで、手や腕を強化するために使うハンドグリップやリストボールについて、わたしがなにを言おうとしたかわかるでしょ？　最初は、あなたはほんの一度か二度しか握れないかもしれない。でも、継続すれば筋力は強くなる。それがあなたに起こっていること、マイク。ぜったいにそう。まだ生存している人の死亡記事を書くたびに、パワーは強くなって、より遠くまで届くのよ」

「きみの思いつきだった」わたしは小声で言った。「きみのせいだ」

しかし、ケイティは受け入れなかった。「わたしはジェロウマの死亡記事を書いてとは言わなかった。それはあなたが思いついたこと」

「出来心だった」わたしは言い返した。「失態さ、まったくもう。どんなことになるか知らなかったんだ！」

ただしほんとうじゃなかったかもしれない。初めてのオルガスム体験が突然よみがえった。バスタブで石鹸の泡まみれの手の助けをかりてのことだった。そのとき自分がなにをしているのかわからなかった。手を下半身に伸ばしてナニを握って……ただし自分の一部では、意識の奥底では、本能的な部分では、わかっていたのだ。もうひとつ古いことわざがある。それはベン・フランクリンの言葉ではない。〝学ぶ用意ができたときに、師は現れる〟。師は自己の内部にいることがある。

「ワンダレイはきみの考えだった」わたしは指摘した。「夜這い野郎エイモスも。きみはそのときまでにはどういうことが起こるのか知っていた」

ケイティはデスク——いまや彼女のデスク——の端に腰かけ、わたしをまじまじと見つめた。その時点でそんなことができるなんて驚いた。「それだけはほんとうね。でも、マイク……拡散するなんて知らなかった」

「ぼくだってそうだよ」

「しかもそれはマジで病みつきになる。あなたがそれをしているとき、わたしは隣にすわっていたけど、あなたが吐き出したコカインの煙を吸っているような気分だった」

「ぼくはやめられる」

と思っている。そう願っている。

「自信ある?」

「かなりね。きみはどうなんだ、この件に関して黙っていられる？　そのう、一生のあいだ?」

ケイティはそのことをじっくり考える素振りを見せた。やがてうなずいた。「せざるをえないわね。〈サーカス〉でおいしい仕事にありついているのに、独立しないうちにだいなしにしたくない」

つまりは、それがケイティに関するすべてだった。ほかになにを期待できただろう？　ケイティはジェロウマののど飴をなめているわけではないかもしれない。その点に関してはわたしがまちがっていたのにちがいないが、彼女はジェロウマの椅子にすわって、ジェロウマのデスクに向かっている。さらにそのうえ、新しい〝見てもいいけどさわっちゃだめ〟もっこりショートヘアスタイル。オーウェルの『動物農場』の豚は言うかもしれない。ブルージーンズはいい、新しいドレスはなおさら。

「ペニーはどう?」

ケイティは黙っていた。

「だってぼくのペニーの印象――実際には、みんなのペニーの印象――は情緒不安定」

ケイティの目がきらりと光った。「知ってるよね? 彼女はとんでもないトラウマを抱えて少女時代を過ごしたのよ。ひょっとして、あなた忘れちゃった? 彼女の体験した悪夢の子ども時代を」

「わかってるさ、だってぼくはいま自分自身の悪夢をかこっているから。だからといって支援団体の共感は必要ない。ぼくが知りたいのはただ、ペニーが口をつぐんでいられるかどうか、そのう、永遠に。どうかな?」

長い長い間があった。ようやくケイティが言った。「もうあいつは死んだから、たぶん彼女はレイプ被害者の集会に行くのをやめるかも」

「やめなかったら?」

「ペニーは……ある時点で……とりわけひどい状態に落ちこんでいる人に話すかもしれない。自分は心の平安を取り戻してくれる男の人を知っている、と。そんなことを今月は言わないでしょうね、おそらく今年のうちは。でも……」

ケイティは最後まで言わなかった。わたしたちは見つめ合った。あきらかに彼女はこちらの考えを目の中に読んでいた。確実な一発がある。ペニーの口を閉ざしておく方法が。

「よして」ケイティは言った。「そんなこと考えることさえだめ。ペニーは人生をまっとうして当然だし、この先いろんなすばらしいことが待ち受けているかもしれない。それに彼女だけですまなくなる」

ケイティの調査によれば、その言い分は正しかった。ペニー・ラングストンは超ありふれた名前ではない。だが、アメリカの人口は三億以上で、そのうちのペニーもしくはペネロペ・ラングストンズの何人かは、ぼくが新たな死亡記事を書くためにパソコンかｉＰａｄを起動させることにしたら、とてつもなくひどい貧乏クジを引くことになる。ついで〝お隣さん〟効果があった。パワーは、ワンダレイと同様にワンダリーにも影響をおよぼしていた。まきぞえをくらうのはペトゥラ・ラングストンズ？　パッツィー・ラングフォーズ？　ペニー・ラングレイズ？

ついでわたし自身の状況があった。マイケル・アンダースンがその高電圧の騒音に完璧に屈するには、もう一回だけ死亡記事を書けばいいのかもしれない。それがわたしにそうするようにそそのかしていると考えるのは、それがわたしの恐怖や不安感を一時的にでもとりのぞいてくれるからだ。気分転換のためにジョン・スミスやジル・ジョーンズの死亡記事を書いている自分を頭に描いてみる。そしてそれにともなって生じる大量虐殺のことを思い、さらに睾丸が縮みあがる。

「どうするつもり?」ケイティはきいた。

「なにか思いつくさ」わたしは答えた。


思いついた。

その晩、合衆国の大きな地図『ランド・マクナリー・ロードアトラス』を広げ、目を閉じて指を突き立てた。というわけで現在、わたしはワイオミング州ララミーで暮らしながら塗装工をしている。〝主として〟塗装業者だ。実際にはいくつも仕事を受け持っていた。中部地域《ハートランド》――かつてわたしは、ニューヨーカーのさりげなくバカにした口調、たとえば、〝時代遅れの田舎〟のような感じで、そう呼んでいた――の小さな町に住む多くの人たちのように。造園会社で、芝刈り、落ち葉集め、そして低木植えなどをパートタイムでしていた。冬には、私道の除雪をしたり、スノーウィー・レンジ・スキーリゾート地で雪の斜面の整備をしたりしている。裕福ではないが、なんとか生活している。実のところ、ニューヨークにいたころより少しはましだ。時代遅れの田舎をバカにしたければどうぞお好きに。でも、ここでの暮らしは安上りですむし、だれにも中指を立てられずに何日も過ごせる。

両親はどうしてわたしがすべてを放り出してしまったのか理解できないし、父親は落胆ぶりを隠そうともしない。そして、ぼくの〝ピーターパン・ライフスタイル〟についてこぼすことがあり、四十をすぎて髪に白いものがまじりだすころには、いまの生活を後悔することになるぞ、と言う。母親は困惑しているが、非難めいたことはあまり口にしない。母親は、〈ネオン・サーカス〉が大きらいで、それはわたしの〝文才〟のいかがわしい無駄づかいだと思っていた。おそらく両方の点で正しかったが、近頃は自分の執筆能力のほとんどは買い物メモを手早く書き留めることに使用されていた。頭髪について言えば、すでに都市をでるまえにさえ最初の灰色のものを目にしていた。三十になるまえのことだ。

いまだに書いているところを夢に見る。けれど、それは楽しい夢ではない。ある夢では、パソコンに向かっている。実際にはもう自分のパソコンを所有していないが。そして死亡記事を執筆していて、やめることができない。その夢では、自分でもやめたくないと思っている。パワーの感覚が一度も強くなることがないからだ。「悲報です——昨晩、世界中のジョンという名前の人が亡くなりました」と書いたところで目が覚める。ときに床の上で、ときに毛布にくるまって悲鳴をあげながら。隣近所の人を起こさなかっただろうかと思うことがある。

『想い出のサンフランシスコ』で歌われているように我が心の故郷サンフランシスコが懐かしいなんて感慨とは無縁だが、ブルックリンに置いてきた我が心の故郷パソコンは恋しい。まあ、ｉＰａｄを手放すことには耐えられなかった（まさに依存症そのもの）。それを使ってメールはしない——急な用事でだれかと連絡を取りたいときは電話をかける。緊急の場合でなければ、旧来の通信制度、つまり米国郵政公社を使う。驚くこと請け合い。手紙やハガキを書く習慣に戻るのがどんなに簡単なことか。

とはいえ、ｉＰａｄが好きだ。たくさんゲームが入っている。それに夜は風のサウンドが睡眠に誘ってくれるし、朝は目覚まし機能が役立つ。音楽を大量にダウンロードしている。オーディオブックは少々、映画はたくさん。ほかに楽しいことがないときにはインターネットをいろいろ見る。何時間でも暇つぶしができる。たぶんそんなことは知っていると思うが。それにラミーでは、仕事をしていないと時間はゆっくり過ぎていく。とくに冬は。

　ときどき〈ネオン・サーカス〉のサイトを覗くことがあるが、ただ昔を懐かしんでいるだけだ。ケイティは編集長としていい仕事をしている――ジェロウマよりだんぜんいいのは、彼女には理念があるからだ。そのせいでサイトは、ネットのランディングスポット・リストのトップ5のあいだを行ったり来たりしている。〈ドラッジ・レポート〉よりひとつかふたつランクが上のこともある。たいていはその下をうろうろしているが。広告がてんこ盛りなので、その件ではうまくいってる。

　ジェロウマの後任は、いまだに〈ケイティと酔っぱらおう〉のインタビュー記事を書いている。モヒカン刈りのオーバーオール野郎フランク・ジェサップは、まだスポーツ記事を担当している。〈オール・ステロイド・フットボール・リーグ〉を見たいということに関するお笑い抜きの記事が国民的注目を得て、娯楽スポーツテレビ放送ネットワーク《ESPN》で一時的な仕事をもらった。ジョージナ・ブコウスキーはつまらない〈死者に鞭打つ〉死亡記事を半ダースほど執筆したが、ケイティがそのコラムをお払い箱にして、〈セレブの死の賭け金〉を代わりに立ち上げた。読者がこの先十二か月のあいだにどの有名人が亡くなるかを予想して賞金を争うという趣向だ。ペニー・ラングストンは、そのサイトの司会進行役で、踊る骸骨の上に彼女の笑顔の写真が週替わりで載っている。それは〈サーカス〉のもっとも人気のある呼び物記事で、毎週、コメント欄がにぎわっている。人々は死について読むのが好きだ。それについて書くことも。

　自分はだれよりもそのことをよく知っている。

そうさ、これはあくまでお話だ。信じてもらえるとは思っていない。信じる必要もない。つまるところ、それがアメリカだ。とにかく話をきちんと正確に述べる最善の努力をした。ジャーナリズムの講義で教わったストーリーを適切に順列配置する方法。スカしたり気取ったりするのはダメ、もしくはもったいぶるのはご法度。直線的に、明瞭に語るように努めた。まっすぐに、初め、中、終わり、寄り道をせずに。時代遅れのスタイルさ、わかるかな？　準備万端の形で。結末がちょっとつまらないと思ったなら、ヒギンス教授の見解を思い出したほうがいいかもしれない。かれは成績報告書でよくこう述べていた。常にとりあえずの結末なのだ、実人生では、終止符は死亡記事で打たれる。

スチュアート・オナンへ

（*Obits*）

酔いどれ花火

著者の言葉

あまりにもいいエピソードなので聞いてもらいたくてしょうがない。実際のところこの数年、わたしは講演のさいにはその逸話を語ってきた。妻は家族のために大量の買い物をする——そうしないと我が家には野菜がまったくなくなってしまうからだそうだ——が、わたしに緊急のお使いをさせることもある。そんなわけで、わたしはある日の午後、地元のスーパーマーケットにいた。任務は乾電池とフッ素樹脂加工のフライパンを購入すること。家庭用品売り場をぶらついていると、すでにほかのいくつかの絶対必需品（シナモンロールやポテトチップス）は入手したあとだったが、女性が通路の向こう端に現れた。例の電動カートに乗っていた。典型的なフロリダの避寒客だった。八十歳ぐらいで、カールパーマの髪型、コードヴァン靴さながらの日焼けした肌。その老女がわたしを見て、目をそらし、そして少し驚いて二度見した。

「あんたのこと知ってる」彼女は言った。「スティーヴン・キングだ。こわい話を書いてる。別にかまわないよ、好きな人もいるからね。でも、わたしはちがう。元気の出る話がいい。『刑務所のリタ・ヘイワース』（映画化タイトル『ショーシャンクの空に』）のような作品ね」

「それもわたしが書きました」

「いいえ、書いていません」と言って、彼女は去っていった。

ようするに、あなたがおそろしい話を書き、町はずれのトレイラーパークに住んでいる少女だったりした場合、あなたは名声を得る。わたしはそれでかまわない。稼ぎはあるし、あいかわらず楽しくやっているし。わたしをなんと〝呼ぼう〟がかまわないが、俗に言うように、〝容貌〟のことは言わないように。わたしは、いわゆるジャンル分けにはほとんど関心がない。そう、わたしはホラー・ストーリーが好きだ。ミステリーやサスペンス、海洋小説、純文学、それに詩も大好きだ……もっといろいろある。愉快な話を読むのも書くのも好きだ。別に驚くことではない。ユーモアとホラーは表裏一体だから。

つい最近、男がメイン州の湖で開催された熾烈な花火競争について話しているのを耳にした。そのとき本編が着想された。〝ローカルカラー〟の話かよ、と思わないでいただきたい。これもまたジャンルとは無縁の話である。

オールデン・マッコーズランド氏が語った陳述書
キャッスル郡警察署
アンドリュー・クラッターバック警察署長が聴き取った陳述書
逮捕したアーデル・ブノア巡査立ち合いのもとに
11：15AM—1：20PM
2015年7月5日

そうだよ、とうちゃんが死んだあと、かあちゃんとおれとでしこたま酒を飲み、のらりくらりとキャンプ地に向かったんだ。それって法にふれるのか？　車を運転してんじゃなければ、違反してないよな、しかもおれたちはハンドルを一度も握ったことがない。車を買う余裕はあったけどな。だって、おれたちはそのときまでに、いわゆる〝有閑階級〟になってたから。そんなもんになるとは夢にも思ってなかった。とうちゃんはずっと大工だったし。自分のことを〝腕のたつ大工〟と呼んでた。それにくわえてかあちゃんは、〝腕は立たないくせにナニばかり立つ〟とか〝匠《たくみ》を装うのが巧み〟とかいつも言ってた。かあちゃんのちょっとした下ネタ冗談さ。

かあちゃんはキャッスル・ストリートにあるロイス・フラワー店で働いてた。でも、フルタイムでは十一月と十二月だけだった――クリスマス・リース作りの達人だったからだけど、それは葬儀用の花飾りとしても悪くなかった。とうちゃんの葬式のもかあちゃんが作ったんだ。すてきな黄色いリボンが付いていて、「われら汝をいかに愛せしか」なんて書かれてた。まるで聖書みたいだろ？　参列者たちはそれを見て泣いたよ。とうちゃんが借金をしていた相手でさえも。

おれは高校を出てから、ソニーズ・ガレージで働いた。自動車修理工場だ。ハンドルのぐらつきを治したり、オイル交換をしたり、タイヤの空気調整をしたり。昔は、ガソリンスタンドで給油係もしたんだが、昨今では全部セルフサーヴィスだ。マリファナを売っていたこともある。それはとりあえず認めておくよ。この数年はやってない。だから、その件でおれに罪をきせるのは無理。だけど、八〇年代にはその商売は現金取引ですごくよかった。とくにこのあたりでは。いつだって金曜か土曜の夜に出かけるのにじゅうぶんな金があった。女性が相手してくれる店で楽しんだけど、祭壇からは遠ざかってた。少なくとも現在までは。おれになにか高望みがあるとすれば、ひとつはナイアガラの滝を実際に目にしたいってことだけど、もうひとつはいわゆる生涯独身のままでいたい。そのほうが問題が少なくていい。なにしろ、おれはかあちゃんから目を離せないし。よく言うじゃないか、少年の最良の友だちは、かれの――

ちゃんと話すよ、アーデル、でも、そうしてほしいなら、おれの流儀で話をさせてくれないとな。事の一部始終を包み隠さず打ち明けている人に対して少しでも思いやりを持つ必要のある人間がいるとしたら、それはあんただよ。いっしょに学校に行ったとき、あんたは口を閉じることがなかった。舌を口の天井に押しつけておきなさい、フィッチ先生がよくそう言ってた。彼女を覚えてるか？　小学四年生のときさ。へんてこりんな女だったな。覚えてるか、あんた、彼女の靴の爪先にガムを入れたよな？　やるね！

で、どこまで話をしたっけ？　キャンプ地、だっけ？　アベナキ湖の。

ビーチとドックが近くにあって三部屋のありふれたキャビン。とうちゃんが九一年に買った。その年に、ある仕事からちょっと配当金が転がりこんだんだと思う。その金だけじゃあ頭金不足だったけど、おれの薬草のあがりをたしたら、うまいぐあいに購入できた。でも、ものすごく汚らしくて不快なとこなんだ。もろ手をあげて認める。かあちゃんはそこを〈蚊の発生源〉と呼んでいて、おれたちはぜんぜん修繕しなかったが、とうちゃんはすごく几帳面にローンを返済しつづけていた。とうちゃんが支払いできなかったときは、かあちゃんとおれとで穴埋めをした。かあちゃんは自分で稼いだフラワーマネーを差し出すことに愚痴をこぼしたけど、わめきちらすことは一度もなかった。そもそもその別荘に行くのが好きだったんだ。害虫や雨漏りする屋根やなにもかもが。おれたちはポーチにすわってピクニックランチを食べながら周囲の様子を眺めたものさ。そのときは、ビールやコーヒーブランデーはだめとは言わなかった。当時のかあちゃんは、飲酒はほぼ週末だけと決めていたけどな。

二十世紀末ごろには、その家のローンは完済した。当然だろ？　そのキャビンは湖の町側——西側——にあったが、あんたらふたりともそこがどんなところか知っているよな。葦だらけの浅瀬で、新しくできた茂みがある。東側はもっとすてきで、避暑にやってくる人たちの大きな家が建ち並んでる。やつらは、おれたちの側の掘っ立て小屋やキャビンやトレイラー・ハウスからなるスラム地区を眺めて、自分のテニスコートも所有できずに暮らさなければならないとは、地元の連中はなんて恥さらしなんだろう、と自分に言いきかせてご満悦なんだろうよ。好きなように思わせておけばいい。おれたちに言わせれば、自分たちはだれにも引けをとらない。とうちゃんはおれたちのドックの端からちょっと離れたところでよく釣りをして、獲った魚をかあちゃんが薪ストーヴで調理した。一年後（たぶん〇二年だった）に水道を引いたので、もう真夜中に小走りで屋外トイレに行く必要がなくなった。なんの遜色《そんしょく》もない。

ローンを完済したあかつきには、家の修理をするために金をもう少し借りられるだろうと思ったが、ぜんぜんだめみたいだった。どうしてなのか不思議だった。当時は、多くの銀行が家を建てたい人のために融資していたし、とうちゃんは定職についていたからだ。とうちゃんは心臓発作で亡くなった。ハーロウで仕事をしている最中で、〇二年のことだった。そのとき、かあちゃんとおれは思ったね。おれたち無一文だって。「でも、なんとか生きていけるよ」かあちゃんは言った。「あの人が余分な金を使ってた先が商売女だとしたら、そんなこと知りたくもない」でも、アベナキ湖畔のあばら家は売らなければならないと言った。あれを購入しようと思うほど頭のいかれたやつが見つかればだけど。

「今度の春には売りに出すよ」かあちゃんは言った。「害虫どもが孵化《ふか》しないうちに。いいね、オールデン？」

おれは、かまわない、手入れして小奇麗にしにいくよ、とまで答えた。そして屋根板を新しくして、桟橋の腐っている板の最悪なやつをとりかえた。そんなことをしている頃合いだった。

最初に思いがけない幸運が転がってきたのは。

かあちゃんにポートランドの保険会社から電話がかかってきた。その結果、キャビンとそれが建っている二エーカーの土地のローンを完済したあとでさえぜんぜん金銭的余裕のなかった理由が判明した。商売女じゃなかった。とうちゃんは余分な金で生命保険をかけていたのさ。たぶん、俗にいう虫の知らせだ。毎日、世界では妙なことが起こってる。カエルの雨が降ってきたり、キャッスル郡祭りで見世物になっていた双頭のネコ――そいつのせいでおれは悪夢を見たよ――が生まれたり、例のネス湖の怪物が出現したり。ともかく、おれたちは七万五千ドルを手に入れた。まさに思いがけない幸運、天からの恵みが〈キーバンク〉のおれたちの預金通帳に記入された。

それは、〈思いがけない幸運第一弾〉だった。例の電話があってから二年後、二年一日のごとしだったけど、〈思いがけない幸運第二弾〉がやってきた。かあちゃんは週に一度、ノーミーズ・スーパーショップで日用雑貨を入手したあとでスクラッチ宝くじを買う習慣があった。何年もそれをやってたけど、二十ドル以上当たったことは一度もなかった。そして〇四年のある日、〈ビッグ・メイン・ミリオンズ〉で見事に数字が一致して、びっくり仰天、その当選額は二十五万ドルだ。「おもらししちゃうかと思った」かあちゃんは言った。かあちゃんの写真が〈スーパーショップ〉のウィンドウに飾られたよ。覚えているかもしれないね、少なくとも二か月はそこに置かれてたから。

大枚百万ドルの四分の一！　十二万ドル以上の税金を支払っても、やはり大金だ。おれたちはそれを〈サニー・オイル〉に投資した。かあちゃんに言わせれば、石油はいつだっていい投資になるからさ。少なくともなくなるまでは。そして石油がなくなるまでには、おれたちは亡くなっているだろうし。おれはそのことを認めざるを得なかったし、投資はうまくいった。あの頃の株式市場は、あんたらも覚えているように、いけいけムードだったし、そのときからだね、おれたちが優雅なお気楽生活を始めたのは。

同時に、酒びたりの日々にも突入した。町の自宅で飲むこともあったけど、たいした量じゃなかった。住民たちのゴシップ好きは知ってのとおり。だから〈蚊の発生源〉に行って初めて、本腰をいれて飲み明かした。かあちゃんは〇九年にフラワーショップで働くのを完全にやめたし、おれは一年かそこらあとにパンク修理やマフラー交換に「そんじゃ、またな《トードゥルー》」と告げた。それからは町で暮らす理由もたいしてなかった。少なくとも寒空になるまでは。知ってのとおり、暖房は湖に勝てない。二〇一二年までには、おれたちと湖の向こう側の爆竹とのトラブルが始まった。おれたちは〈戦没者追悼記念日《メモリアル・デイ》〉の一、二週間まえには例の別荘に転がり込んで、〈感謝祭〉かそこらまで滞在するのが常だった。

かあちゃんはいくらか太った——七十キロ、おおよそだが——が、おれの推測ではコーヒーブランデーのせいだ。コーヒーブランデーを飲み過ぎるとデカ尻になると言うけど、根拠あってのことなんだな。だけど、かあちゃんに言わせれば、そもそも自分はこれまで一度だって〈ミス・アメリカ〉、あるいは〈ミス・メイン〉タイプの女ですらなかったんだと。「あたしは抱き心地のいい縫いぐるみタイプの女の子」というのが口癖だ。対するストーン医師の口癖は、少なくともかあちゃんが診察してもらいに行かなくなるまでは、〈アレンズ〉を飲むのをやめないと「若死にタイプの女の子」になるよ、だった。

「心臓発作を起こしますよ、ハリー」医師は言った。「あるいは肝硬変になるか。すでに2型糖尿病になっている。それだけではものたりないんですか？　一言だけ申し上げましょう。アルコールを断ちなさい。そして禁酒会に参加しなさい」

「ヒエーッ」かあちゃんは帰宅すると言った。「あんなに叱られたんだから、飲まずにはいられない。どうだいおまえも、オールデン？」

つきあうよ、とおれは言って、それでおれたちは各自のローンチェアーをドックの最先端へ運んで、まあ、いつものことだけど、陽が沈むのを眺めながらへべれけになった。だれにも引けをとらず、また勝るとも劣らずに酔っぱらった。なあ、いいか、なにかがみんなを殺している、そうだよな？　医者たちはそのことを忘れがちだが、かあちゃんは知っていた。

「うざったい自然食が健康にいいってことはたぶん正しい」かあちゃんは、おれたちが千鳥足でキャビンに戻るときに言った――十時ごろだったけど、ふたりとも虫よけスプレーを大量にかけていたにもかかわらず蚊に刺されまくってたよ。「でも、逝くときがきたら、わかるでしょうよ、自分は生きてきたんだって。あたしはタバコを吸わない。喫煙が最悪だってことはみんなが知ってる。タバコを吸わないから、まだしばらくは生きていられるけど、あんたはどうよ、オールデン？　あたしが死んでお金がなくなったあと、どうするつもり？」

「わからない」おれは言った。「でも、グランド・キャニヨンは見てみたい」

かあちゃんは笑うと、肘でおれのあばらを突いて言った。「さすがあたしの息子。その調子なら胃潰瘍になんかならない。さあ、ちょっとやすむか」そうして眠り、翌日の十時ごろに起きて、お昼ごろにファミレスで二日酔いを治し始める。おれはかあちゃんのことを医者ほどには心配してなかった。死ぬにはピンピンしすぎていると思った。実際の話、かあちゃんはストーン医師より長生きした。その医師はある晩、ピニョン・ブリッジで酔っ払い運転の車に轢き殺された。あんたたちなら皮肉だとか悲劇だとか人生なんてそんなもんだとか、まあいろいろ言えるよな。だけどおれは哲学者じゃない。ただストーン医師が家族持ちじゃなくってよかったと思う。それと生命保険が支払われたことを願うよ。

よし、ここまでは話の前振りだ。これから本題に入るぜ。

マッシモ家。それとあのくそいまいましいトランペット、あっ、汚い言葉を使って悪かった。おれはあれを〈独立記念日軍備拡張競争〉と呼んでる。実際に計画されて実行されたのは二〇一三年だが、ほんとうは前の年から始まってた。マッシモ家は湖をはさんでおれたちの真向かいに土地を所有していた。装飾柱のある大きな白い家で、芝生が岸辺までつづいていて、しかもそこはおれたちのとことちがって砂利ではなくきれいな白い砂浜だった。その邸宅には一ダースも部屋があるにちがいなかった。客用コテージも含めたら二十かそれ以上だろう。かれらはその別荘を〈十二本松収容所〉と呼んでいた。モミの木が母屋の周囲に生えていて、家を閉じ込めているように見えたからだ。

収容所！　マジかよ、あの家はお屋敷だった。しかもそう、テニスコートがあった。それとバドミントンコートも。おまけに蹄鉄投げゲームの場所もあった。かれらは六月末に姿を現し、〈労働者の日〉まで滞在してから、戸締りをして引き上げた。そのでかい家を、かれらは十二か月のうち九か月を空き家にしていた。マジで信じがたい。だけど、かあちゃんはそうじゃなかった。かあちゃんに言わせれば、おれたちは〝にわか成金〟だが、マッシモ家はほんまもんの金持ちだ。

「ただしあぶく銭のおかげだけどね、オールデン」かあちゃんは言った。「だけどマリファナかなんかを栽培してるって言ってるわけじゃない。ポール・マッシモが有力なコネをもっていることは、だれだって知ってる」かあちゃんはいつだって〝コネ〟を強調して言った。

たぶん金の出どころは、〈マッシモ建設〉だろう。おれはネットで調べたが、不正なことをしているわけではないようだが、あいつらはイタリア人だし、〈マッシモ建設〉はロードアイランド州プロヴィデンスに本社がある。あんたら警官なんだから、そのふたつの点を線で結びつけられるよな。かあちゃんがいつも言っているように、ふたつとふたつとをいっしょにした場合、ぜったいに五つにはならない。

あいつらは大きな白い屋敷に滞在しているとき、そこのすべての部屋を使用している。それだけは言える。そして〈客用コテージ〉も満杯だ。かあちゃんは、湖の向こう岸を眺めると、「〝一ダースなら安くなる〟よね、〝愉快な家族〟マッシモ家」と言い放ちながら、自分の〈ソンブレロ〉か〈マッディ・ラッディ〉であいつらに祝杯をあげたものさ。

あいつらは楽しみ方を知ってる。なら与えてやろうじゃないか。バーベキューがおこなわれ、水鉄砲合戦があり、十代の子どもたちはジェットスキーを乗りまわした——六台は所有していたにちがいないし、それらは目にも鮮やかな色合いで、長く見つめていたら目が焼けそうだった。夕方にはタッチ・フットボールをしていたが、たいていマッシモ家に滞在している人数は多かった。各十一人の正規のチームを二組作れるほどだ。そしてボールが見えないほど暗くなると、あいつらは歌いだした。大声で、ときにはイタリア語だったりするが、その歌声でわかったさ、ちょいと飲み過ぎてるってな。

ひとりがトランペットを持っていて、そいつが歌に合わせて吹くんだ。パウ‐パウ‐パウってな具合に。まったくもうおかしくて涙が出るぜ。「あれはディジー・ガレスピーじゃないね」かあちゃんは言った。「だれかあのトランペットをオリーブオイルにひたして、やつのケツの穴に突っこんでやればいい。『ゴッド・ブレス・アメリカ』をオナラで吹くだろうさ」

十一時ごろ、そいつは「葬送のラッパ」を吹くんだ。夜の葬送ってわけだ。大声で歌ったりトランペットを吹いたりが明け方の三時までつづいても、隣近所の連中が苦情を言ったかどうかわからないが、まあ、無理もない。湖のおれたち側の多くの人間はマッシモのことを本物のトニー・ソプラノだと信じこんでいたから。

その年の七月四日、独立記念日——二〇一二年だよ——おれはいくつか花火を持っていた、〈ブラック・キャット〉爆竹を二、三袋とかんしゃく玉を二、三個かな。オックスフォードにつづく道沿いの〈アンダースンズ・チェリー・フリー・マート〉の〈ポップ・アンダースン〉で買ったんだ。これは告げ口じゃない。あんたらが生まれついてのアホじゃないかぎり、そしておれはあんたらがそうじゃないってことは知ってる。へっ、だれだってご存知さ、〈チェリー・フリー〉で爆竹を入手できるって。だけど、小物はすべて〈ポップ〉で売っていた。というのも当時、花火は法に触れたからな。

とにかく、あいつらマッシモ家は湖じゅうをジェットスキーで走りまわったり、フットボールやテニスに興じたりして水着をケツに食いこませ、チビたちは岸辺で水遊びをし、大人たちは大型フロートから飛びこみをしていた。おれとかあちゃんはドックの先端でローンチェアーにすわり、愛国的必需品を脇に置いて、へべれけに酔っ払っていた。夕暮れになり、じきに陽が沈むと、おれはかあちゃんに花火をわたして火をつけてやり、その火を自分のやつにも移した。それからふたりして花火を薄闇のなかでふりまわした。するとすぐに向こう岸のちびっ子たちがおれたちの花火を見て、自分たちもやりたいと騒ぎだした。マッシモ家のふたりの年長の少年が子どもたちに花火を手わたすと、今度はかれらが花火をこっちに向けてふりまわした。おれたちのよりでかくて長持ちした。しかも、火薬になにやら化学処理が施されているようで、火花が色とりどりだったのにくらべ、こっちのやつは黄色がかった白一色だった。

イタ公がトランペットを吹いた——パウ‐パウ——こう言っているようだった。「こういうのが花火って言うんだぜ」

「そうかい」かあちゃんは言った。「まあ、火花はでかいかもしれない。でも、ここらで爆竹をいくつかぶっ放して、あいつらの反応を見てやろう」

おれたちは爆竹をつぎつぎに火をつけて放り投げた。すると爆竹は湖水に落下するまえにパンと音をたてて光を放った。向こう側の〈十二本松〉にいる子どもたちはそれを目にすると、またもや自分たちもやりたいと騒ぎ出した。そこでマッシモ家の大人が何人か家に入ると、じきに段ボール箱を抱えて戻ってきた。それには爆竹がどっさり入っていた。すぐに年長の子どもたちがいっせいに包装紙を破って火をつけた。全部で二百パックはあったのにちがいない。マシンガンさながらに炸裂した。そのせいでおれたちの爆竹は屁みたいなものになっちまった。

パオーン‐パオーンとトランペットが吹かれて、こう言っているように聞こえた。「おつぎはなんだ?」

「やれやれ、おしゃぶりちゃん」かあちゃんは言った。「おまえが隠し持っているチェリーボムを一個ちょうだいな、オールデン」

「いいよ」おれは言った。「でも、気をつけてくれよ、かあちゃんは無用心なんだから。それに明日の朝になっても自分の指が全部そろっているのを目にしたいだろ」

「一個くれればいい、おりこうさんぶるんじゃないよ」かあちゃんは言った。「わざわざ言われるまでもない。あたしはあのトランペットの音が気に食わないんだ。あいつらはぜったいにチェリーボムを持ってない。〈ポップ〉は都会からきた連中には売らないから。かれは客の車のナンバープレートを見て、売り切れたって言うのさ」

おれはかあちゃんに一個わたし、ビックのライターで火をつけてやった。導火線が火花を発すると、かあちゃんはチェリーボムを宙高く放り投げた。それはおれたちの目が痛くなるほどの閃光を発しながら飛んで行ったかと思うと、ついで爆音を湖じゅうに響き渡らせた。おれはもうひとつ火をつけ、それをロジャー・クレメンス投手さながらに投げた。

「ほら見ろ」かあちゃんは言った。「これでどっちがすごいかわかったろ」

ところが、ポール・マッシモとかれの年長の息子ふたりが自分たちのドックの先端に歩み出てきた。そのうちのひとり――ラグビーシャツを着た大柄の美青年――は、例のうざったいトランペットを腰ベルトに装着したホルスターのようなものに入れていた。あいつらはこっちに手をふってから、年老いた男がふたりの青年にそれぞれなにかを手わたした。ふたりはその何かを持った手を差しのべたので、年老いた男はそれについている導火線に火をつけた。ふたりの青年がそれらを湖越しに投げた、すると……やべえよ！　バンじゃなくドカーンだった！　ふたつのドカーン、ダイナマイトなみの爆音、それとてつもなくでかい閃光。

「チェリーボムじゃない」おれは言った。「M‐80だ」

「そんなもん、どこで手に入れるんだい？」かあちゃんはきいた。「〈ポップ〉じゃ売ってない」

おれたちは顔を見合わせたが、言うまでもなかった。ロードアイランドだ。そこではなんだって入手できる。少なくとも、名前がマッシモなら、可能だ。

年老いた男がふたりの青年にまたひとつずつわたし、それらに点火した。それから自分の持っていたやつにも火をつけた。みっつのドカーンは、アベナキ湖のすべての魚をびっくりさせて北端にまで飛びあがらせるのにじゅうぶんな爆音だった、まちがいない。ついでポール・マッシモはおれたちに手をふり、トランペットを携帯してる若造はそれをホルスターから拳銃のように引き抜いて三回長く吹いた。プワーン……プワーン……プワーン。こう言っているように。「残念だったな、貧乏ヤンキーども、来年は勝てるかもな」

おれたちにはどうしようもなかった。〈ブラック・キャット〉がもう一袋あったが、M‐80のあとではまったくさえない音だ。それに向こう側では、イタ公の群れが拍手喝采し、女の子たちがビキニ姿で飛び跳ねていた。たちまちのうちにあいつらは、「ゴッド・ブレス・アメリカ」を歌いだした。

かあちゃんはおれを見て、おれはかあちゃんを見た。そしてかあちゃんはうなずき、おれもうなずいた。ついでかあちゃんは言った。「来年」

「うん」おれは言った。「来年だ」

かあちゃんは自分のグラスをかかげ――そういえばたしか、あの晩は、〈バケット・ラックス〉を飲んでいた――おれは自分のグラスをかかげた。おれたちは翌年十三年の勝利に向けて乾杯した。かくして、〈独立記念日軍備拡張競争〉が始まったというわけだ。おれは、そもそもの原因はあのくそったれのトランペットにあると思ってる。

ごめんよ、はしたない言葉を使って。

翌年の六月、おれは〈ポップ・アンダースン〉に行って事情を話した。湖の西側の住民の名誉は守られるべきだ、といかに感じたかを語って聞かせた。

「まあな、オールデン」ポップは言った。「大量の火薬を打ち上げることと住民の名誉の関係はわからんが、金になるなら話は別で、一週間かそこらあとにまた来れば、なにか用意しておいてやれるかもな」

おれは言われたとおりにした。ポップはおれをオフィスに通すと、デスクに箱を置いた。それには〝漢字〟がたくさん書かれていた。「こいつはふだん、売りに出してない」かれは言った。「だけど、あんたのかあちゃんとおれとは小学校にいっしょに通った仲で、教室の薪ストーブのそばでおれはあんたのかあちゃんに綴り方や掛け算を教えてもらったんだ。あんたにM-120と呼ばれているとてつもない爆竹をやるけど、そいつはあんたがダイナマイトを投げようなんて気を起こさないかぎり、爆音に関しては天下一品だ。それが一ダースある」ついでかれは赤い棒が底から突き出ている円筒状のものを取り出した。

「見た目はロケット花火だね」おれは言った。「でかいだけだ」

「まあな、その豪華版といったところだ」ポップは言った。「これは〈牡丹〉と呼ばれている。

打ち上げられると二度爆発してから、どえらい火花を散らす——赤やら紫やら黄色なんかだ。そいつをコークやビールのボトルに差しこむ。そこは普通のロケット花火とかわらない。が、じゅうぶん離れていないとだめだぞ。打ち上げられるとき、導火線があっちこっちに火花をまきちらすからだ。手元にタオルを置いておいて、野火を起こさないようにしろ」

「すげーな」おれは言った。「あいつらトランペットを吹こうなんて気をおこさないよ、こいつを目にしたら」

「箱ごと三十ドルで売ってやるよ」とポップ。「ちょいと高いってことは承知のうえだ。だが、〈ブラック・キャット〉と〈トゥイズラー〉も何個かおまけにつけてやる。そいつらを大きめの薪に張りつけて湖に浮かべるんだ。けっこうな見世物になる」

「よし、わかった」おれは言った。「その倍の値段でも安い」

「オールデン」ポップは言った。「おれと同じ業種のやつらにそんなことは言わないほうが身のためだぞ」

　おれはその箱をキャンプに持って帰ると、かあちゃんは興奮しまくって、すぐさまM‐120と〈牡丹〉に火をつけたがった。おれはかあちゃんにさからったことはあまりなかった——そんなことをすると手ひどいしっぺ返しをくらうことになる——が、そのときはきっぱり反対した。「そんなことをしてマッシモ家の連中に少しでも機会を与えたら、あいつらはこっちよりさらに上をいくものを用意するよ」

　かあちゃんはそのことを何度も考えてから、おれの頬にキスをして言った。「ろくに高校も出ていないような男の子にしては、おまえの頭は張りぼてじゃないね、オールデン」

というわけで、一三年の〈栄光の七月四日〉になった。例年のように、マッシモ一族が〈十二本松〉に集合した。二ダースかそれ以上の大所帯だ。おれとかあちゃんは自分たちのドックの先端でローンチェアーに腰をすえた。そしてふたりのあいだに例の花火の箱とスクリュー・ドライバーの入ったかなり大きなピッチャーを置いた。

すぐにポール・マッシモが自分のドックの先端にやってきた。花火の入った箱を抱えていて、おれたちのよりちょっとでかかったが、そんなことは気にならなかった。闘犬の勝敗は犬の見た目ではなく戦闘力できまる。ポールはふたりの年長の息子をお供に連れていた。手をふってよこしたので、こっちも手をふってやった。薄暗くなったところで、おれとかあちゃんは〈ブラック・キャット〉に点火しはじめたが、今回はひとつずつではなく袋ごと全部だ。向こう側の子どもたちが同じことをしたが、それにあきてしまうと、もっと大きな花火に火をつけ、それをふりまわした。トランペットを携帯している息子が二、三回吹いた。肩慣らしみたいなもんだ。

その若造より年下の一群がトランペットの音を聞きつけると、〈十二本松〉のドックの先端にやってきた。しばし会話がおこなわれたあとで、ポールとかれの年長の息子たちが子どもたちに大きな灰色の玉を手わたした。おれはM‐80だと推測した。向こう側の音は湖面をわたってきてよく聞こえる。とくに風のないときには。おかげで、ポールが子どもたちに注意するように言い聞かせ、実際にどうやって湖に放り投げるのかを説明しているのが聞こえた。それからマッシモは子どもたちの手にしているM‐80に着火した。

三人の子どもたちは高く遠くへ、期待されたように見事に投げたが、一番年下の子——七歳以上ということはありえなかった――はノーラン・ライアン投手さながらのワインドアップ投法で自分の足元右方向に投げつけた。Ｍ‐80は跳ね返り、その子の鼻先を吹き飛ばしそうになったが、あやういところでポールがその子を力まかせにうしろへ引き戻した。何人か女性が悲鳴をあげたが、マッシモとかれの息子たちはただ笑い転げていた。おれは、あいつらすでにいくらかアルコールが入っていると思った。十中八九、ワインだ。それがあいつらイタ公のお気に入りの酒だからな。

「よし」かあちゃんは言った。「チンタラしてられないよ。あいつらに目にもの見せてやろう、あのノッポがうざったいラッパを吹かないうちにね」

そこでおれはＭ‐１２０をふたつ取り出した。それは真っ黒で、古き懐かしきマンガでときどきお目にかかるような爆弾に似ている。悪党が線路や金鉱などを吹っ飛ばすときに使うまん丸のやつだ。

「気をつけてよ、かあちゃん」おれは言った。「そういうやつって長く持っていると、吹っ飛んでなくなるのは指だけじゃすまないから」

で、おれがそれぞれのＭ‐１２０に火をつけ、おれたち親子はそろって投げた、パーン、パーン！　たてつづけに！　ウォーターフォードまでのすべての窓を震撼《しんかん》させたのにちがいない。ミスター金管吹き《ホーンブロワー》はトランペットを唇に近づけかけたところで凍りついた。小さい子は何人か泣きだした。女性たちはみんな何が起きているのかたしかめようと岸辺に駆けつけた。テロかなにかかしら？

「やった！」かあちゃんは言って、向こう岸の若きミスター・ホーンブロワーに祝杯をあげた。

若造はトランペットを片手に目玉を飛び出させていた。いや、マジでそうだったというわけじゃないけど、それほどびっくり仰天していたね。

ポール・マッシモとふたりの息子はドックの端に戻ると、満塁になったときにピッチャーマウンドに集まる選手たちのように円陣を組んだ。やがてかれらは全員そろって邸宅に歩いて行った。おれはこれでおしまいかと思ったが、かあちゃんはあいつらが尻尾を巻いて退散したものと確信した。そこでおれたちは、〈トゥイズラー〉に火つけた。勝利を祝して。おれはキャビンの裏にあったバケツの中に見つけた梱包材の発泡スチロールを正方形に切っておいたので、それらに〈トゥイズラー〉を刺して湖に浮かべた。そのときまでにはあたりは真っ暗になる寸前で深い紫色になっていた。すごく雰囲気がよくて、空には一番星が輝いていて、他の星々もじきに顔を出す頃合いだった。昼でも夜でもない、常にかわらぬ最高に素敵な時間帯、おれはそう思う。それに〈トゥイズラー〉だ——こいつは素敵どころじゃなかった。美しかった。赤や緑、キャンドルライトのような青白い色を放ち、湖面に彩色を施しながら漂った。

静寂がふたたび訪れた。あまりにも静かなので、遠方のブリジトンで花火大会が始まった音が聞こえるほどだった。おまけに湖畔のカエルもふたたび鳴きだした。カエルは叫び声や騒音は夜のあいだはもうないだろうと思ったんだな。だけど、カエルたちはほとんどなにもわかっていなかった。というのも、ポールとかれの年長のふたりの息子たちが自分たちのドックに戻って来て、おれたちのことを遠巻きに見たからだ。ポールはなにやらソフトボールほどのものを片手に持っていて、トランペットを携帯していないほうの息子——ラッパを持ってないせいでそいつのほうが利口そうだった、というのは個人的な感想——がそれに火をつけた。マッシモは時を移さず、それを下手投げで湖面高く放り投げた。おれがかあちゃんに耳をふさいでというまもあらばこそ、それは爆発した。ぶったまげた、閃光が空全体をおおい隠してしまったようで、爆発音は砲弾並みにデカかった。今回は、見に出てきていたのはマッシモ家の女性や女の子たちだけではなく湖畔近隣の住民たちもいた。見物人の半分は爆発したときにおそらくチビったにもかかわらず、みんなが拍手喝采した！　信じられるか？

かあちゃんとおれはたがいに顔を見合わせた。つぎの展開が読めたからだ。こちらの予想どおりのことが起こった。海軍大将ホーンブロワーが例のうざったいトランペットを掲げると、こっちに向かって長々とひと吹き。パオオーン！

マッシモ家の全員が声をあげて笑い、さらに拍手喝采したので、湖の両側の見物人たちもそれにならった。屈辱だった。わかるよな、アンディ？　アーデル？　おれたちはロードアイランドから来た一群のイタ公の平地人たちに爆笑されたんだ。ときどきスパゲッティを食うのはいやじゃないが、それが毎日となるとどうだ？　ざけんな！

「わかった、上等だよ」かあちゃんは肩をすくめながら言った。「あいつらのほうが音はでかかったかもしれないけど、こっちには〈牡丹〉がある。これであいつらの反応を見てやろう」だが、またもやあいつらはこっちをだしぬくかもしれない、とかあちゃんが感じていることは顔に書いてあった。

おれはドックの先端にビールとソーダの缶を一ダース並べ、それぞれ一本ずつ〈牡丹〉を差しこんだ。向こう側にいるマッシモ家の男衆はこっちを見ていたが、やがてトランペットを吹けることになるとは思っていなかったやつが邸宅に新たな弾薬を取りに戻った。

いっぽうで、おれは並べた導火線にライターで火をつけていき、まあ、手際よくと言ってもいいぜ、〈牡丹〉を連続して打ち上げた。不発はひとつもなし。ものすごくきれいだった。すぐに消えたけどな。夜空に虹が咲いた感じで、まさにポップが確約したとおりだった。驚きと感激の声をもらさせた――マッシモ家の何人かからだ――と思ったら、先ほど邸宅に使い走りにいった若造があらたに箱を抱えて戻ってきやがった。

おれたちの〈牡丹〉と似たような花火でいっぱいだとわかったが、ただしあいつらのほうがデカかった。それぞれにボール紙製の発射台がついていた。それがおれたちには見えた。というのも、そのときにはマッシモ家のドックの先端に明かりが灯っていたからだ。照明は松明《たいまつ》のように見えたが、実際には電気装置だった。ポールがそれらロケット花火を点火して打ち上げ、夜空に黄金の星の形を描いた。おれたちの〈牡丹〉より倍も大きくて明るかった。しかも落下しながらキラキラ輝きパンパンとマシンガンのような連射音をたてた。だれもかれもが盛んに拍手を送り、これぐらいのことをやれよ、でなけりゃあ潔く負けを認めろといった具合に、おれとかあちゃんを責めた。そして例のトランペットだ。プワーン、プワーン、プワーン。

あとで、おれたちのみじめな花火を全部打ち上げてからだが、かあちゃんはナイトガウンにタータンチェックのスリッパといった格好で、耳から実際に湯気をたてながらキッチンで地団太を踏みまくった。「いったいどこからあんな兵器なみの花火を入手したんだろ？」かあちゃんはきいたが、いわゆる修辞疑問ってやつで、おれに答える間を与えなかった。「どうせロードアイランドのごろつきからさ。やつには〝コネ〟があるからね。それにやつはどんなことでもかならず勝つ手合いのひとりだし！　見りゃあそれとわかる！」

まあ、言ってみれば、かあちゃんみたいなもんだね、とおれは思ったが、口には出さなかった。ほんとうに沈黙は金のこともある。〈アレンズ・コーヒーブランデー〉をしこたま飲んでいて、怒髪天を衝く勢いのときは黙っているにかぎる。

「それにあたしはあのいまいましいトランペットがいやだ。蛇蝎《だかつ》のごとく嫌ってる」

おれもそこのところは同意できるので、うなずいた。

かあちゃんは、その晩の自分の最後の一杯をおれのシャツの胸にこぼしながら、おれの腕をつかんだ。「来年だ！」かあちゃんは言った。「どっちがボスなのかやつらにわからせてやる、来年は！　一四年にはあのトランペットを黙らせてやると約束しな、オールデン」

おれはとりあえず約束した――できるだけのことはすると。ポール・マッシモはロードアイランドに資材も人材もすべてそろえているが、おれたちには？　ポップ・アンダースン、靴の量販店隣の道端にある古物商の経営者だけ。

それでも翌日、おれはポップのところに行って事の顚末を語った。かれは耳を傾け、おれに礼節をつくして笑いをこらえていたが、さすがに口元が何度かヒクついた。なるほどたしかにこの出来事には笑える面がある――少なくとも昨晩までは――ことを認めるのにやぶさかではないが、ハリー・マッコウズランドにガミガミうるさくまとわりつかれた場合はそれどころではない。

「なるほど、おまえのかあちゃんのハリーをイライラさせている事情はのみこめた」ポップは言った。「彼女はいつだって人にだしぬかれると手に負えなくなったもんさ。だけど、いいかげんにしろよ、たかが花火だぞ、オールデン。ハリーも素面になれば、そんなことはわかるさ」

「そうは思えない」とだけ言って、おれは口をつぐんだ。かあちゃんは二度と素面にならなくって、ほろ酔いから泥酔になって眠り、二日酔いで目覚めてからまたほろ酔い状態のループに陥っているなんてよけいなことを口走りたくなかった。おれもかあちゃんとたいしてかわらない状態だったが。「今年のトランペット野郎の花火よりすごいのなんてそんなに多くないと思うんだ。だから来年の七月四日にあのうざったいトランペットを黙らせることができれば、かあちゃんはご満悦さ」

「でもな、手助けできない」ポップは言った。「世間にはたくさんのどでかい花火が売り物としてあるが、おれはそちらの商売には手をだしたくない。販売ライセンスを失いたくない、というのが理由のひとつ。けが人をひとりもだしたくない、というのがもうひとつ。酔っ払いが爆発物でふざけると必ず大惨事を招く。だけど、マジで決意が固いのなら、インディアン・アイランドにまで足を伸ばして、そこにいるやつと話をしたほうがいい。ハワード・ガマッチという名の〈ペネブスコット族の大物〉だ。メイン州で一番でかいインディアン。たぶん、世界最高かも。ハーレーダビッドソンに乗っていて、両頰に羽のタトゥーを入れている。かれこそが、いわゆるいろんなコネを持っている大物だろうな」

コネのある大物！　それこそおれたちが必要としている相手！　おれはポップに礼を述べると、手帳にハワード・ガマッチの名前をメモり、翌年の四月には自家用トラックのダッシュボードに現金で五百ドル入れてペネブスコット郡に向かった。

そしてミスター・ガマッチを見つけた。オールドタウンにある〈ハーベスト・ホテル〉のバーにすわっていたが、言い伝えどおりの巨体だった――二メートルはあった、と思う。それと体重は百六十キロぐらい。かれはおれの辛い体験談に耳を傾け、おごってやったピッチャーに入ったバドワイザーを十分で飲み干すと、こう言った。「さてと、ミスター・マッコウズランド、おれの小屋《ウイグワム》までいっしょにちょいとひとっ走りして、そこで詳しく話し合おうか」

ハワード・ガマッチはハーレーダビッドソン・ソフテイルに乗っていた。とてつもなくどでかい橇《そり》だが、かれがまたがると、サーカスでピエロが乗りまわす小型の自転車のようだった。尻たぶでサドルが見えなくなるほどの超ミニ自転車。かれの小屋《ウイグワム》は瀟洒《しょうしゃ》な二階建ての家で、裏庭に子どもたち用のプールがあったが、その人数がまた半端ない。

いや、アーデル、バイクとプールはたいして重要な話じゃないが、調書を取りたいなら、おれの話し方の流儀にしたがってもらわないと。がっかりはさせないよ。で、地下にはホームシアターの設備まであった。ヤベーよ、おれはそこに引っ越したくなったね。

花火はガレージにあり、防水シートに覆われていた。すべて木箱にぎっしり詰め込まれていて、なかにはとんでもなくスゴイやつもあった。「この件で逮捕されたとしても」かれは言った。「あんたはハワード・ガマッチの名前なんて聞いたこともない。そうだな?」

おれは、そのとおり、と答えた。そしてかれは真っ正直で、おれをだます気はない――少なくともそんなには――ような男に見受けられたので、五百ドルでなにが買えるかたずねてみた。結局、ケーキを入手することにした。導火線が一本ついた小箱にロケットがぎっしり詰まっているやつだ。点火すると十二連発で打ち上げられる。ケーキは三種類あって、〈放火魔猿〉が三箱、〈アメリカ独立宣言〉が二箱、〈サイコ・デリック〉がひと箱あったが、その最後のやつは巨大な光の花を天空に咲かせる超特別品だった。それに決めた。

「こいつでイタ公たちはぐうの音も出ないかな?」おれはハワード・ガマッチにきいた。

「もちろんだ」ハワードは言った。「おれはレッドスキンとかトマホーク・トムよりもネイティヴ・アメリカンと言われるほうを好むけども、イタ公、露助、ジャップといった人種差別用語なんてたいして気にしない。みんなアメリカ人なんだよ、あんたやおれと同じようにこの国で暮らしている連中は。だから、かれらを見下す必要はない」

「言いたいことはわかる」おれは言った。「そのお言葉は肝に銘じておくけど、それでもマッシモ家の連中はむかつくんだ。あんたは腹がたつことがあっても、ウンコを踏んだのがウンのつきだと思ってあきらめるのか」

「なるほど、おまえの苛立ちや怒りのどあいがよくわかった。だが、ちょいと忠告させてもらおう、白人さんよ。家に戻るまで制限速度を厳守しな。そのブツをトランクに入れた状態で捕まりたいやつはいない」

かあちゃんはおれが持ち帰ったものを見ると、両手をこぶしにして頭上でふってから、自分とおれのグラスに〈ダーティ・ハブキャップ〉を注いで祝杯をあげた。「こいつを目にしたら、あいつらビビりまくるよ!」かあちゃんは言った。「チビりまくるかも! ぜったいにね!」

そんなことにはならなかった。あんたら知ってるよな、だろ?

去年の七月四日のことだ、アベナキ湖は見物人のボートであふれかえった。噂が広まったんだな、ヤンキーのマッコウズランド家VSイタ公のマッシモ家の花火合戦のことが。湖のこっち側には六百人いたにちがいない。相手方はそれほどではなかったが、これまで以上の群れだった。ミシシッピー川から東のすべてのマッシモ一族が一四年の決戦に集合したのにちがいない。そのときは、爆竹やチェリーボムといったとるにたりない前座を披露せずに、宵闇の到来を待って真打ちを登場させるつもりだった。かあちゃんとおれは自分たちのドックに漢字の書かれた箱を積み重ねたが、向こう側もそうしていた。東側の岸辺ではマッシモ家のチビ助たちがずらりと並んで手持ちスパークルをふっていた。まるで大地に星が降ってきたように見えた。スパークルでじゅうぶんだと思うことがあるし、今朝になってみれば、そこでとどめておけばよかったとマジで思うよ。

ポール・マッシモがこっちに手を振り、おれたちも手を振り返した。トランペットのアホンダラが長々とひと吹きした。プワワワーン！　ポールがおれを指さした。まるでそっちから始めろと言っているようだった。で、おれは〈放火魔猿〉を打ち上げた。そいつが夜空を照らし、見物人たちが歓声を発した。ついでマッシモ家の息子のひとりがなにやら似たようなものに点火した。ただしそれはおれたちのより明るく少し長持ちした。群衆が驚嘆の声を放ち、うざったいトランペットをかき消した。

「気にすることないよ、〈オカマ猿〉かなんだか知らないけど、そんなもん」かあちゃんは言った。「〈アメリカ独立宣言〉をお見舞いしてやんな。怖気づかせてやろう」

おれはそうした。ものすごくきらびやかだったが、いまいましいマッシモ家はまたもやその上をいった。あいつらはおれたちが打ち上げると、かならずそれを越え、毎回さらに明るくもっと大音量を放ち、あのバカタレがトランペットを吹き鳴らした。それがおれたちには腹立たしいことこのうえない。くそっ、あれには教皇だってむかつくだろうよ。その晩、群衆は素晴らしい夜空の祭典を目にした。おそらくポートランドで開催された花火大会と肩を並べるほどのものを。見物人はご満悦で帰宅ってことになっただろうが、〈蚊の発生源〉のドックではまったく盛りあがっていなかった、マジで。酔っぱらっているときのかあちゃんは、たいてい機嫌がいいが、その夜はちがった。すでにあたりは真っ暗闇で、すべての星が出ていて、火薬の靄《もや》が湖上を漂い流れていた。おれたちには一番大きな一本しか残っていなかった。

「そいつに火をつけな」かあちゃんは言った。「あいつらが太刀《たち》打ちできるかどうか見てやろう。そうするしかない。だけど、またあの耳障りなトランペットを吹かれたりしたら、あたしの頭は爆発しちまうよ」

おれたちの最後の一発——超特別品——は〈憤怒の亡霊〉と呼ばれていて、ハワード・ガマッチのお墨付きだった。「美しい逸品だ」かれは言った。「そして完璧な違法品。点火したら離れるんだ、ミスター・マッコウズランド、火花を撒き散らかすから」

とんでもない導火線は手首ぐらい太かった。おれはそれに着火して、うしろにさがった。導火線が燃えつきて数秒たってもなにも起こらなかったので不発かと思った。

「おやおや、種無しかい」かあちゃんは言った。「こりゃあ、あのくそラッパが鳴り響くよ」

ところが、トランペットがひと吹きされるまえに、〈憤怒の亡霊〉が打ち上げられた。初めはたんなる白い火花の噴水だったが、やがてさらに高く吹き上げられて色もローズピンクになった。ついで星形に炸裂する打ち上げ花火を発射しだした。そのときまでにはおれたちのドックの先端で吹き上げられている火花は少なくとも四メートルに達し、色はあざやかな赤になっていた。打ち上げの回数もまして、どの花火も天空の高みへまっしぐらに昇っていき、超音速ジェット機の飛行中隊なみの爆音を放った。かあちゃんは耳をふさいだが、口が裂けそうなほど大笑いしていた。噴きあがる火花の勢いは衰えていったが、最後にもう一度――売春宿に来た老人のようだ、とはかあちゃんの弁――ほとばしらせ、夜空に黄色と赤色に彩られた目にもあやな花を咲かせた。

一瞬の静寂――畏怖に打たれたって感じ、わかんないだろうな――があり、ついで湖上のみんなが狂ったように歓声をあげた。キャンプカーの中で見物していた連中はクラクションを鳴らしたが、耳をつんざく爆音のあとでは蚊の鳴くような音だった。マッシモ家も拍手喝采した。それで連中がスポーツマンシップのあるいい連中だということがわかった。おれは感動したね。だって、すべてに勝利しなければならない輩はたいていそうじゃないからだ。トランペットのやつは、そのいまいましいものをホルスターからまったく抜き出さなかった。

「やった！」かあちゃんが叫んだ。「オールデン、キスしておくれ！」

おれはそうした。そして湖の向こう側を見ると、ポール・マッシモがドックの先端に立って、電気仕掛けの松明に照らされていた。かれは一本の指を突きあげた。こう言っているようだった。「待ってろよ」おれは胃をしめつけられたような気分になった。

トランペットを持っていないほうの息子――少しは分別がありそうだ、とおれがにらんでいるやつ――がクレイドルランチャーをゆっくりと恭しく置いた。さながら、ミサで侍者《じしゃ》が聖体を置くように。ケープ・カナベラル空軍基地でもあるまいし、そんなくそでかい打ち上げ花火《ロケット》なんて、おれは生まれて初めて目にした。ポールは片膝をつき、ライターで導火線に火をつけた。それが火花を散らしだすとすぐに、かれは息子をふたりともつかんでドックから走り去った。

た。

その打ち上げは途切れることがなかった。おれたちの〈憤怒の亡霊〉のように。その超ド級の花火がアポロ19号さながらに打ち上げられた。夜空を昇っていく青い尾が紫に、ついで赤に変わった。すると湖全体の上空を覆うほどの火の鳥が出現して星々を抹消した。そいつは夜空で燃え上がってから爆発した。ついで言うまでもないだろうが、爆発から小鳥たちが誕生して四方八方に飛び散っていきやがった。

群衆は熱狂した。年長の息子ふたりは父親のポールを抱きしめ、その背中を軽くたたきながら笑っていた。

「家に入ろう、オールデン」かあちゃんは言ったけど、そんなに悲し気な口調はとうちゃんが死んで以来のことだった。「あたしたちの負けだ」

「来年はやっつけてやる」そう言いながら、おれはかあちゃんの肩をそっとたたいた。

「だめだね」かあちゃんは言った。「あいつらマッシモ家は常に一枚上手《うわて》だ。そういう連中なんだよ——〝コネ〟がある連中は。あたしたちは運に恵まれたしがない成金で、もうそれでじゅうぶん」

おれたちのみすぼらしいあばら家につづく階段をあがっていくと、湖の向こう側の豪勢な大邸宅からトランペットの最後のひと吹きが聞こえてきた。プワワワーン！　頭が痛くなった、マジで。

ハワード・ガマッチが教えてくれたんだが、最後の打ち上げ花火は〈運命の雄鶏〉というものらしい。かれはその動画をＹｏｕＴｕｂｅで見たことがあったが、背後で流れていたのは中国語だった。

「マッシモ家の殿方がそれを国内でどうやって入手したかはミステリーだな」ハワードは言った。というのは、花火合戦から一か月後の話で去年の晩夏のこと、おれはインディアン・アイランドにある瀟洒な二階建ての一軒家まで車を走らせるほどの気力をようやく取り戻し、ハワードに事の顚末を――いい勝負だったが、なんだかんだ言っても、それもつかのまのことで、結局は負けたと話した。

「そんなのミステリーじゃない」おれは言った。「やつの中国のお友だちが大量のアヘンといっしょにオマケとして送ってきたのさ。その手の商いをしているとよくある、ちょっとした謝礼さ。〈運命の雄鶏〉の上をいくやつをなにか持ってないか？　かあちゃん、ものすごくガックリきてんだよ、ミスター・ガマッチ。来年はもう張り合う気がないんだ。でも、おれはちがう。もしなにかいいのがあれば……わかるよな、これ以上はないというぐらい最高のブツがあれば……千ドルぐらいだしてもいい。かあちゃんが七月四日にニッコリするのが見られるなら、それぐらいの価値はある」

　ハワードは裏口の階段にすわっていて、耳を巨石のような膝頭ではさむような恰好をしながら――まったくもって、実に大きな男だった――おれの言ったことを考えた。熟考した。そしてかれなりの流儀で判断した。ようやくかれは口を開いた。「噂がある」

「どんな？」

「特別なやつで、〈未知との遭遇《CE4》〉と呼ばれている」かれは言った。「火薬を使ったお楽しみについて文通している相手から聞いた。シャイニング・パスという野郎だが、たいていはジョニー・パーカーという名前で通っている。カユガ・インディアンで、ニューヨーク州アルバニー近くに住んでいる。メール・アドレスを教えてやるが、まずおれがメールを送って、おまえが安全なやつだということ知らせないと、そいつから返事はもらえないだろうな」

「やってくれるだろ?」

「もちろん」ハワードは言った。「そのまえに貝殻ビーズの装身具を買ってもらわないとな、白人さんよ。五十ドルだ」

金がおれの小さな手からかれのでかい手にわたされると、かれはジョニー・シャイニング・パス・パーカーにメールを送信した。その後、おれは湖に戻って自身のメールを送ると、すぐにジョニー・シャイニング・パス・パーカーから返事がきた。しかし、そいつはCE4と称するものについて直接語ろうとしない。かれに言わせれば、政府がネイティヴ・アメリカンのすべてのメールを当然のごとく読んでいるからだ。おれはその件に関して異論はなかった。政府のやつらはすべての人のメールを読んでいるにきまっている。というわけで、おれたちは実際に会うことにした。約束の日は去年の十月一日。おれはニューヨークへ上京した。

もちろん、かあちゃんは知りたがった。いったいどんな用事があってはるばるニューヨークの北部まで行くのかを。おれは出かける理由をわざわざでっちあげることはしなかった。かあちゃんはいつだっておれのことはお見通しだからだ。おれがガキの頃から。かあちゃんはかぶりをふっただけだった。「行きな、それで気がすむなら」かあちゃんは言った。「でも、あいつらはもっとでかいのを持ってくる。その結果、あのくそいまいましいイタ公がトランペットを吹き鳴らすのを我慢して聞かなければならなくなるんだ」

「うーん、かもね」おれは言った。「けど、ミスター・シャイニング・パスが言うには、それはあらゆる花火をかすませるほどの最高の花火なんだ」

知ってのとおり、それは嘘偽りのない事実だと判明した。

車を長時間走らせた。ジョニー・シャイニング・パス・パーカーはいいやつだということがわかった。かれの小屋《ウイグワム》はグリーン・アイランドにあったが、その地域の家はマッシモ家の〈十二本松〉と同じぐらい大きかった。そしてかれの奥さんはとんでもないエンチラーダをつくってくれた。おれは激辛グリーンソースがついたやつをみっつ食った。おかげで帰る途中、腹の具合がおかしくなったが、それはこの調書の本題と関係ないし、アーデルがまたもやイライラしだしているので、話すのはやめにしておく。ただ、おしりふきウェットティッシュのお世話になったとだけ言っておく。

「CE4は特別注文になる」ジョニーは言った。「中国人が年に三、四個しか作らない。外モンゴルとかそんなような場所で製作するんだが、そこでは一年のうち九か月は雪が積もってて、噂によれば赤ん坊たちはオオカミの子といっしょに育てられるそうだ。通常その種の加工品はトロントに出荷される。おれが発注して、自分でカナダから持ち込めると思う。だけど、ガソリン代と手間賃は払ってもらうぞ。もし捕まったら、おそらくおれはテロリストとみなされて軍事刑務所レブンワースで一生を終えることになる」

「まいったな、あんたをそんなトラブルに巻き込みたくない」おれは言った。

「うーん、ちょっと誇張したかも」かれは言った。「だけど、CE4はとてつもない花火だ。あんなのはいまだかつてなかった。湖の向こう側のあんたのお友だちがそれを上回る花火をたまたま持っていたとしても、全額返金はできないが、おれの取り分は返す。そいつは確実だ」

「しかも」シンディ・シャイニング・パス・パーカーが言った。「ジョニーは冒険が大好きなのよ。エンチラーダをもっといかが、ミスター・マッコウズランド?」

それは遠慮しておいた。たぶん、ヴァーモント州のどこかで盛大に腹を下していただろう。そしてしばらくのあいだ、おれはすべてをほぼ忘れかけていた。やがて年が明けたあとすぐに――やっと本題に近づいてきたぞ、アーデル、うれしいだろ?――ジョニーから電話があった。

「去年の秋に話し合った例のものが欲しければ」かれは言った。「手に入れた。だが、二千ドル払ってもらおう」

おれは固唾をのんだ。「そいつはべらぼうに高いな」

「その点について反論はできないが、こういう見方をしろよ――あんたら白人はマンハッタンを二十四ドルで手に入れた。それ以来おれたちは見返りを求めているのさ」ジョニーは声に出して笑ってからつづけた。「だけど、マジで言うけど、あんたがほしくなければ、それはそれでかまわない。湖の向こう側のあんたのお仲間が興味を示すだろうから」

「それはやめてくれ」おれは言った。

ジョニーはおれの返答に対してさらなる高笑いを発した。「言っておくが、こいつはとてつもなくすさまじいぞ。おれは何年も大量の花火を売ってきたが、こいつみたいなのにはついぞお目にかかったことがない」

「たとえば?」おれはきいた。「どんな感じ?」

「自分の目で見るべきだな」ジョニーは言った。「あんたにインターネットで写真を送ってやる気はない。それに、どんな感じときかれても、まあ……そのう……実際に火をつけてみないとわからんね。おれんとこまで来る気があるなら、ビデオを見せてやる」

「行くよ」二、三日後には、おれは素面になって髭を剃り、髪をとかして出かけた。

さあ、ちゃんと聞いてくれ、おふた方。おれは自分がしたことについて言い訳をするつもりはない――それにかあちゃんはこの件には関係ない、このおれがあのトンデモない代物を入手して、自分で打ち上げたんだ――が、ジョニーに見せてもらったビデオに映っていたCE4と昨晩おれが打ち上げた花火は同じものじゃなかった、ってことは言わせてもらう。ビデオで見たやつはずっと小さかった。ブツの入った木箱をおれとジョニーでトラックの荷台に載せるとき、その箱がいやにでかかったので、おれは感想をもらした。「過剰包装なんじゃないの」

「たぶん輸送中になにも起こらないように用心してんだろ」ジョニーは言った。

かれも知らなかったんだな。シンディ・シャイニング・パス・パーカーはおれがせめて木箱を開けて中身を確認したくないかたずねたが、めったやたらに釘付けにされていたし、おれは暗くならないうちに帰りたかった。夜道の運転は不慣れだったからだ。今日あらいざらい打ち明ける決心をしてここに来たんだから言うけど、それはほんとうじゃなかった。おれは宵に酒を飲む。その時間に少しでも遅れたくなかった。それが真実だ。悲しい性《さが》だってことはわかってるし、どうにかしなけりゃいけないってことも承知している。牢屋にでもぶちこまれれば、その機会があるかもしれない、だろ？

翌日、おれとかあちゃんとで釘を抜き、購入したものをちょいと見てみた。町中の自宅でのことだった。わかるよな、一月だったから、湖畔の別荘は魔女の乳首より凍えていた。どうせ包装紙は中国の新聞かなにかだろうと思ったが、とうていそんなものじゃなかった。CE4は正直言って、おそらく二メートル以上あったし、茶色い紙で梱包されていた。ただしその紙はオイルをたっぷり含んでいて、ずっしりと重く、むしろキャンバスみたいだった。導火線が下の端から突き出ていた。

「これ、ほんとうに打ち上げられると思う?」かあちゃんがきいた。

「そうだな」おれは言った。「ダメだった場合、最悪なことってなんだろう?」

「二千ドルをドブに捨てたことになるね」かあちゃんは言った。「でも、そんなのは最悪じゃない。最悪なのは、一メートルもあがらずにプシューっと音をたてて湖に消えることさ。そんであのベン・アフレックに似た若造のイタ公がトランペットをひと吹き」

おれたちはその代物をガレージに押し込んで放置しておき、五月末の〈メモリアル・デイ〉になってから湖に運んだ。今年はそのほかに普通の花火はなにひとつ買わなかった。ポップ・アンダースンとハワード・ガマッチのどちらからも。おれたちは一発に賭けた。CE4、あるいは不発弾に。

よし、ということで、とうとう昨晩の出来事だ。一五年七月四日、アベナキ湖でかつてないほどの出来事、そして二度とないことを願う事件が起きた。当然、おれたちはものすごく乾燥した夏だということは知っていたが、そんなことは気にしなかった。関係ないだろ? 湖上での打ち上げ花火だし、だろ? 安全きわまりないよな?

マッシモ一族は勢揃いして楽しんでいた——音楽を奏で、ゲームをし、約五台のいろいろなグリルでウィンナーソーセージを焼き、近くの浜辺で泳ぎ、浮き台から飛び込みをしていた。ほかの連中もいた。例年のごとく、湖の両サイド——おれたち側とマッシモ側に見物人たちが集まっていた。北端と南端にも何人かいた。そちら側は沼地なんだがね。かれらは今年の〈独立記念日花火大戦、イタ公VSヤンキー〉の一幕を見るためにそこにいた。

夜の帳《とばり》が降り、ようやく一番星が現れた。いつもそこにいて輝いていたように。そしてマッシモ家のドック先端にある電気仕掛けの松明がパッと灯り、ふたつのスポットライトのように光を投じた。そこにポール・マッシモが両脇にふたりの年長の息子を伴って気取った歩き方でお出ましだ。驚きはしなかったが、あいつらは高級なカントリークラブ・ダンスで着るようないでたちをしていた！　父親はタキシード、息子たちは白いディナージャケットで襟に赤い花をつけている。ベン・アフレック似の息子はトランペットを腰の下方に下げていた。まるで拳銃使い《ガンスリンガー》だ。

あたりを見まわすと、湖は例年以上の人垣ができているのがわかった。少なくとも千人はいたにちがいない。みなショーを期待してやってきたんだ。マッシモ家の連中はそれに応える服装で登場したのに、かあちゃんは普通の部屋着で、おれはは着古したジーンズにTシャツ。おまけに〈あなたの大好きなところにキスしていいわ。でも、おれ、チーズはきらいなんだ〉なんてロゴ入りだった。

「あいつ、箱を持ってないよ、オールデン」かあちゃんは言った。「なんでだろ？」

おれはかぶりをふっただけだった。わからなかったから。おれたちのただひとつの花火はすでにドック先端に使い古されたキルトに覆われて置かれていた。朝からその状態だった。

マッシモはいつものように礼節をもっておれたちに片手を差し出した。どうぞあなたがたから始めてください、と言っているようだった。おれは首を横にふり、すかさず手を差し出した。いや、今回はお先にどうぞ、旦那、と言うように。かれは肩をすくめると、片手を宙でぐるぐるまわした。まるで審判がホームランだと言うときのように。およそ四秒後、夜空は急上昇していく火花の軌跡でいっぱいになり、ついで花火が湖上で星形に爆発して飛散したかと思うと、すぐさま多数の発射筒が炸裂して花やら噴水やらおれにはなんだかわからないものを噴出した。

かあちゃんは息をのんだ。「あらら、あのゲス野郎！　花火職人をごっそり雇ったんだ！しかも指折りの熟練花火師を！」

いかにも、それこそやつがしたこと。終わり近くに〈ダブル・エクスカリバー〉やら〈ウルフパック〉を打ち上げる二十分の夜空の祭典のために一万か一万五千ドルを費やしたのにちがいない。湖畔にいる群衆は感極まった声をあげたり、ものすごい歓声を発したり、クラクションをガンガン鳴らしたり、大声で叫んだり、絶叫したりした。ベン・アフレック似のやつが脳出血を起こしそうなほどトランペットを思いきり吹き鳴らしたが、夜空を色とりどりに昼間のように明るく照らしだしている砲術演習の音をうわまわることはできなかった。花火職人たちが花火を打ち上げたところから煙幕が生じて浜辺に降りてきたが、湖上をまったく吹きわたらなかった。そのかわり家に吹き寄せられた。〈十二本松〉の方に。気づいて当然だろと言うだろうが、おれはわからなかった。かあちゃんも気づかなかった。だれひとりとして。おれたちはみなびっくり仰天していた。マッシモはおれたちにメッセージを送っていたんだ、こんな感じに。おしまいだよ。また来年があるなんて考えるな、みじめったらしいヤンキーめ。

間があいた。やつは射精したのにまちがいない。二重になった火花が天高く噴出し、夜空いっぱいに燃え上がる巨大な帆船が広がったときに！　おれはハワード・ガマッチから聞いてそいつがなんだか知っていた。〈エクセレント・ジャンク〉。中国の木造帆船のことだ。ついにそれが終わり、湖畔の群衆の熱狂がおさまると、マッシモは花火点火係たちに最後にもう一度合図を送ると、かれらは浜辺のアメリカ国旗に火をつけた。星条旗は燃えて火球を放った。そのあいだじゅう、だれかが演奏する愛国歌「アメリカ・ザ・ビューティフル」がサウンドシステムを通して流れていた。

ついに国旗がオレンジ色の燃えカスだけになった。あいかわらずマッシモは自分のドック先端に立っていて、微笑みながら、ふたたびこっちに片手を差し出した。まるでこう言っているようだった――やれよ、打ち上げな、そっちにある見栄えのしないショボいものをなんでもな、マッコウズランド、それで終わりにしようや。今年だけじゃなく永遠に。

おれはかあちゃんを見た。かあちゃんはおれを見た。ついでかあちゃんはグラスの中身――おれたちは昨晩、〈ムーンクェーク〉を飲んでいた――を湖に捨てて言った。「やりな。どうせ焼け石に水だろうけど、せっかく大金をはたいて買ったんだから、打ち上げたほうがいい」

覚えているよ、どんなに静かだったか。カエルはまだ鳴きやんだままだったし、気の毒な老いぼれアビは昨晩、鳴くのをやめたが、たぶんこの夏の残りのあいだはそうだろうな。水辺にはまだたくさんの見物人が立っていて、おれたちの花火を待っていたが、それより多くの人は町に戻ろうとしていた。自分の応援しているチームがボロボロになって、もう挽回するチャンスはないとみかぎったときのファンのようだった。レイク・ロードへ車のテイルライトが鈴なりになっているのが見えた。その道は幹線道路119につながり、そしてプリティ・ビッチへ、最終的には非法人地域TR-90とチェスターズミルの町に至る。

どうせ打ち上げるなら、盛大な素晴らしいショーにしなければならない、とおれは判断した。不発に終わったら、残っていた人たちは笑いたいだけ笑うだろう。あのうざったいトランペットには耐えられる。もう来年は耳にすることがないとわかっているから。というのも、おれはもう疲れ果て、これ以上張り合う気がなかったからだ。かあちゃんもそう思っているのは顔を見ればわかった。オッパイでさえだらりとさがって元気を喪失しているように見えたが、それは単に昨晩からもうブラジャーをしないことに決めたせいだ。ものすごく締めつけられていやだと言っていたし。

おれはマジシャンがトリックを披露するときのようにキルトのカバーをさっと取り、その下から四角い木箱を出現させた。二千ドル――マッシモが〈エクセレント・ジャンク〉ひとつだけに支払った金額のたぶん半分――でおれが購入した代物だ。それはぶあついキャンバスじみた紙でしっかり包装されていて、短くて太い導火線が下の端から突き出ていた。

おれはその木箱を指さし、ついで空を指さした。ドレスアップしたマッシモ家の三人はドックの先端に立っていて、笑い声をあげた。そしてトランペットが吹き鳴らされた。プワワーン、ワワーン!

導火線に火をつけると、火花を出し始めた。おれはかあちゃんをつかんでうしろに引き寄せた。その得体の知れないトンデモ品が発射台で爆発する場合に備えてだ。導火線は箱まで燃え進んで消滅した。仰々しい木箱はウンともスンとも言わない。マッシモ家の例の若造がトランペットを口に持っていったが、吹き鳴らすより早く、押しつぶされたような火が箱の下から出てきた。炎は最初、ゆっくりと立ち昇ったが、しだいに早くなり、さらにはノズル――おれはジェット噴射だと推測した――に点火した。

上に向かってまっしぐら。三メートル、ついで六メートル、やがて十二メートル。星々を背にした四角い箱がはっきりとわかった。それは十五メートルの高みに達し、見物人たちが首を伸ばして見ていると、爆発した。ジョニー・シャイニング・パス・パーカーがＹｏｕＴｕｂｅの動画で見せてくれたのと同じだった。おれとかあちゃんは歓声をあげた。みんなも大喜びした。マッシモ家の連中だけが当惑しているようで、たぶん――湖のこちら側からでは相手の表情はわからなかったが――見下していたのだろう。こんなふうに思って。爆発する箱だって？なんじゃそれ？

ただし、ＣＥ４はそれだけじゃなかった。爆発のまぶしさから瞳孔が回復すると、人々は驚いてハッと息をのんだ。紙製のものが現れて、目にしたことのあるあらゆる色と見たこともない色に燃えながら開き始めたからさ。そして空飛ぶ円盤に変化していった。それが開いて広がっていくさまは、さながら神が聖なる傘を広げていくようだったぞ。そして広がりながら、あらゆる方向に火の玉を放ちだした。それぞれが爆発して、さらに多くの火の玉を噴射し、その円盤の上に虹のようなものを作り出した。あんたらふたりもすでに、ケイタイの動画で見ているよな。たぶんケイタイをもっていたやつならだれでもそれで動画を撮っていたからね。それっておれの裁判のさいには、ぜったいに証拠になると思うけど、言っておくが、あんたらふたりも昨晩その場にいるべきだったよ、あの驚異を満喫するために。

かあちゃんがおれの腕をぐいとつかんで言った。「きれいだ。でも、三メートルそこそこかと思ってた。これって、インディアンのお友だちが言ったやつじゃないだろ？」

そうだったけど、おれが解き放った代物は六メートルを越えていて、しかもまだ展開の途中で、一ダースかそれ以上の小さなパラシュートを発射して、本体がさらなる色彩と火花と噴水と閃光爆弾を打ち上げるあいだも宙に長く漂っていられるようにした。マッシモの花火ショーより豪華とは言えないかもしれないが、やつの〈エクセレント・ジャンク〉より壮大だった。しかも、それが昨晩最後の一発だった。そして常に人々が覚えているのは、最後に目にするものだと相場が決まっているだろ？

かあちゃんはマッシモ家が空を見つめているのを目にした。かれらの顎は蝶番の壊れたドアのようにだらりとはずれ、これまでこの地上に存在したなかでも最高に純粋培養されたアホさながらの顔に見えたので、かあちゃんは小躍りして喜んだ。トランペットはベン・アフレックの片手にぶらさがっている。それを持っていることを忘れてしまったようだ。

「やっつけた！」かあちゃんはおれに金切り声をあげながら、拳を握ってガッツポーズをとった。「ついにやったよ、オールデン！　やつらを見てごらん！　打ちのめされてる。高くついたけど、それだけの価値はあったね！」

かあちゃんはおれと踊りたがったが、おれにはさっきまでたいして気にかけていなかったものが目に入っていた。風があの空飛ぶ円盤を湖のさらに東方、〈十二本松〉の方に押しやっていたんだ。

ポール・マッシモもそれを目にしていた。そしておれを指さした。まるでこう言っているかのように。おまえがあれを打ち上げたんだから、まだ湖の上にあるうちにおまえが引きずりおろせ。

もちろんそんなことは無理なわけで、そのいっぽうで、とんでもない代物はあいかわらず打ち上げ花火やら連発花火やら渦巻き型噴水花火やらを大量に噴射し、まるでつきることのないような勢いだった。やがて——そんなことが起こるとは夢にも思わなかったが、というのもジョニー・シャイニング・パスが見せてくれた動画はサイレントだったからだ——それが音楽を奏で始めた。五音符が何度も何度も繰り返された。ドゥ・ディ・ドゥ・ダム・ディ。映画『未知との遭遇』で宇宙船が奏でる音楽だった。だから、その音がドゥードリー・ドゥーイン、ドゥードリー・ディーインとたるんだようになったときに、円盤に火が燃え移った。おれはそれが事故だったのか、最終効果をねらったものだったのかわからない。円盤を宙に支えていたパラシュートにも火が移り、子だくさんのマザーシップが沈み始めた。最初おれは、そいつは向こう側に着地するまでもなく湖に落下するだろう、ひょっとするとマッシモ家の水泳用の浮き台に不時着してろくでもないことになるかもしれないが、最悪の事態ではないとたかをくくっていた。ところがちょうどそのとき、強い突風が吹き起った。まるで母なる自然そのものがマッシモ家にうんざりしていたかのように。あるいは、もうたくさんだと思ったのは例のくそったれトランペットに対してかもしれない。

ところで、あいつらの地所の名前の由来は知ってるよな、で、その十二本の松の樹はめちゃくちゃ乾燥していた。それらのうちの二本は長いフロントポーチの両側に立っていたが、それなんだよ、おれらのCE4が激突したのは。その二本の樹はすぐさま火を受け入れ、さながらマッシモ家のドック先端にある電気仕掛けの松明のように見えた。ただしもっとでかかったけど。最初は針葉に、ついで枝に、そして幹に火が広がった。マッシモ家の連中は右往左往して逃げまどった。蟻塚を蹴とばされたときの蟻のようだったね。燃えている枝がポーチにかかっている屋根に落ちて、それもまたすぐにめちゃくちゃ燃え上がった。そうしたあいだにもずっと、あのおなじみのメロディーは鳴りやまなかった。ドゥ・ディ・ドゥ・ダム・ディ。

宇宙船はまっぷたつになった。半分は芝生に落下したが、それはたいしたことなかった。しかし、もう半分は住まいの屋根に舞い降りて、まだ残っていた打ち上げ花火の最後の数発をぶっ放しやがった。その一発が二階の窓を破って室内に入り、カーテンに火をつけてまわったんだ。

かあちゃんはおれに顔を向けて言った。「ねえ、これはヤバいよ」

「うん」おれは言った。「かなりマズくないか?」

かあちゃんは言った。「消防署に電話したほうがいいと思うよ、オールデン。実際の話、二、三か所の消防署にしたほうがいい。さもないと湖からキャッスル郡までの森林一帯が丸焼けになっちまう」

おれは自分の携帯電話をとりに小屋に戻ろうとしたが、かあちゃんに腕をつかまれた。にやけた顔をしていた。「行く前に」かあちゃんは言った。「ちょいとあれをごらん」

かあちゃんは湖の向こう側を指さした。そのときには邸宅全体に火がまわっていたので、かあちゃんが指さしているものを眺めるのは心穏やかではいられなかった。ところがよく見ると、かれらのドックにはもはや人気《ひとけ》はなかったが、ひとつだけ残されているものがあった。例のうざったいトランペットだ。

「全部あたしの考えたことだって言ってやんな」かあちゃんは言った。「そのために刑務所に入ることになるだろうけど、知ったこっちゃない。少なくとも、あのくそったれなものを黙らせたから」

なあ、アーデル、水をもらえるか？　舌が古い木材なみに乾上がっちまった。


アーデル巡査がオールデンにグラス一杯の水を持ってきた。彼女とアンディ・クラッターバックはオールデン――チノパンにランニングシャツといった格好で、髪は薄くて白髪まじり、顔は寝不足と昨晩のアルコール度数六〇の〈ムーンクェーク〉を摂取したためにやつれている、ひょろっとした男――が水を飲みほすのを見守った。

「少なくともケガ人はでなかった」オールデンは言った。「よかったよ。それに森林を全焼させなくてホッとした。うれしいね」

「あんた、ツイてたんだ、風がおさまって」アンディが言った。

「さらにツイてたのは、みっつすべての町の消防車が待機していたこと」アーデルがつけ加えた。「もちろん、七月四日の晩には必ず待機している。いつも何人かのバカが酔っぱらって花火を打ち上げるから」

「全部おれのせいだ」オールデンは言った。「そのことをわかってほしい。おれがあのトンデモ花火を買って火をつけたんだ。かあちゃんはこの件についてまったく関与していない」そこで一息ついた。「マッシモにはそこんところをわかってもらいたいし、かあちゃんに手出しをしないでいてほしい。かれには強力な〝コネ〟があるからな、だろ?」

アンディが言った。「あの一家はアベナキ湖に二十年かそれ以上、避暑にきていて、わたしの知っているところでは、ポール・マッシモはまっとうなビジネスマンだ」

「だろうよ」オールデンは言った。「アル・カポネみたいにな」

エリス巡査が取調室の窓をノックし、アンディを指さすと、親指と小指を突き立てて電話のジェスチャーをしてから手招きした。アンディは溜息をついて退室した。

アーデル・ブノワがオールデンを見つめて言った。「自分も若いころにはいくつかバカらしい出来事を見たことがある」彼女は言った。「警官になってからはもっと。でも、これはアホらしさの極みよ」

「わかってる」オールデンはうなだれながら言った。「言い訳をするつもりはない」ついでにこやかな表情になった。「でも、打ち上げている最中は最高にものすごい花火ショーだった。のちのちまで語り草になるよ」

アーデルは屁をこいた。どこか遠くでサイレンがした。

ようやくアンディが戻って来てすわった。最初はなにも言わずに、宙を見つめていた。

「かあちゃんについての電話だったのか?」オールデンがきいた。

「あんたのかあちゃんからの電話だった」アンディは答えた。「あんたと話したがってたけど、わたしが取り込み中だと言うと、伝言を頼まれた。〈ルーシーズ・ダイナー〉から電話をかけてきたんだが、そこでブランチをすませたところらしい。湖の向こう側のお隣さんと和気あいあいだと。そのお隣さんはあいかわらずタキシードを着ていて、しかもかれのおごりだったそうだ」

「かあちゃんは脅されてんじゃないのか？」オールデンは声を張りあげた。「そのゲス野郎が――」

「すわれよ、オールデン、落ち着け」

オールデンは浮かせかけた腰をゆっくりとおろしたが、両手に握られた拳はそのままだった。大きな両手だ。持ち主が挑発されたら、相手にかなりの危害を加えることができそうだ。

「ハリーはまたこうも言ってた。ミスター・マッシモはいかなる告発もしないそうだ。かれの話では、ふたつの家族がバカな見栄の張り合いしたのだから、両家に落ち度があるとのこと。あんたの母親が言うには、ミスター・マッシモはこれまでのことを水に流したいらしい」

オールデンの喉仏がひょこひょこ上下に動いた。それを見たアーデルは子どものときに持っていた玩具〈モンキー・オン・ア・スティック〉を思い出した。

アンディが身を乗りだした。苦笑いを浮かべている。ほんとうは笑いたくないのにそうせずにはいられないときの微笑み。「またミスター・マッシモは、あんたの残りの花火に関してすまないことをしたと思っているのを知ってもらいたがっているそうだ」

「残りの花火？　言っただろ、今年は問題の一発しか用意してなくて――」

「口を閉じておけ、おれがしゃべっているあいだは。伝言をひとつも言い忘れたくない」

オールデンは黙った。外で二回目のサイレンが鳴ったのが聞こえた。そして三回目が。

「台所にあったやつだ。たくさんの花火だよ。あんたのかあちゃんが言うには、あんたはそれが入った箱を薪ストーブのすぐそばに置いておいたのにちがいない。自分のしたことを覚えてるか？」

「うーん……」

「思い出すことを強く要請するよ、オールデン、わたしはこのしょうもない茶番劇に幕をおろしたくてたまらんのだ」

「えーと……そんな気もするかな」オールデンは言った。

「あんたが七月の夜にストーブを焚いた理由をきく気さえ起らんよ、三十年も警察業務にたずさわってきたから、酔っ払いはとかくいいかげんな考えを抱きがちだからな。異論はないだろ？」

「まあ……だな」オールデンは認めた。「酔っ払いはなにをしでかすか知れたもんじゃない。それに〈ムーンクエーク〉は致命的だ」

「それがアベナキ湖の向こうにあるあんたらの小屋が全焼した理由だよ」

「そんなッ、マジか！」

「損も得もないと思う、オールデン、マジかマズいかも知らんが、保険は入ってたか？」

「モチのロンだよ」オールデンは言った。「保険はすばらしい。そのことはとうちゃんが亡くなったときに学んだ」

「マッシモも入っていた。そのことも伝えておいてくれ、とあんたのかあちゃんが言ってた。そしてベーコンとタマゴ越しにふたりは、おたがいさまで恨みっこなし、ということで手打ちをしたらしい。あんたもそれでいいだろ？」

「ええと……あいつの家はおれたちの掘っ立て小屋よりぜんぜんデカいぞ」

「当然、それなりの保険契約をしているだろう」アンディは立ちあがった。「ゆくゆくは事情聴取じみたことをされるだろうが、いまは帰っていいぞ」

オールデンは礼を述べた。そしてかれらの気が変わらないうちに警察署を出た。

アンディとアーデルは取調室で顔を見合わせながらすわっていた。ようやくアーデルが口を開いた。「ミセス・マッコウズランドは火事が起きたとき、どこにいたの？」

「マッシモにロブスター・ベネディクトとホームフライを〈ラッキーズ〉でおごってもらうまではここにいた、警察署に」とアンディ。「自分の息子が裁判にかけられるのか郡刑務所に送られるのか知りたくて待機していた。エリスによれば、マッシモは彼女を連れ出すとき、腰に腕をまわしていたそうだ。かなり長い腕の持ち主にちがいない。現在の彼女の体重を考えると」

「マッコウズランドの小屋に火を放ったのはだれだと思う？」

「たしかなことはぜったいにわからんだろうが、あえて推測すれば、マッシモの息子たちだろうな、夜明け前にやったんだろう。自分たちの未使用の花火をストーブの横——あるいは真上——に置いてから、よく燃えて熱くなるようにストーブにたきつけをたんまり詰めこんだんだろう。そう考えると、時限爆弾を仕掛けたのと大差ない」

「ったく」アーデルは言った。

「とどのつまり、花火をする酔いどれたちはよくないが、たがいに協力し合う、もちつもたれつ、それはいい」

アーデルはそのことについて考えてから、唇をすぼめて口笛を吹いた。例の『未知との遭遇』に出て来るメロディー。もう一度吹こうとしたが、笑い出してできなかった。

「悪くない」アンディは言った。「でも、それをトランペットでやれるか？」

マーシャル・ダッジを想って

(*Drunken Fireworks*)

夏の雷鳴

著者の言葉

作品集の有終の美を飾るのに最適な話といえば、世界の終わりについてではないだろうか？　わたしはその主題で少なくとも一冊、特大本を上梓したことがある。『ザ・スタンド』だ。しかし、ここに収録した話の焦点は針の孔よりなお小さい。ストーリー自体に関しては言うことはたいしてないが、ただし我が愛車一九八六年式ハーレーダビッドソン・ソフテイルのことが念頭にある。いまはガレージにしまってあるが、たぶんそのままずっと置きっぱなしになるだろう――反射神経がかなり鈍くなって、百キロ以上で走行すると、自分ばかりか他人まで危険な目にあわせるようになったからだ。そのバイクが好きでたまらない。『不眠症』を仕上げたのち、そのハーレーに乗ってメイン州からカリフォルニア州まで販売促進ツアーに出かけた。カンザス州のどこかでのある夕方、太陽が西に沈んでいくのと同時に大きなオレンジ色の月が東から昇ってくるのを見たことを覚えている。わたしはハーレーを路肩に停めると、太陽と月を観察しながら、我が生涯で最高に素敵な黄昏《たそがれ》だ、と思った。たぶんそうだったのだろう。

ああ、そうだ、「夏の雷鳴」は、ロビンスンやかれの隣人、そしてガンダルフという名の野良犬が目にしたような場所で執筆された。

ロビンスンはガンダルフがいるかぎりだいじょうぶだ。だいじょうぶといっても、すべて順調ということではなく、なんとか日々を送ることができるという意味だ。かれはいまだに夜中に目を覚ますことがある。ときに涙を流しているが、ダイアナとエレンが生きている生々しい夢のせいだ。しかし、部屋の隅で寝ているガンダルフを毛布から抱きあげてベッドに置くと、かれはたいていもう一度眠ることができた。ガンダルフにしてみれば、どこで寝ようが関係なかったし、ロビンスンに抱き寄せられても、それはそれでよかった。暖かくて、乾いていて、安全だから。自分は拾われて助かった。それだけだ。ガンダルフの関心事は。

世話をする生き物ができると、事態は好転した。ロビンスンはルート19を北へ八キロ進んだところにある雑貨店に車を走らせ（ガンダルフはピックアップの助手席にすわり、耳を立て、目を輝かせていた）、ドッグフードを入手した。店は見捨てられ、もちろん商品は略奪されていたが、だれも〈ユーカヌバ〉まではとっていかなかった。六月六日以降、人々はペットのことなどちらりとも考えなくなったのだ。そうロビンスンは推測した。

それ以外のときは、かれらは湖畔にとどまった。食品庫に食料がたくさんあったし、階下にはさまざまなものを詰めた箱がいくつもあった。かれは、世界の終末を期待しているようだな、とダイアナに冗談をとばすことがよくあったが、結局のところ、その冗談はわが身にふりかかってきた。実際には、妻と娘のふたりに。というのも、ダイアナはついに世界の終末が訪れたとき、そんなことが起きるとはまったく想像していなかったので、娘といっしょにボストンでエマーソン大学の将来性を調べていたのだ。ひとりで食べるなら、食料は一生分あるだろう。ロビンスンは信じて疑わなかった。ティムリンは、そうなる運命だったんだと言った。

ロビンスンは破滅がこんなにも素敵だとは夢にも思っていなかった。天気は暖かくて雲ひとつなかった。過ぎ去った日々、ポコムトゥク湖はモーターボートやジェットスキー（それらは魚を殺すので、老人たちはぼやいていた）でブンブンと音をたてていたが、その夏、湖は静かで、例外はアビだけ……それも毎晩、二、三羽が鳴いているだけのようだった。当初ロビンスンは、これはたんなる自分の想像、つまり思考装置の一部分としての悲しみによる影響で生じたものだと思ったが、ティムリンがそうじゃないと請け合った。

「すでに森林の鳥たちがいなくなっていることに気づかなかったのか？　アメリカコガラの朝のさえずりも昼のカラスの鳴き声も聞こえない。九月までには、アビもいつものようにいなくなる。魚はもう少しいるだろうが、結局、じきに姿を消すだろう。シカやウサギ、シマリスたちと同じように」

そうした野生動物に関しては、異論の余地がない。ロビンスンはすでにシカの死骸を目撃していた。湖沿いの道で一ダースほど、ルート19脇ではそれ以上の数を。例によってガンダルフを助手席に乗せ、カースン・コーナーズ雑貨店に車で向かう途中のことだった。かつてその店の前に立っていた看板――〈ここでヴァーモント・チーズとシロップを買おう！〉――は、いまではカラカラになった給油ポンプの横にうつ伏せになっている。しかし、アニマル・ホロコーストの最大の地域は森の中だ。風が東から、湖からではなくそれに向かって吹くと、不快な臭いで鼻がまがりそうになった。暖かい日々は悪臭を軽減するのに役立たなかったので、ロビンスンは核の冬がどうなってしまったのか知りたかった。

「ああ、じきに来るだろう」ティムリンが揺り椅子にすわり、木々の下の木漏れ日を見つめながら言った。「地球はまだ爆発を吸収しているのさ。しかも最終レポートによれば、南半球──もちろん、アジアの大半──は結局、永遠に厚い雲に覆われるかもしれないそうだ。陽射しを楽しもうや、その恩恵を受けられるうちにな、ピーター」

なにかを楽しむことができたあのころのように。かれとダイアナはイングランド旅行について話し合った──新婚旅行以来の長期休暇だった──ことがある。エレンが学校の寮に入居したからだ。

エレン、とかれは思った。娘は本気になった初めてのボーイフレンドとの失恋から立ち直り、ふたたび笑顔を見せ始めていた。

終末後の世界での素敵な晩夏の日々、ロビンスンはガンダルフの首輪（かれが犬の名前を知ったのは六月六日以降で、その雑種犬がマサチューセッツ州の狂犬病予防注射済みの名札を首輪に付けていたからだ）にリードを装着して、いまやハワード・ティムリンただひとりが暮らす高級居住地まで三キロの道程を歩いた。

ダイアナはかつて、その道のりをスナップショット天国と称した。そこは湖や六十キロ離れたニューヨークが見渡せる断崖絶壁なみの急斜面になっていた。ある個所では、道路はボタンホックのような急カーブで、〈運転注意！〉の標識がある。避暑に来た子どもたちはもちろん、そのへアピン・カーブを〈デッドマンズ・カーブ〉と呼んだ。

〈ウッドランド・エーカーズ〉——世界が崩壊する以前は高級な私有地——はさらに二キロほど先にある。そこの中心は自然石で建てられたロッジで、素晴らしい景観と五つ星の料理人、そして千種類のブランドをそろえた〝ビール貯蔵室〟のあるレストランが呼び物だった（「ほとんどが飲めたもんじゃない」とティムリンは言った。「ほんとうだぞ」）。メイン・ロッジの周辺、鬱蒼とした場所に点在しているのは、二ダースのピクチュアレスクな〝山小屋〟で、企業に終止符を打った六月六日以前は大企業に所有されていた物件だ。大半の山小屋は六月六日の時点ではまだ人気《ひとけ》がなかったし、その日以降の狂乱の十日間で、そこに滞在していたわずかな人たちはカナダに脱出した。そこなら放射能の影響を受けていないと噂されたからだ。まだ飛行機を飛ばせるぐらいのガソリンがあったときの話である。

〈ウッドランド・エーカーズ〉の所有者たち、ジョージとエレン・ベンスンはとどまった。ティムリンもそうした。かれは離婚していたし、亡くして嘆き悲しむ子どもはいなかった。それにカナダの話は確実におとぎ話だとわかっていた。七月初旬になると、ベンスン家の人たちは薬を飲んで、電池式の蓄音機から流れるベートーヴェンをBGMにしてベッドに横たわった。いまでは〈ウッドランド・エーカーズ〉は、ティムリンのものだった。

「あんたが目にするものすべてはわしのものだ」かれはロビンスンに片腕をゆっくりと威厳たっぷりにふりながら言ったことがある。「そしていつかは、あんたのものになる」

〈エーカーズ〉への日々の散歩で、ロビンスンの悲哀と不安は癒された。陽射しは魅惑的だった。ガンダルフは茂みの匂いをかぎ、そのたびに小便をかけようとした。森でなにか物音がすると勇敢に吠えたが、常にロビンスンから離れずに移動した。リードが必要だったのは、死んだリスやシマリスのせいだ。ガンダルフはそうしたものには小便をかける気はなかったが、死骸の上でころげまわりたがったからだ。

〈ウッドランド・エーカーズ・レーン〉は、ロビンスンがいまやひとりで暮らしているキャンプ・ロードから分離している。かつてレーンは、興味本位で覗きに来る人やロビンスンのような賃金奴隷の野次馬たちの侵入を防ぐためにゲートが設置されていたが、いまではゲートは永遠に開かれている。レーンは森の中を一キロ近く曲がりくねってつづいている。木々のあいだを斜めに入り込むくすんだ陽射しは、それを濾過してそびえたつトウヒや松と同じぐらい古いように見える。レーンは四つのテニスコートを通り過ぎ、ゴルフ場のグリーンを迂回し、馬小屋のうしろでループになっている。乗馬用の馬は、いまやそれぞれの仕切りの中で息絶えている。ティムリンのコテージはロッジの向こう側にあった――質素な住居だ。といっても、寝室が四つ、ホットタブやサウナの設備付き浴室が四つある。

「なんで寝室が四つも必要だったんだ、あんたひとりだとしたら？」ロビンスンは一度たずねたことがある。

「いまもむかしもまったくわからん」ティムリンは言った。「だけど、どの棟もみな寝室が四つあるんだ。ただし、フォックスグローヴとヤロー、それとラヴェンダーはちがう。そこは五つだ。ラヴェンダーはボウリング場も備え付けてる。すべて最新設備だ。でも、わしが子どものころに家族でここに来たとき、わしたちは屋外便所でおしっこをした。ほんとうだぞ」

ロビンスンとガンダルフがティムリンを訪ねると、たいていかれは自分のコテージ〈ヴェロニカ〉の広いフロントポーチの揺り椅子にすわって、読書をしているか電池式CDプレイヤーを聞いているかだった。ロビンスンはガンダルフの首輪からリードをはずすと、犬――ただの雑種犬で、スパニエル犬の耳以外はとりたてて血統は認められない――は可愛がってもらおうとしてステップに突進する。犬の体を何度か軽くたたいたあとで、ティムリンは犬のいろいろなところの灰色がかった白い毛をやさしく引っ張り、それが抜けないと、きまって同じことを言う。「たいしたもんだ」


八月半ばのこの素敵な日、ガンダルフはティムリンの揺り椅子のところにちょっと寄っただけで、男の裸足の足首を嗅ぐと、ステップを速足で下りて森に消えた。ティムリンはロビンスンに手をあげた。昔懐かしの映画に登場するインディアンのように。

ロビンスンは挨拶を返した。

「ビール飲むか?」ティムリンがきいた。「冷えてるぞ。ちょうど湖から引き揚げてきたところだ」

「今日の安酒は〈オールド・シッティー〉、それとも〈グリーン・マウンテン・デュー〉?」

「どっちでもない。〈バドワイザー〉のケースが貯蔵室にあった。〈ビールの王《キング》〉、なんて言われてたよな。かっぱらったんだ」

「それなら、よろこんでご相伴《しょうばん》にあずかるよ」

ティムリンはうなり声をあげて立ちあがると、体を左右に少しゆらしながら中に入った。二年前に関節炎の奇襲攻撃を腰に受けた、とかれはロビンスンに語ったことがあった。が、関節炎はそれだけでは満足せずに、いまでは足首を要求していた。ロビンスンはこれまで一度もたずねたことはなかったが、ティムリンは七十代半ばだろうと判断していた。スリムな身体は健康な生活をおくっていることをうかがわせたが、健康体がいまや役にたたなくなりはじめていた。ロビンスン自身は人生でこれ以上ないほど調子がいいと感じている。皮肉なもので、いまはその人生にまったく関心がない。ティムリンがロビンスンを必要としていないことは明らかだったが、ロビンスンはその老人とすごくうまがあった。不思議なほど美しい夏が幕を閉じようとしているとき、ガンダルフだけがロビンスンをほんとうに必要としていた。よかった。さしあたっては、ガンダルフがいればことたりたから。

まさに少年と犬、ロビンスンはそう思う。

当の犬は六月半ばに森の中から現れた。痩せてみすぼらしく、毛にはゴボウのイガイガが付着していて、鼻に深い傷を負っていた。ロビンスンは来客用の寝室で横になって（ダイアナと共にしていたベッドで眠ることは耐えがたかった）、悲しみと絶望とで眠れなかったが、だんだんあきらめの境地に近づいていると思った。ほんの数週間前だったら、そんな行為は意気地なしのすることだと言っただろうが、いくつか否定できない事実に気づくようになった。痛みはおさまらない。悲しみは克服できない。そして言うまでもなく、いずれにせよかれの人生は長いことない。森の中で動物の腐乱死体の匂いをかぐだけで、この先どうなるか知ることができた。

ロビンスンはガサゴソという音を聞いた。最初、人間かと思った。あるいは、生き残ったクマが食べ物の匂いをかぎつけて来たのかと。しかし当時は、まだ発電機が作動していたので、センサーライトがまばゆい光で照らしだし、私道にかれが見たのは、灰色の小型犬で、ドアを引っかいたりポーチにうずくまったりしていた。ロビンスンがドアを開けると、犬は最初、耳を後ろにたおし、尻尾を後ろ脚のあいだに隠して、あとじさった。

「入れよ」ロビンスンは言った。すると一瞬のためらいもなく、犬はそうした。

ロビンスンは水を入れたボウルを差し出した。犬は勢いよく水を飲んだ。ついでコーンビーフの缶詰を与えると、五ないし六はみで食べつくした。犬が一息ついたところで、ロビンスンは嚙まないでくれよと思いながら、やさしくなでた。嚙みつくどころか、犬はかれの手をなめた。

「おまえはガンダルフ」ロビンスンは言った。「〈灰色のガンダルフ〉だ」ついで涙がこみあげてきた。バカらしい、と自分に言おうとしたが、できなかった。もう家でひとりきりではなかった。

「あんたのバイクどうした?」ティムリンがきいた。

ふたりはすでにビールをふた缶開けていた。ロビンスンはそれを飲み終えたら、ガンダルフといっしょに三キロの道のりを歩いて自宅に戻るつもりだった。長居はしたくない。日が暮れると、蚊がうようよと増えるからだ。

ティムリンの言うことが正しければ、この地球を継ぐのは血を啜るやつらだろう。吸える血があればの話だが。

「バッテリーがあがった」ロビンスンはティムリンに言った。「妻に約束させられたんだ、おれが五十歳になったらバイクは売るって。妻が言うには、五十を過ぎると、反射神経が鈍ってあぶないそうだ」

「で、いつ五十に？」

「来年」ロビンスンは言った。で、そのバカバカしさに笑い声をあげた。

「今朝、歯が抜けた」ティムリンが言った。「この年ではなんの意味もないかもしれんが……」

「便器に血は？」

ティムリンから以前聞いたことがあった。放射能汚染の最初の兆候のひとつがそれだと。そのことに関して、ティムリンはロビンスンより多くのことを知っている。ロビンスンが知っていたのは、妻と娘がボストンに出かけていたとき、素晴らしいジュネーブ和平会談は六月五日の核爆発の閃光で跡形もなく消え失せたが、翌日もまだ彼女たちはボストンにいて、世界の破滅に立ち会ったということだけだ。アメリカの東海岸、ハートフォールドからマイアミにかけて、いまではほぼ瓦礫と化している。

「その点に関しては黙秘権を行使する」ティムリンは言った。「ほら、あんたの犬が来た。脚を調べたほうがいい――少し引きずっている。左の後ろ脚みたいだ」

だが、ふたりともガンダルフのどの脚にもトゲを見つけることはできなかった。そしてティムリンがやさしく毛を引っ張ると、今度は後ろ四半分のあたりが抜けた。ガンダルフはなにも感じていないようだった。ふたりの男は顔を見合わせた。

「疥癬《かいせん》にちがいない」ようやくロビンスンが言った。「あるいはストレス。犬もストレスで毛が抜ける」

「かもな」ティムリンは西を、湖の向こうを見つめていた。「きれいな日没になるな。もちろん、いまではみんな美しい。一八八三年にクラカトウ火山島が噴火したときのように。ただし、今回は一万のクラカトウだった」かれはかがんでガンダルフの頭をなでた。

「インドとパキスタン」ロビンスンは言った。

ティムリンはふたたび立ち上がった。「まあ、そうだな。だが、ほかのみんなはただ仲間にくわわらなければならなかったんだ、だろ？　チェチェン共和国でさえ少しは所有していて、それをピックアップトラックでモスクワに搬送したんだ。まるで世界はどのぐらいの国が——そしてグループが、とんでもないグループが！——そうしたものを所有しているのかを故意に忘れたみたいだ」

「あるいは、それらがもたらす威力を」ロビンスンは言った。

ティムリンはうなずいた。「それも。わしたちはあまりにも債務上限問題に頭を悩ましすぎたし、大西洋の向こう側の友人たちは子ども美人コンテストの中止やユーロのテコ入れにやっきになったりしていた」

「カナダが米国本土四十八州と同じぐらい汚染されているのは確実なのか？」

「程度の問題だろうな。ヴァーモントはニューヨークほど汚染されていないが、カナダはたぶんそのヴァーモントほどじゃない。しかし、じきにそうなる。さらにそのうえ、そこに避難した連中の大半はすでに病んでいる。死に至る病、キェルケゴールさ、わしの記憶まちがいでなければ。ビール、まだ飲むか？」

「戻ったほうがよさそうだ」ロビンスンは席を立った。「行くぞ、ガンダルフ。カロリー消費の時間だ」

「明日、会えるか？」

「たぶん午後遅くには。午前中は用事があって出かける」

「さしさわりなければ、どこへ？」

「ベニントン。そこまで往復できるガソリンがトラックにあるうちに行っておきたい」

ティムリンは眉を上げた。

「バイクのバッテリー探しに」


ガンダルフは〈デッドマンズ・カーブ〉までは自力で歩いたが、ますますひどく脚を引きずるようになっていた。一緒にそこまでたどりついたとき、ガンダルフはすわりこんでしまった。湖面を沸騰させている夕日を眺めるためだとでもいうかのように。湖は深紅の動脈がいりまざったオレンジが発煙しているかのようだった。犬はクンクン鳴きながら自分の後ろ脚をなめた。ロビンスンはしばらく犬のかたわらにすわっていたが、最初の蚊の偵察隊が増援部隊を招集したところで、ガンダルフを抱き上げ、ふたたび歩きはじめた。家に戻るまでには、ロビンスンの両腕は震え、両肩が痛くなっていた。ガンダルフがあと五キロ、いやその半分でも体重があったら、雑種犬を道に置き去りにして、トラックを自宅にとりに行かなければならなかっただろう。頭も痛かったが、おそらく暑さのせい、それともふた缶目のビールのせい、あるいはその両方か。

いまや自宅に向かって傾斜している私道の並木道は影のよどんだ場所となっていて、家そのものは暗かった。発電機は何週間も前に幽霊に屈服していた。黄昏はぼんやりした紫色に変色していた。重い足取りでポーチに進むと、ガンダルフを降ろしてドアを開けた。「行けよ」ロビンスンは言った。ガンダルフは必死に立ちあがったが、すぐにへたりこんだ。

ロビンスンがかがんでふたたび抱えようとすると、ガンダルフはもう一度立ちあがろうとした。今度はドア敷居につんのめって、玄関に横倒しになった。犬の頭上の壁には、少なくとも二ダースの写真が飾ってある。ロビンスンが愛した人たちが写っていたが、いまやみな死去していた。もはやダイアナとエレンに電話をかけることさえできないし、彼女たちの留守番電話の声を聴くこともかなわない。かれの電話は発電機が止まったあと役に立たなくなった。それを言うなら、その前からすべての携帯サービスは停止していた。

ロビンスンは貯蔵室から〈ポーランド・スプリング〉ボトル飲料水を持ってきて、ガンダルフのボウルにそそいでから、ドッグフードを置いた。ガンダルフは水をいくらかなめたが、ドッグフードは口にしようとしなかった。ロビンスンがしゃがんで犬の腹をかいてやると、毛がごっそり抜けた。

あっというまだ、とロビンスンは思った。今朝は元気だったのに。

ロビンスンは懐中電灯を手にして自宅裏の小屋に行った。湖で、アビが鳴いた——一羽だけ。オートバイはタープの下に置いてあった。カンバスをとりのぞき、バイクの光沢のある車体にライトを走らせた。二〇一四年モデルのファットボブだ。数年経過しているが、走行距離は少ない。五月から十月のあいだで七千から八千キロ走った日々は過去の話だ。にもかかわらず、いまだにボブはかれの夢の一台《ドリームライド》だった。とはいえ、かれの夢のほとんどは、ここ二、三年にそれで乗りまわした場所にかぎられていたが。エアークールド。ツインカム。変速機形式六段リターン。ほぼ一七〇〇cc。しかもそれがたてる音ときたら！　ハーレーだけが出せる音だ。まるで夏の雷鳴のよう。赤信号で停車しているシボレーの横につけたら、中にいる運転手はともすればドアをロックしがちだ。

ロビンスンは手のひらをハンドルバーに沿ってすべらせてから、片脚を持ちあげてサドルにまたがって足をペグに乗せた。ダイアナはしだいに口うるさく言うようになった。それ、売りなさいよ、と。また、乗ったときには、こう何度も何度も言われた。バーモント州ではヘルメットをかぶらないと交通法にふれるわよ……ニューハンプシャー州やメイン州のアホたちとはちがうんだからね。もうヘルメットはかぶりたくなければかぶらなくてもよかった。文句を言うダイアナはいないし、州の騎馬警官隊員に停止させられることもない。ケツ丸出しで乗ることだってできる、そうしたければ。

「降りたあとは、肛門《テイルパイプ》に気をつけないとな」と言って、ロビンスンは声に出して笑った。ハーレーの上にカンバスを戻さずに母屋に帰った。ガンダルフはロビンスンがしつらえてやった毛布の寝床に横たわっていた。鼻を前脚の片方に乗せている。ドッグフードには口をつけていなかった。

「食べたほうがいい」ロビンスンは言いながらガンダルフの頭をなでた。「具合がよくなる」

翌朝、ガンダルフの臀部周辺の毛布に赤いしみができていて、立ちあがろうとするのだが、できなかった。一度であきらめた。ロビンスンはガンダルフを外へ運び出した。犬は最初、草の上に横たわっていたが、やがてどうにか自力で起きあがって排泄した。血に染まった液状の便だった。ガンダルフは恥ずかしそうに、その排便から這って遠ざかると、横たわりながら悲しげにロビンスンを見つめた。

今回、ロビンスンが抱きあげると、ガンダルフは痛みに鳴き声を発した。歯を剝いたものの嚙みつかなかった。ロビンスンは犬を家の中に運び入れ、毛布の寝床に置いた。上体をまっすぐに起こしたときに両手を見ると、毛に覆われていた。両の手のひらをパンパンとはたくと、トウワタの種子のように舞った。

「だいじょうぶ」ロビンスンはガンダルフに言った。「ちょっと胃の調子が悪いだけさ。ヤバいシマリスをかじったりしたんだろ、おれが目を離したすきに。そこでじっとしていな。おれが帰ってくるときまでには、きっと調子をとりもどしてるよ」

シボレー・シルバラードにはガソリンがまだ半分残っていた。それだけあればベニングトンへの往復百キロは余裕だ。最初に〈ウッドランド・エーカーズ〉に寄って、なにかほしいものがあるかどうか、ティムリンにきいてみることにした。

ロビンスンの最後の隣人は、〈ヴェロニカ〉のポーチで揺り椅子にすわっていた。ものすごく真っ青な顔色で、目の下に紫色の脂肪の塊ができていた。ガンダルフのことを告げると、ティムリンはうなずいた。「ほとんど一晩じゅう起きていて、トイレに駆け込んでいた。やつもわしも同じバイ菌にやられたらしい」と言ってティムリンは微笑んだ。冗談のつもりだったのだろうが、少しも笑えなかった。

いらんよ、ベニングトンにほしいものはなにもない、とティムリンは言ったが、ロビンスンは帰る途中で立ち寄るつもりだった。「なにかあんたがほしがりそうなものを取ってくる」

ベニングトンへのドライブは思ったより時間がかかった。乗り捨てられた車がハイウエイに散在していたからだ。昼近くになってようやくロビンスンは、ハーレー・ダビッドソン王国のフロントロットに車を入れた。ショーウィンドウが割られていた。すべてのディスプレイ・モデルはなくなっていたが、たくさんのバイクが残されていた。それらはビニールに覆われたスチールケーブルと頑丈なバイクロックで盗難防止が施されていた。

そんなことはロビンスンには問題ではなかった。ほしいのはバッテリーだけだった。目星をつけたファットボブはロビンスンのより一、二年新型だったが、バッテリーは同じようだった。ピックアップトラックの荷台から道具箱を持ってきて、〈インパクト〉（二年前の誕生日に娘がプレゼントしてくれたバッテリーテスター）でバッテリーの残量を調べたら緑色の光がついた。そこでバッテリーを取りはずしてからショールームに足を踏み入れると、地図がひとそろいあった。もっとも詳細な地図を調べて裏道を探した結果、三時までには湖に戻れた。

膨大な数の死んだ動物を見た。なかにはものすごく大きなヘラジカがだれかのトレイラーハウスのセメントブロックの階段の横に倒れていた。トレイラーの雑草まじりの芝生に、手書きの立て看板があり、一言記されていた。〈もうすぐ天国〉。

〈ヴェロニカ〉のポーチに人影がなかったが、ロビンスンはドアをノックした。するとティムリンが入ってこいと応えた。これ見よがしに質素な調度のリビングルームにすわっていた。いままで以上に顔色が青白い。片手に特大のリネンのナプキンを握っていた。それに血が点在している。ティムリンの前のコーヒーテーブルにはみっつのものが置かれていた。写真集『バーモント州の美』、黄色い液体でいっぱいの皮下注射器、そしてリボルバー。

「うれしいよ、来てくれて」ティムリンは言った。「あんたにさよならも言わずに逝きたくなかった」

ロビンスンは念頭に浮かんだ最初の反応――死に急ぐな――のばからしさに気づいたので黙っていた。

「歯が六本抜けた」とティムリン。「が、そんなのはたいした問題じゃない。この十二時間かそこらのうちに、腸の大半を放出したようだ。おぞましいことに、それが少しも痛くない。五十代のときに患った痔が悪化した。じきに痛みに襲われるだろう――本で読んだからよく知ってる――が、そいつが最高潮になるまでぐずぐずしているつもりはない。ほしかったバッテリーは手に入ったか？」

「ああ」ロビンスンは言って、ドサリと腰を落とした。「くそっ、ハワード、ものすごく残念だよ」

「ありがたいね、そう言ってくれて。で、あんたは？　調子はどうだ？」

「身体か？　いいよ」もはやまったくの真実ではなかったが。日焼けには見えない赤い斑点が前腕に広がりだしていたし、右乳首の真上の胸にもひとつ現れていた。かゆかった。それと……朝食は放出されずにきちんと腹におさまったままだったが、胃はそれでご機嫌といった感じではけっしてない。

ティムリンは前かがみになって注射器をたたいた。「鎮痛剤の一種デメロールだ。自分で打ってからバーモント州の写真を見ながら……待つ。だが、気が変わった。銃がよさそうだ。あんたが注射器を使え」

「まだその気にならない」

「あんたにじゃなく、犬にだ。苦しませるな。そもそも犬じゃなかったんだからな、爆弾を作ったのは」

「たぶんシマリスにあたったんじゃないかな」ロビンスンは弱々しい声で言った。

「おれたちはそうじゃないことはわかってる。たとえそうだったとして、死んだ動物にはコバルトカプセルなみに放射能が充満しているだろう。これまで生存してきたのが不思議だ。あの犬といっしょに過ごせた時間に感謝するんだな。ちょっとした恩寵さ。いい犬だったよな。それも恩寵だよ」

ティムリンはロビンスンの気持ちをおもんばかった。

「わしのことでメソメソするな。そんなことをしたら、わしも泣いちまう。男らしくいこうや。冷蔵庫にバドワイザーの六缶パックがもうひとつある。なんでそこにわざわざ入れたのかわからんが、習慣はなかなか改められん。持ってきてくれんか。生ぬるいビールでもないよりまし、ウッドロー・ウィルソンの言葉だったと思う。ガンダルフに乾杯しよう。同時にあんたのオートバイの新しいバッテリーにも。そのまえにちょいとトイレに行かないと。早くトイレに行っトイレ、なんてな」

ロビンスンはビールを取りに行った。戻ってくると、ティムリンはいなかった。五分ほどトイレに行ったきりだ。かれはゆっくりとした足取りで戻ってきた。ズボンは脱ぎ去り、腰にバスタオルをしっかり巻きつけている。かれは苦痛のうめき声を発してすわったものの、ロビンスンの差し出したビール缶は受け取った。ふたりはガンダルフに乾杯して飲んだ。バドワイザーはぬるかったが、まあいい、悪《バッド》くない。なんだかんだ言っても、〈ビールの王《キング》〉なのだから。

ティムリンは銃を手にした。「古典的なヴィクトリア朝式自殺にするよ」かれは、これから起こることが楽しくてしょうがないといった口調で言った。「銃をこめかみにあてる。もういっぽうの手で目をふさぐ。さよなら、残酷な世界」

「サーカスに入団しに行くよ」ロビンスンははからずもジェイムズ・ダレンのヒット曲の歌詞を口にした。

ティムリンは腹の底から笑った。唇がめくれあがって、わずかに残っている歯が剝きだされた。「いいじゃないか、でも、わしはどうかな。わしが子どものころにトラックにひかれた話をしたっけかな？　われらが英国のいとこたちの言う、牛乳配達車《ミルクフロート》のことを？」

ロビンスンはかぶりをふった。

「一九五七年のことだ。わしは十五歳で、ミシガン州の田舎道を歩いてハイウェイ22に向かっていた。そこでだれかの車に乗せてもらってトラヴァース・シティに行き、二本立ての映画を見たいと思ったんだ。わしは同じクラスの女の子——美脚とロケット型おっぱいの持ち主——について空想をふくらませ、比較的安全な路肩からフラフラとはみ出した。牛乳配達車が丘の上からやってきて——運転手はスピードを出しすぎていたにちがいない——わしにまともに衝突した。もし牛乳を満載していたら、わしは確実に死んでいただろうが、車の荷台がからっぽで軽かったおかげで、七十五歳まで生きながらえ、水の流れることのない水洗トイレにはらわたをひるなんて体験をさせてもらうことになったわけだ」

　気の利いた返しが思いつかなかった。

「牛乳配達車が丘から下ってきたとき、太陽がフロントガラスに反射して閃光を放つのが見えて、あとは……真っ白。たぶん、だいたい同じようなことを体験すると思う。弾丸が脳みそを貫通して、これまでわしが考えたことや経験したことをご破算にするときは」ティムリンは教授めいたしぐさで指をあげた。「ただし今回は、あとにはなにもなしだ。まばゆい光だけが、牛乳配達車のフロントガラスに反射した太陽のような閃光が生じて、あとは無だ。この考えは素晴らしいけど同時にひどく気がめいる」

「しばらく先送りにしたほうがいいのかも」ロビンスンは言った。「あなたはたぶん……」

　ティムリンは礼儀正しく待ち、眉をあげた。

「くそっ、わからない」ロビンソンは言った。ついで自分でも驚いたことに、声を張りあげた。「やつらはなにをしたんだ？　最低なバカ野郎たちはいったいなにをしでかした？」

「あんた、よく知ってるだろ」ティムリンは言った。「そしてわしたちは、やつらが招いた結果を生きている。あんたがあの犬を愛しているってことはわかってる、ピーター。それは感情転移――精神分析医が言うヒステリー性転換――だが、手に入るものはいただこう、そして少しでも脳みそがあるなら、感謝しよう。だからためらうな。首に注射しろ。強く突き刺せ。痛みにひるんでさがらないように首輪をつかんでおけ」
ロビンスンはビール缶を置いた。もう飲む気がしなかった。「おれが家を出たとき、やつはものすごく具合が悪かった。たぶん、もう死んでる」

しかし、ガンダルフは死んでいなかった。

犬はロビンスンが寝室に入ってくると顔をあげ、尻尾を二度振って自分の血がついた毛布を打った。ロビンスンは犬の横に腰をおろした。そして頭をなでながら、愛の悲しい運命について考えた。それは目を凝らして覗き込むと、実にささやかなありふれたものだった。ガンダルフは頭をロビンスンの膝に乗せて、かれを見上げていた。ロビンスンは注射器をシャツのポケットから取り出し、針の保護キャップをはずした。

「おまえはいいやつだよ」そう言って、ガンダルフの首輪をつかんだ。ティムリンが教えてくれたように。

なんとかやりおおせようと勇気を奮い立たせていると、銃声が聞こえた。音は遠くかすかだったが、湖がとても静かだったので、ほかのなにかと聞きまちがえようがない。音は熱い夏の空気を転がるうちに小さくなり、反響しようとしながら消えた。ガンダルフが耳を上向きにした。ロビンスンはひらめいた。バカげているが慰めとなることが。ティムリンは死のあとには無があるだけだと考えたが、それはまちがいかもしれない。可能性だ。見上げれば無限の星々の回廊を目にすることのできる世界では、ロビンスンはなんだってありうると思った。おそらく——

たぶん。

ガンダルフはロビンスンに針を突き刺されながらもかれを見ていた。一瞬、犬の目に輝きと知覚が戻ったが、その輝きが消えるまでの永遠につづくかと思われた瞬間、ロビンスンは針を引き抜こうかと思った。

ロビンスンは床の上に長い間すわりながら、最後の一羽だけになったアビが鳴き声をあげてくれないかなと思っていたが、だめだった。しばらくしてから、外に出て小屋に行き、鋤《すき》を見つけて、妻の花畑に穴を掘った。深く掘る必要はない。ここに来てガンダルフを掘り起こす野生動物はもういない。

翌朝、目を覚ますと、口の中に銅の味がした。頭を起こすと、頰の皮がはがれて枕についた。夜のうちに鼻と歯茎から出血していた。

その日も美しい一日だった。まだ夏だったが、木の葉が色づき始めていた。ロビンスンはファットボブを小屋から出し、バッテリーを交換した。深い静寂に包まれながら、ゆっくりと慎重に作業を進めた。

バッテリー交換が終わると、スイッチを入れた。緑色のニュートラルライトは点灯したものの、点滅している。そこでいったんスイッチを切り、ターミナル部分をしっかり締めなおしてから、もう一度スイッチを入れた。今度は、ライトは安定していた。エンジンを始動。その音

――夏の雷鳴――が静寂を粉砕した。それはいい意味で――奇妙だが――神聖冒瀆のような気がした。

ロビンスンは、サウスダコタで毎年夏に開催されるスタージス・モーターサイクル・ラリーに最初にして唯一参加したときのことを考えていた。そんな自分に気づいても別に驚かなかった。それは一九九八年で、ダイアナと出会う一年前のことだった。ホンダＧＢ５００に乗ってジャンクション・アヴェニューをローリングして下ったこと、それと二千台のバイクの行進が作り出すとてつもない爆音が物理的な衝撃として感じられたことを思い出した。そのバイクの祭典の日の夜遅く、巨大な焚火が行われ、マーシャル社のストーンヘッジスタック・アンプかららローリング・ストーンズやＡＣ／ＤＣやメタリカの楽曲が爆音となって際限なく流されていた。タトゥーをいれている女の子たちが炎に照らされてトップレスで踊った。髭面の男たちは変てこなヘルメットに注がれたビールを飲んだ。手作りのタトゥーシールをした子どもたちが花火を振りまわしながら、あちこちを走りまわっていた。恐ろしく、奇想天外で、素晴らしい光景だった。世界の善と悪のすべてがひとつの場所にくっきりと見えた。そして頭上には、星々の回廊。

ロビンスンはファットボブのエンジンを全開にしてから、スロットルを開けた。エンジンをふかしてスロットルを開放。もう一度ふかして開放。ガソリンの真新しい燃焼の匂いが私道を満たした。世界は瀕死の巨人だったが、静寂は消えていた。少なくともいましばらくは。いいことだ。素晴らしい。くたばれ、静寂、とロビンスンは思った。てめえとてめえが乗っている馬もくたばれ。こいつがおれの馬、鉄馬《アイアンホース》だ、どうだ？

クラッチレバーを握ってギヤを一速に入れた。外へ通ずる私道に乗り入れ、車体を右に傾斜させ、今度はつま先を上げてギヤを二速に、ついで三速へ変えた。道路はぬかるんで轍《わだち》があったが、バイクはそれをやすやすと乗り越えて、ロビンスンをシートの上で跳ねあがらせた。鼻血がまた噴き出た。頬を伝い、大きな滴となって背後に吹き飛んだ。最初のカーブを曲がり、ついでかなり車体を傾けながらふたつ目を走行し、短い直線コースに出たときにギヤを四速に入れた。ファットボブはしきりに走りたがった。あまりにも長く小屋に閉じ込められていたので埃まみれだった。ロビンスンの右側、目の片隅にポコムトゥク湖が映った。鏡のようで、太陽が青い湖面を横切る黄色がかった黄金の道を作っていた。ロビンスンは大声をあげて拳を空――宇宙――に向かって振りあげてから、その手をハンドルに戻した。前方にはボタンフック型のカーブ、〈運転注意!〉の標識がある、つまり〈デッドマンズ・カーブ〉が控えていた。

ロビンスンは標識に狙いを定め、スロットルを全開した。ギヤを五速に上げるぐらいの時間はあった。

カート・シャッターとリチャード・チズマーに

(*Summer Thunder*)

訳者あとがき

風間賢二

　お待たせしました。スティーヴン・キングの第六短編集 *The Bazaar of Bad Dreams*（2015）を『マイル81　わるい夢たちのバザールⅠ』と『夏の雷鳴　わるい夢たちのバザールⅡ』の二分冊としてお届けします。

　いまやキングは、〈恐怖の帝王〉や〈モダンホラーのブランドネーム〉といったかぎられた呼称から抜け出し、現代アメリカの稀代の語り部として広く知られています。

　実際、「黒いスーツの男」（短編集『第四解剖室』所収）が毎年優れた短編に贈られる名だたるO・ヘンリー賞を受賞した一九九六年以降、普通小説の分野（そしてアカデミズムの世界）でもキングに対する目線が変化しはじめたのですが、決定打は二〇〇三年の出来事――キングはアメリカ文学界の栄誉ある全米図書賞の特別功労賞を授与されたのです。

　本書には、もはや単なるベストセラー作家、あるいはホラーという狭いジャンルに縛られたジャンク作家といった殻を破り、現代アメリカ文学界のキーパーソンのひとりとなったキングの物語創造主としての才能が結実しています。

　前回の第五短編集 *Just After Sunset*（邦訳は『夕暮れをすぎて』と『夜がはじまるとき』の

二分冊）が刊行されたのは二〇〇八年。例によって七年ぶり（そのことに関しては『幸運の25セント硬貨』の解説がわりの拙文で触れています）の最新短編集です。

Just After Sunset には主としてゼロ年代の短編が集められていましたが、本書には二〇〇九年から二〇一五年までのバラエティー溢れる作品が収録されています。まさに本短編集は、人食い車や輪廻転生の話から野球小説や破滅後の世界まで、物語の色とりどりの珠玉が詰まった福袋です。

これまでのキングの短編集と異なる点は、収録作のかなりの数がスーパーナチュラルな脅威を扱ったホラーではなく、平凡な日常を題材にした普通小説であることです。実際、それらリアリズム小説は文芸誌や高級総合誌からの依頼に応えて創作された作品です。

ノンホラーの普通小説?! と言っても、そこはキングのこと、不条理な悲劇に見舞われて悪戦苦闘する普通の人々の体験を描き、死と苦痛、絶望と後悔、そして脅威に満ちたダークな日常が語られています。

「悲劇の最終目的は、恐れと憐れみを引き起こし、それらを観る者たちにカタルシスをもたらすこと」とアリストテレスは『詩学』で述べていますが、まさにキングの普通小説は、精神に浄化をもたらす今日《こんにち》の悲劇なのです。

各収録作については、キング自身が著者の言葉として述べています。本書の読みどころのひとつにもなっている、ファン・サービス旺盛な〝序文〟のほうは、自伝的創作指南書『書くことについて』（二〇〇〇）の補遺としても堪能できます。

したがって、個々の作品の解説めいたことを記すのは野暮になるので、ここではデータ的なこと、および読書意欲をそそるようなコメントのみを付しておきます。
ちなみに、従来のキング節が味わえるスーパーナチュラル・ホラーはA類、普通小説はB類として表記しています。

「マイル81」Mile 81（初出　電子書籍　二〇一一年　A類）

初期傑作短編「人間圧搾機」と同種の悪趣味B級お馬鹿ワールド炸裂の秀作。『クリスティーン』（一九八三）や『回想のビュイック8』（二〇〇二）にも連なる自動車ホラー。人によっては、「スタンド・バイ・ミー」（一九八二）のようなひと夏の経験ならぬ一日の異様な体験をとおして語られる少年の成長物語としても読めるでしょう。

「プレミアム・ハーモニー」Premium Harmony（初出〈ニューヨーカー〉誌　二〇〇九年十一月九日号　B類）

タイトルの「プレミアム・ハーモニー」はタバコの銘柄だが、意訳すれば「見事な調和」、あるいは「仲睦まじい」。で、面白いのは、本短編は関係が剣呑な中年夫婦の話である点。そして、旦那のすごく底意地の悪い想いが笑えます。

「バットマンとロビン、激論を交わす」Batman and Robin Have an Altercation（初出〈ハーパーズ〉誌　二〇一二年九月号　B類）

タイトルからDCコミックのスーパーヒーローもののパスティーシュと期待して読むとあてがはずれます。アルツハイマー病あるいは認知症を患う高齢の父親と中年の息子の話です。それがどうしてバットマンとロビンであるのかは読んでのお楽しみ。前半のしみじみとした話からラストのキング節炸裂の展開はうれしい想定外です。

「砂丘」The Dune（**初出**〈**グランタ**〉**誌　二〇一一年秋号　B類**）

近日中に死ぬ人の名前がいつのまにか記される砂丘を題材にしたスーパーナチュラル・ホラーとしてA類に入れてもよいのだが、なにしろ主として語っているのはかなりのご高齢。つまり、〈信用のおけない語り手〉かもしれない。となると、キングが気に入っている斜め上を行くラストの幕切れも実は……。

「悪ガキ」Bad Little Kid（**初出　本短編集　二〇一五年　A類**）

語り手の男が幸せな時にかぎって突然どこからともなく出現する、いわば超絶邪悪なクレヨンしんちゃんが〈ケツだけ星人〉をやって相手を悲劇に陥れる話。人生は不条理なもの。不幸が起こる理由などない。起こるから起こるのだ、といったキングの創作する物語の基調音が鳴り響く作品です。「バッドボーイ」はドイツのスター・クラブでビートルズがおこなったライブでのレパートリー曲だったことにうたがいはない、とキングが「著者の言葉」で述べているので、検索して調べましたが、当時のビートルズの演奏曲目リストにジョン・レノン愛唱の「バッドボーイ」はないようです。

「死」A Death（**初出**〈**ニューヨーカー**〉**誌　二〇一五年三月九日号　B類**）

名づければ、ウエスタン・ノワール。西部開拓時代が背景。少女が殺害され、知的障害をもつ黒人が容疑者として逮捕される。人種差別、冤罪、誤認逮捕、裁き、正義、そして死刑。なにやら『グリーン・マイル』めいていますが、〝汚い〟ラストにびっくり仰天、そして大笑いさせられます。

「骨の教会」The Bone Church（初出〈プレイボーイ〉誌　二〇〇九年十一月号　A類）
スティーヴンソン『宝島』やH・R・ハガード『洞窟の女王』、そしてコンラッド『闇の奥』などを彷彿とさせる秘境冒険物語。コールリッジの海洋幻想叙事詩『老水夫行』のナラティヴとキプリングの現実と幻想の混在する植民地時代のインドを舞台にした短編の影響も濃厚です。

「モラリティー」Morality（初出〈エスクァイア〉誌　二〇〇九年七月号　B類）
シャーリイ・ジャクスン賞中編部門受賞作。財政難に陥り、そこから抜け出すためなら、あなたはどこまでの罪なら犯すことができますか？　金のために良心を売って〝ささやかな〟罪を犯した夫婦がしだいにふたりの関係に変調をきたしていくさまを描いた問題作。キングの中編のなかでもとりわけ不穏な空気に満ちた作品と称賛されています。

「アフターライフ」Afterlife（初出〈ティン・ハウス〉誌　二〇一三年六月号　A類）
人は死んだらどうなる？　この物語ではリインカーネーションをとりあげています。ただし別の人間や動物に転生するのではなく、もう一度自分自身をやり直すというもの。でも残念なことに、前世の記憶は一切なし。そこがよくあるループものとはちょっとちがう。前世の軌道修正はできない。でも、わずかなら可能かも――デジャヴ感覚によって。そう言えば、ケイト・アトキンソンの長編『ライフ・アフター・ライフ』（二〇一三）はこのパターンの歴史小説でした。

「UR」Ur（初出　アマゾンのキンドル宣伝のための電子書籍　二〇〇九年　A類）
本書収録にあたってかなりの改訂が施されています。「著者の言葉」でキング自身が洩らしているように、本編は〈ダークタワー〉と関係しています。ことにシリーズ後半をお読みになっている人にはうれしい展開。あるいは、その壮大な〈ダークタワー〉を知らなくとも、『アトランティスのこころ』(一九九九)を既読ならニヤリとすること請け合い。もちろん本編単独でも多元世界もの、歴史改変ものとして十分楽しめます。

「ハーマン・ウォークはいまだ健在」Herman Wouk Is Still Alive(初出〈アトランティック〉誌 二〇一一年五月号 B類)

ホラー作品を対象としたブラム・ストーカー賞ベスト短編部門受賞作。と言っても、怪物や殺人鬼の出てくるホラーではない。高齢の男女の詩人と二組の子だくさんのシングルマザーのある一日が交互に語られます。自由勝手に青春を謳歌したヒッピー世代の高名なふたりの老詩人の優雅なピクニックと、子育てと貧困にあえぐ若いふたりの母親たちの対照が興味深い。富めるものと貧しきもの、格差社会を描きながらも、物語はキング的な壮絶悲惨な結末に向かって猪突猛進していきます。

「具合が悪い」Under the Weather(初出 わが国では『1922』と『ビッグ・ドライバー』の二分冊で刊行された中編集*Full Dark, No Stars*の二〇一一年ペーパーバック版に特典として書き下ろされた作品 B類)

本短編集には犬が三回登場する。一回目は「プレミアム・ハーモニー」、二回目が本編。三回目は「夏の雷鳴」。それにしても、本編で語られるようなことを犬は飼い主にするのだろうか? どのようなことかは実際に読んでいただきたい。妻に対する深い愛は生理的嫌悪さえ苦にならないといった夫の、なかなかおぞましくも切ない話です。

「鉄壁ビリー」Blockade Billy（初出　二〇一〇年五月に単行本として刊行　B類）

周知のようにキングは大の野球好き（とくにボストン・レッドソックスの熱烈なファン）で、エッセイ「ヘッド・ダウン」や詩「ブルックリンの八月」（ともに短編集『ナイトメアズ&ドリームスケープス』所収）を執筆していますが、小説は本編が初です。古き良き時代の大リーグ野球は格闘技だったという興味深い話ですが、後半は犯罪ものの要素が加わり、キング節のエンジンが全開になっていきます。メインキャラクターの捕手である若造ビリーが例によって頭の弱い人物であるところもキングらしい設定です。

「ミスター・ヤミー」Mister Yummy（初出　本短編集　二〇一五年　B類）

本短編集では、老人がメインキャラクターを務める作品がけっこうある。本編もそのひとつ。キングは本短編集を刊行した時点では六十八歳。さすがにその年になると、身の丈に合った年齢をキャラクターに据えたほうがしっくりくるのかも。昔からのファンにとってはちょっと寂しいことに、子供をメインにして語られるのは、「マイル81」だけ。それはともかく、自分の死期が本編で語られるようにして前もって知らされるのであれば、なかなか素敵です。

「トミー」Tommy（初出〈プレイボーイ〉誌　二〇一〇年三月号　B類）

キングは少年時代を五〇年代に過ごし、青春時代を六〇年代に過ごしました。ベビーブーマーであり、ラヴ&ピースを唱え、反戦運動をし、カウンターカルチャーにどっぷりつかったみずがめ座の子供、フラワーチルドレン、すなわちヒッピーど真ん中世代です。本編はそのことがよくわかる物語詩。六〇年代に対するエレジーであり、人間の避けることのできない老いと死を詠った一種のキング版メメントモリでもある。ちなみに、「一九六〇年代を思い出せるというのなら、あんたはその時代をほんとうに生きたわけじゃない」という言葉を口にした最初の人物は、グレイス・スリックとポール・カントナー（ジェファーソン・エアプレイン）、ピート・タウンゼント（ザ・フー）、俳優のデニス・ホッパーやロビン・ウィリアムス、サイケデリック体験の伝道師・心理学者ティモシー・リアリーなど諸説あり、特定されていません。

「苦悶の小さき緑色の神」The Little Green God of Agony（初出　アンソロジー*A Book of Horrors*　二〇一一年　A類）

初期短編集『深夜勤務』（一九七八）や『骸骨乗組員』（一九八五）に収録されていても違和感のない、伝統的なB級ホラー映画風味の作品。科学的精神にもとづく医学の信奉者の看護師、金と権力ですべてを解決できると思っている大富豪、そして神の力を信仰する牧師といった三者三様の立場が面白い。同時に、一九九九年に瀕死の重傷を負い、その後遺症に苦しんだキングの痛みに対する怨念の深さがよくわかります。

「異世界バス」That Bus is Another World（初出〈エスクァイア〉誌　二〇一四年八月号　B類）

A類のスーパーナチュラルな怪奇幻想に仕分けしてもよいのだが、基本的にはリアリズム短編。物語のラスト近くで、主人公が映画『裏窓』を想起させる犯罪事件の目撃者となるが、そのシーンの描写がいかにもキング的。法と秩序を律する社会人としての務めを果たすか、それとも自身の幸福と安寧を至上の規範として行動するか、本編は〝モラリティー〟の問題としても読めます。

「死亡記事」Obits（初出　本短編集　二〇一五年　A類）

ストレートな怪奇譚です。伝説のTV番組シリーズ〈ミステリーゾーン〉風味。今日《こんにち》の我が国の読者にわかりやすく言えば、キング版『DEATH NOTE（デスノート）』です。おそらく、そのマンガをキングが読んでいたとは（英語訳版でも）考えにくいですし（読んでいたなら、「著者の言葉」で正直に述べているはず）、ハリウッド映画版『デスノート』（二〇一七）の公開は本作よりあとです。そしてキングの優れた想像力の一端は、本編を『DEATH NOTE』的アイデアに終始させることなく、物語の後半で意想外のプラスアルファの戦慄を炸裂させる奇抜さにも表れています。

「酔いどれ花火」Drunken Fireworks（**初出　オーディオブック　二〇一五年　B類**）

貧しきヤンキー母息子と、富めるイタリア系実業家一家との熾烈な戦争。といっても、夏の休暇シーズンに毎年開催される打ち上げ花火合戦です。語り手の中年男の母親がいい味を出していて笑わせてくれます。本短編集唯一のユーモア小説です。もちろん、キングの想像力が織りなす作品なので、後半は花火合戦がとんでもない出来事に発展します。ちなみにジェームズ・フランコが本編を気に入って、自ら監督・主演で映画化を企画しているようです。

「夏の雷鳴」Summer Thunder（**初出　アンソロジー** ***Turn Down the Lights*** **二〇一三年　A類**）

破滅後の世界を描いたハーラン・エリスンの不朽の名作短編「少年と犬」を彷彿とさせる佳作。犬好きなら号泣必定。またキングはバイク愛好家としても知られるが、本編は自身のハーレイダビッドソン・ソフテイルへの哀歌でもある。甘く切なく、詩的でメランコリック、そして悲痛な一編。

以上二十編。短編集なので、どの作品から読もうと勝手気まま。気になるタイトルで選択するのもよし。キングの「著者の言葉」に誘われるのもありです。あとがきを記した当方としては、拙いコメント（それとA類とB類）を参考にしてページを開いてくだされば幸いです。

キングの商う〝嫌な夢の集う闇市〟には、不良品、まがいもの、ボッタクリはありません。掘り出し物、お宝、お買い得商品限定です。想像力と情念の滋養となるものばかりなので、ご購入後きっとご満足いただけることでしょう。

文春文庫

夏《なつ》の雷《らい》鳴《めい》
わるい夢《ゆめ》たちのバザールⅡ

定価はカバーに
表示してあります

2020年10月10日　第1刷

著　者　スティーヴン・キング
訳　者　風《かざ》間《ま》賢《けん》二《じ》
発行者　花田朋子
発行所　株式会社文藝春秋

東京都千代田区紀尾井町 3-23　〒102-8008
TEL 03・3265・1211㈹
文藝春秋ホームページ　http://www.bunshun.co.jp

落丁、乱丁本は、お手数ですが小社製作部宛お送り下さい。送料小社負担でお取替致します。

印刷製本・凸版印刷

Printed in Japan
ISBN978-4-16-791586-5